Caso 63

¿Estamos ante el principio del fin?

Daniel Benigno Cota Murillo

ISBN: 9798884121737

dedicado a las futuras generaciones Entre-Pandemias.

CONTENTS

1

tomo un último sorbo de mi taza de té mientras me dirijo a la puerta de mi oficina, recientemente había comenzado el día y del otro lado ya me esperaba monica con el expediente de un nuevo paciente ingresado el día de ayer en la mano.

—¿que tenemos hoy? —le preguntó mientras ambas avanzamos por los pasillos del hospital psiquiátrico.

—un hombre, de entre 35 a 40 años, lo encontraron desnudó en la calle, asegura viajar en el tiempo. —me dice como si nada y la verdad es que después de pasar años trabajando en el hospital se hace recurrente escuchar historias poco posibles, con el tiempo terminas acostumbrándote.

—muy bien, gracias monica —monica asiente mientras se da la vuelta de regreso a su lugar.

continuó caminando por el pasillo hacia la sala de interrogatorio, sacó la grabadora de mi bolsillo y oprimo el botón para que comience a grabar mientras leo el papel.

—informe de ingreso del paciente nn, hora de ingreso 9:20 viernes 21 del octubre del 2022, numero de ficha clínica 63. examen físico, hombre aproximadamente de entre 35 a 40 años, trigueño con textura mesomorfa, sin identificación. el paciente fue encontrado desnudo en la vía publica y derivado a la unidad de psiquiatría por delirio con agitación marcada, comportamiento violento y confusión. diagnóstico, psicosis paranoide con ideaciones y pensamientos delirantes inconexos con la realidad que se organizan en la idea central de que proviene del futuro. tratamiento y manejo se procede a estabilizar su psicosis con antipsicóticos de segunda generación, olanzapina 500 miligramos endovenoso y haloperidol, se evalua y el paciente se tranquiliza. se indica una terapia conductual y grabaciones de las sesiones para su posterior evalucacion por el comité de psiquiatría. doctora elisa aldunate.

justo cuando termino de hablar e llegado a la puerta, la abro despacio para ver al paciente sentado detrás de la mesa justo al medio de la habitación, el paciente sigue cada movimiento que hago, pero intento no mirarlo mientras me apresuro a sentarme frente a él.

colocó la grabadora a un costado y mi libreta frente a mi mientras la preparo para comenzar a grabar.

—hora 10:30 del 22 de octubre del 2022, primera sesión caso 63 para el registro, cuando suene el bip comenzamos.

lo miro.

—¿cómo quiere que lo llame?

—hola, buenos días — me responde, su voz suena tranquila y algo áspera.

—buenos días, ¿me puede decir cómo quiere que lo llame?

—por mi nombre o cómo caso 63 según veo ahí, me da igual.

—diga su nombre y su edad.

—me llamó pedro, pedro roiter, tengo 39 años.

—diga por favor para el registro de donde viene.

—vengo de méxico. —levantó mi mirada de la libreta.

—¿y lo que mencionó?

—vengo del año 2062.

—eso es en el futuro.

—para usted, si —susurra.

—¿perdón?

—que, para usted, si es el futuro.

—ok, entonces usted dice venir del futuro. —parece saber cual es mi siguiente pregunta cuando me responde.

—no tengo pruebas doctora...

—aldunate, doctora aldunate.

—no tengo pruebas doctora aldunate, lo siento.

—no le parece que con una afirmación tan inusual debería estar acompañada de alguna prueba... para poder creerle digo.

—no me interesa que usted me crea, no se ofenda, pero no, no es mi objetivo, por lo menos no es mi objetivo principal. —no quitaba su mirada de mí mientras continuaba escribiendo, la forma en la que hablaba se veía serio y seguro.

—pero estará de acuerdo conmigo que es una afirmación no muy usual.

—si, pero usted esta acostumbrada doctora, supongo que no soy el primero en esta sala que viene con delirios extraños, lamentablemente creo que no soy el primero en su vida, ¿o si?

—¿perdón? —suelta una pequeña risa mientras pone ambos brazos sobre la mesa.

—paciente delirante me refiero, asi que no me haga caso, anote ahí en su cuaderno —mueve su mano fingiendo escribir. —que soy un hombre con algún tipo de disfunción mental que está en con brote un de psicosis y los dos quedamos felices, le parece.

—¿usted esta conciente de que tiene un brote psicótico?

—usted tiene que decidir eso, no yo... doctora usted ya tiene su diagnostico preconcebido hace horas. —vuelve a recostarse en la silla sin quitar ambas manos de la mesa. —todo esto, la grabadora, esta conversación, este espectáculo para que parezca científico algo que usted y yo sabemos que es tan efectivo como un cura haciendo un exorsismo o un medico brujo agitando ramas, los dos sabemos que usted hace este juego para seguir el protocolo, poder tener el diagnóstico, poder ponerme un número, llenar esa ficha y asi dormir tranquila, no, no me interesa jugar a eso, usted no es la importante en este juego.

y quién lo es?

—¿quién lo es?

—claro, a quien quiere convencer, me acaba de aclarar que no es a mi.

—eso usted aun no le importa. —evado el tema y continuó con otra pregunta.

—maria veitia... ¿quién es? —su rostro cambia unos segundos, parece preocupado o sorprendido, es difícil saberlo ya que no parece afectarle nada. —dijo ese nombre cuando lo trajeron y lo volvió a repetir mientras estaba medicado, maría veitia, ¿quién es?, ¿es su madre?, ¿es su esposa?.

—no, no, no es nada mio, ni siquiera la conozco, no personalmente.

—¿pero es a ella a quien quiere convencer no?, como pretende convencer a esa persona si no la conoce o como pretende convencerla de que es un viajero...

—en el tiempo —termina la frase por mi y continúa hablando. —no pretendo que ella me crea, lo único que haría con eso seria alejarla y no puedo permitir que se aleje.

—entonces hizo un viaje en el tiempo para contactar a una persona. —asiente, lo miro unos segundos antes de continuar. —a ver, déjeme adivinar, usted y ella van a tener un hijo y tiene que protegerla, ¿eso es?

—no, no me trate como estupido doctora, esa película es un clásico, la recuerdo, pero no, ojalá se tratara de eso, necesito convencerla de que no haga algo, debo evitar que ella haga algo.

—¿que cosa?

—tengo que evitar que tome un avión.

—¿por qué?

—es complicado de explicar.

—bueno, inténtelo.

—digamos que usted y yo aun no nos tenemos suficiente confianza, aun no establecemos un vinculo, paciente/terapeuta, ese tipo de vinculo.

comienzo a analizar por donde llevar esta sesión para que dé resultados. elijo no seguir con ese tema y seguir con algunas preguntas.

—¿usted ha estado internado antes?

—no.

—¿ha estado sometido a medicación —se ríe.

—no.

—¿ha sido diagnosticado con algún tipo de trastorno de personalidad?

—no. —su respuesta negativa se va volviendo más fría a medida que avanzo, pero eso no me detiene.

—¿se a escapado de alguna casa de acogida?

—no, mire doctora. —lo ignoró.

—¿ha tenido algún accidente grave?

—no, no doctora, no... —el sonido de su zapato contra el suelo mientras mueve su pierna con fuerza comienza a hacer eco en la habitación. lo interrumpo de nuevo para hacerle otra pregunta.

—¿o ha estado involucrado en algún accidente grave?...

—a ver es que usted no me esta escuchando. —tenía razón.

—en el cual por ejemplo usted haya sido responsable —continúa diciendo no, puedo notar como comienza a desesperarse y a medida que sus respuestas se vuelven más duras, elevo más mi voz.

—¿ha perdido alguna vez el conocimiento?

—no, ¡estoy diciendo que no! —grita mientras empuja su cuerpo hacia atrás para ponerse de pie, la fuerza hace que la silla se caiga y me sobresalte, levanto la mirada de mis anotaciones.

—no, vuelva a sentarse. —intentó mantener la calma, pero puedo sentir en mi pecho como los latidos aumentan de velocidad, trago grueso mientras intento calmarlo, un paciente con su diagnóstico es inestable y peligroso y no se que pueda hacer.

—no, tengo que salir de aquí, no tengo todo el tiempo...

el paciente comienza a dar vueltas por toda la habitación buscando por donde salir, la única puerta está cerrada con llave y no hay otras opciones, avanza de un lado a otro sin ponerme atención.

—usted esta en una unidad psiquiátrica.

—¡tengo que salir! —grita mientras intenta girar la perilla de nuevo.

—en un hospital general tipo 1, no lo puedo dejar salir, me va a obligar a pedir ayuda. —me acercó a él intentando tomarlo del brazo, pero antes de siquiera tocarlo él se gira a mi.

—por favor suélteme. —alejo mis manos mientras retrocedo,

intento hablarle más calmada.

—por favor vuelva a sentarse, voy a tener que pedir ayuda, si no se vuelve a sentar. —después de unos minutos parece que retoma el control. puedo notar su respiración más tranquila y lentamente vuelve a la silla.

—esta bien.

—vuelva a sentarse por favor —levanta la silla y la acomoda en su lugar, vuelvo a sentarme cuando el lo hace. —gracias...quiere un vaso con agua.

—prefiero un cigarro. —lo miró extrañada por unos segundos, pero seguro debió ver la cajetilla de cigarros en la bolsa de mi bata cuando me puse de pie, lo dudo por un momento, pero finalmente le pasó la cajetilla.

la abre con delicadeza tomando uno, rápidamente me la devuelve mientras lo enciende.

—gracias. —me dice después de la primera calada.

—me puede ahora decir su dirección real, ¿donde durmió anoche?

en una sala de embarque en un lugar clasificado en enero del 2062.

—su numero de carné e identidad.

—no, ya no tenemos esas cosas.

—como que ya no tienen esas cosas. —da otra calada al cigarro antes de responderme.

—digamos que el genoma puede ser mucho mas efectivo que un plástico, que un número o un chic.

—si viene del futuro me imagino que al menos puede decirme cual es el número ganador de la loteria o quien ganara las olimpias el próximo año.

—a ver imagine que usted es transportada al año 100 en roma, ¿puede decirme quien ganara el torneo de lanzamiento del disco? o ¿qué incendio se produjo? o ¿cuál es la fecha de la próxima inundancio del tíbet?.

—bueno, si, la verdad es que si, si usted me da tiempo yo lo busco en internet y estaria preparada para convencer a alguien de que vengo del futuro.

—bueno no funciona asi, no es exacto, no hay datos.

—no tienen wikipedia en el futuro —anotó eso en mi libreto lo que hace que el paciente se ría, el cigarro se consume a medida que avanza la conversación, pero ya no le presta atención.

—en el futuro no tenemos nada a lo menos desde el 23 de octubre del 2053, no tenemos nada, eso trato de decirle.

—no, lo siento, pero no logra convencerme.

—bueno ya le dije que ese no era mi objetivo.

—pero usted necesita que yo le crea.

—por ahora no, no en este momento. —retoma el cigarro que ya lleva más de la mitad.

—usted lo sabia mejor que yo cierto. —toma una larga calada antes de que el cigarro de su última fumada.

—lo que yo se es que usted no puede ser un viajero en el tiempo y me gustaría poder convencerlo de eso.

—bueno eso me suena bastante interesante, la escucho. —inclina su cuerpo hacia atrás mientras cruza ambos brazos detrás de su cabeza, me mira con una sonrisa y yo solo suspiro frustrada.

—¿usted a dicho que viene del 2062 y que tiene 39 años no?

—si.

—o sea usted nacio en el 2023, sus padres están vivos ahora, yo puedo tomar mi celular, y con las llamadas correctas, localizarlos. le pido que escupa en una probeta o tomo un poco de su mucosa bucal con un hisopo, puedo hacerle un test de adn que debería coincidir con el de su madre. aunque no tenga wikipedia, hasta usted recordara la ciudad en que nació me imagino, no se, la calle de su infancia.

—avenida insurgentes. —su sonrisa había desaparecido.

—¿como?

—avenida insurgentes sur 553 codigo 2 escandon ciudad de méxico, claro que me acuerdo de la ciudad en la que naci pero eso será en en un año, mis padres ahora no se conocen. mi madre estudia cuarto año de medicina en la unam y mi padre intenta tener una banda de rock mientras tiene un talle de reparación de bicicletas con mi abuelo en la colonia roma.

—ok, entonces solo para seguir su línea lógica, yo podría llamarlos ahora, decirles que van a tener a tener un hijo que 39 años después viajara al pasado para... —dejo que el termine.

—salvar al mundo.

—salvar al mundo —repito. —entonces ellos no se conocerían.

—cierto.

—y usted no nacería y...

—y no estaríamos teniendo esta conversación.

—correcto.

—en 4 semanas mas, no tengo clara la fecha exacta y debido precisamente a que usted me va a creer cuando yo me allá ido de aquí, usted va a contactar a mis padres y la historia de una psiquiatra chilena que habla de algo asi de extraño, les va a parecer tan divertido que mi padre va a ir a ver a mi madre, se van a tomar unas cervezas y van a empezar a salir, van a ser novios y yo voy a nacer, gracias a usted doctora, crecí escuchando esa historia de la psiquiatra chilena que unió a mis padres, quiere una primera prueba de que soy un viajero en el tiempo. —se recarga de nuevo en la mesa para estar más cerca de mi, no me muevo mientras él susurra. —usted es la primera prueba, aunque todavía no lo entienda, usted es la primera prueba beatriz.

mientras seguía hablando podría sentir como el aire en la habitación cambiaba, quizá solo era yo, pero mi cuerpo se sentía frío y un nudo comenzaba a formarse en mi estómago, nadie sabía que yo me llamaba así, solo personas cercanas a mi y definitivamente el no era una persona que yo conociera. un escalofrío recorre mi cuerpo y eriza el vello de todo mi cuerpo, era imposible, no había manera que el supiera ese nombre, mi nombre.

—como sabe que me llamo así, yo nunca uso ese nombre.

—Elisa Beatriz Aldunate Sinfuentes. —el miedo y nerviosismo no hace otra cosa más que intensificarse cuando dice mi nombre completo, este hombre está completamente loco y comenzaba a aterrarme la idea de cómo consiguió mi información.

me pongo de pie alejándome de la mesa intentando mantener distancia.

—¿me ha estado investigando?, ¡¿quien es usted?!, dígame por favor... ¿quien es usted? — levantó la voz, el solo se limita a mírame sin decirme nada.

.¿quién demonios era el caso 63?

2

Los viajes en el tiempo y la teletransportación tendrán que esperar. puede tomar siglos dominar esta tecnología.
— michio kaku

después de lo que había pasado ayer me había quedado casi toda la noche despierta pensando en el caso 63, no entendía como tenía mi información y eso me preocupaba, hoy había decidió no pensar en eso y tratar de averiguar un poco más sobre él y lo que decía.

por ser domingo el hospital estaba más solitario de lo normal y mis pasos retumban mientras me dirigía al cuarto del paciente 63, unas pocas enfermeras me saludaban en mi camino, a lo lejos se escuchaban algunos gritos o disturbios de los pacientes más inestables que teníamos, a veces es complicado calmarlos durante sus crisis y eso nos lleva a utilizar un poco de fuerza para lograrlo, es muy triste ver cómo las personas terminan aquí debido a sus condiciones mentales.

llego a la habitación para encontrar al paciente 63 en el mismo lugar que el día anterior, tomó mi lugar habitual mientras saco de nuevo mi libreta para hacer anotaciones. ajustó la grabadora colocándola en medio de nosotros.

—hora 9:45, 23 de octubre del 2022, segunda sesión caso 63 para el registro doctora elisa aldunate, cuando suene el bip comenzamos.

—¿como durmió doctora? —su pregunta me toma por sorpresa.

—bien, gracias. —la verdad es que había dormido muy poco.

—¿sueña?

—creí que yo hacia las preguntas.

—uno puede conocer a alguien por sus preguntas y pensé que quería conocerme.

—si, a veces sueño, ¿usted?

—yo no lo llamaría sueños, pero si. ¿recuerda lo que soñó anoche? —el repentino interés por mi y mis sueños y me pone alerta, pero aún así le respondo.

—no.

—esta tan segura, no quiere intentarlo.

—¿intentar que?

—recordar lo que soñó.

—es que simplemente no lo recuerdo, ¿a usted no le pasa?

—solo cuando tengo miedo de hacerlo... se peino de manera diferente, se recogió el cabello.

el comentario acerca de mi cabello me toma por sorpresa y me hace sentir incómoda. casi nunca sujetaba mi cabello pero hoy la mañana mientras me alistaba para el trabaja, había sentido la necesidad de hacerlo, no pensé que sería tan relevante.

—definitivamente no estamos aquí para hablar de mi pelo. —miró su brazo. —ni de su tatuaje del joker en su antebrazo que no parece ser para nada del 2062.

—tiene miedo doctora.

—¿que cree usted?

—que si.

—¿y eso le gusta?, ¿lo hace sentir bien?.

—no, no es mi intención asustarla, no pertenezco al perfil narcisista que usted cree.

—¿y a cual pertenece?

—a ver, fui un niño solitario, lei mucho como todos los niños de mi generación, generación ep, ¿ya le dicen así?.

—¿generación ep? —nunca había escuchado ese término.

—generación entre pandemias, crecimos entre oleadas y oleadas progresivas, eso nos marco, crecimos pegados a la pantalla, mis primeras citas fueron virtuales y como todos los de mi generación aprendimos a tenerle miedo al contacto físico y a confiar mucho más en la distancia que en la cercanía. para usted amar o meterse a la cama con alguien, con mayor o menor compromiso era o es el resultado exacto de la pasión, su educacion y sus acuerdos morales, para mi generación en cambio el sexo o un simple beso se convirtió en un acto fe, tuve varias parejas pero nada definitivo. como todos fui a terapia y luego la terapia se acabo.

—lo dieron de alta.

—no, todo se acabo.

—el mundo dice usted.

—es curioso lo del fin del mundo, yo siempre imagine, quizás por las películas o los libros que el fin del mundo seria un acontecimiento catastrófico. desastres naturales, terremotos, fuego, el mundo colapsando como un accidente fatal, eso creía, que el fin del mundo seria el peor accidente de todos. ¿ha pensado en eso?, en como será el fin del mundo...

—no, la verdad es que no. —justo ahora lo hacía, algo en mi me decía que tenía que preguntarle, pero mi lado racional se resistía a hacer esa pregunta.

—no, me cuesta creerlo, todos lo imaginamos en algún momento, un gran globo explotando, un asteroride, el mar cubriendo hasta el último pedazo de la tierra. son solo pensamientos, pero todas tienen en común algo sumamente tranquilizante...son fulminantes, si el mundo se acabara de cualquiera de esas forma no tendríamos el tiempo de darnos cuenta... —después de unos segundos en silencio vuelve a hablar. —pregúntemelo.

—¿que cosa?

—pregúnteme como se acaba el mundo.

—la verdad es que tengo otras preguntas para usted. —aunque si quería quería hacerlo, quería preguntarle.

—ninguna importante, pregúntenme como se acaba el mundo. —me insiste.

.por unos segundos pensé en hacerlo pero eso me haría caer en su juego y estaría perdiendo en su locura. optó por ignorar lo que me dice y continuo con las preguntas que había estado anotando.

—bien, usted menciono que sus sueños no eran sueños, a que se refiere, ¿son pesadillas?, ¿tiene dificultad de distinguir la realidad de los sueños?.

—si mi realidad fuese esta habitación de paredes grises y tuviese que asumir que estas espantosas luces florencentes son mi única fuente lumínica y que esta mesa con olor oxidado es donde voy a tener que comer el resto de mi vida, si, probablemente tendría dificultad para distinguir la realidad de mis sueños.

—y ese no es su caso.

—usted no esta haciendo las preguntas correctas. —seguía sin comprender a qué se refería con eso de las preguntas correctas.

—bueno quizás para usted sea asi pero por ahora son las que necesito que me responda.

—usted no quiere hacer las preguntas correctas porque no quiere escuchar las respuestas correctas.

—y eso es según usted porque tengo miedo. —suspiro.

—si, yo creo que usted tiene miedo.

—¿a qué?

—a mi.

—¿debería tenerle miedo?.

—cree que la e investigado porque conozco su nombre completo y nunca me lo dijo, eso la desconcierta.

—¿me ha estado investigando?.

—no de la manera que usted se imagina, no e ido a su departamento cuando usted no a estado ni e robado su ropa interior ni e hackeado sus cuentas, se su nombre porque usted se lo dijo a mis padres cuando me investigo o cuando me investigara, los tiempos verbales son complicados en estas circunstancias, es difícil olvidar un nombre si uno lo ha escuchado desde pequeño.

intento no cambiar mi semblante conservando la calma para que no note el como sus palabras me están comenzado a afectar, la verdad es que si, estaba muy confundida y la sensación de temor se extendía lentamente en mi pecho, lo raro era... que no le temía, no le temía a él, lo que verdaderamente me asustaba era que tuviera razón.

—usted no tiene acento mexicado, es ¿por qué creció tras de una pantalla? por ese efecto de generación inter pandémica. —cambio de tema rápidamente.

—entre pandemias, generación entre pandemias y no, no hablo con acento por otro motivo y me sorprende que se preocupe de eso y no de hacer las preguntas correctas.

¿y cuales son las preguntas correctas?, pensé, porque yo debo de saberlas.

—me puede explicar, solo por curiosidad, ¿por qué usted no tiene acento mexicano?.

—38 años de inteligencia artificial y neurociencias han permitido que los traductores no sean como los que tiene en su móvil, ya no solo podemos escuchar cualquier lengua descargando un paquete de datos. podemos descargar acentos específicos de regiones, ciudades y años y hablarlos medianamente bien, pero no es algo que tenga que pensar.

—estábamos en...

—está preocupada.

—¿perdón? —

—su ceño, no lo había fruncido de esa forma, es nuevo, no es de extrañeza, es de preocupación...le voy a dar un consejo para nuestra próxima reunión, un especie de tarea para la casa.

me río, normalmente la psiquiatra es quien pones las tareas, no es el paciente pero tengo curiosidad por lo que tiene que decir.

—adelante.

—imagine o visualice que el tiempo es un camino por un parque, un sendero, ahora usted esta en un punto, mañana usted estará mas allá y el próximo año estará mas allá, puede imaginarlo ¿cierto?, es necesario para lo que le voy a pedir.

—lo imagino. —lo hacia

—bien, imagine que hay una doctora aldunate en cada uno de los momentos y que la doctora aldunate que nos interesa esta al final del sendero, en el futuro y esa quiere decirle algo, aconsejarle algo a su hermana pequeña de hoy que es usted ¿que consejo le daría?.

—¿usted quiere que yo haga eso ahora?. —la verdad es que no sabría qué consejo darme.

—no, no, ese es el punto, no podría, seria usted hoy imaginando a la doctora aldunate del futuro dando un consejo que usted ha elaborado con la información de hoy. pero en cambio usted puede establecer una puerta, se comunicara con su futura doctora aldunate mientras duerme, ella le dará buenos consejos la próxima vez que nos veamos, me contara que soño y quizás ella le habrá hablado sobre nosotros.

—¿sobre nosotros?

—sobre usted y sobre mi.

—deduzco que usted cree que vamos a vernos en el futuro y que esa relacion será tan relevante para mi que yo o mejor dicho mi yo del futuro me lo advertirá en sueños, ¿es eso? quiero entenderlo bien exactamente.

asiente con una sonrisa.

—ok entonces usted viajo en el tiempo soñándolo. —levanto las cejas y lo miro dudosa. —no me parece muy científico.

—no doctora yo no viaje asi, solo le estoy haciendo un regalo de un dato que todo mundo ocupa en mi época, yo viaje de una manera mas compleja.

.—¿es usted un científico o un militar?.

—si fuera científico o militar no estaría prisionero, habría tenido entrenamiento para que nunca me hubieran descubierto. no, soy solo una persona común y corriente que fue enviada precisamente por eso, por ser quien soy.

—¿y quien es usted?. —eso me lo preguntaba a menudo, ¿quien es el?, quien es él enigmático caso 63.

—ya llegaremos a eso, estábamos hablando del mecanismo del viaje en el tiempo.

—ok, descríbame la maquina de tiempo, que lo condujo aquí, donde dejo su capsula o su nave o lo que sea o como era, cuentemelo como era, si quiere puedo prestarle papel para que me lo dibuje.

tomo una hoja de mi libreta y la pongo frente a él junto con un lápiz, el paciente solo mira la hoja con cierto desdén.

—no doctora, no hay ninguna maquina, saquemos el delorean de la ecuación.

—a entonces no recuerda los hechos históricos que son la prueba para convencerme pero si el detalle de una película.

recuerdo esa palabra, es la máquina del tiempo en la película volver al futuro.

—por supuesto, es una comedia muy buena, un clásico de la cultura pop. —lo miro expectante. —a ver que me guste el cine, que haya visto volver al futuro, el padrino, taxi driver o varias otras películas no invalida que sea un viajero en el tiempo, solo me hace un viajero en el tiempo cinéfilo. —encoge los hombros mientras sonríe de lado, su comentario me ha hecho gracia lo que provoca que suelte una carcajada. el paciente me mira sorprendido y yo trato de recomponerme.

—la hice reír. —sonríe victorioso.

—¿como quiere que no me ría? —le respondo aún con una sonrisa en el rostro, pero no deja de mirarme, por un momento puedo ver algo en sus ojos ¿nostalgia?, tal vez pero desaparece rápidamente, baja la mira y cuando vuelve a levantarla de nuevo esta serio.

—nada, solo la miro... en fin no estábamos hablando de cine, estábamos hablando de algo mas complejo, lo que encuentro extraño es este juego donde usted pretede estar intresada en mi delirio y finje darle importancia a cosas que no entiende ni le interesan, según usted estoy loco para que quiere saber como viaje en el tiempo, honestamente.

—es que yo no creo que usted este loco, las patologías mentales son complejas y muchos casos...

vuelve a interrumpirme.

—¿quiere saberlo?

—si, dígame como viajo en el tiempo.

—láseres.

—¿láseres? —definitivamente se estaba burlando de mi.

—los laseres crean un haz de luz circulante que retuerce el espacio y el tiempo, tome un laser y vea que pasa en la proximidad de un motor de un avión a reacción, y lleve un reloj.

—me está diciendo que viajo hasta aquí con un láser.

—un grupo de láseres.

—un grupo de laseres que lo envuelve.

—y altera la gravedad doctora, ahí esta todo el asunto, para un viaje al futuro la palabra clave es velocidad, para un viaje al pasado la palabra clave es gravedad, un campo gravitacional producido por un láser de anillo, una maquina del tiempo basada en un haz de luz circulante.

—¿y donde esta la tecnología ahora para que usted pueda voler a su casa?.

—bueno, eso es lo triste doctora, este tipo de viajes tiene un incoveniente uno bastate grande, es un viaje sin retorno. —lo miró unos segundos tratando de ver si algo cambia en el, un destello de tristeza, arrepentimiento o algo, pero sigue mirándome sin inmutarse.

—y por qué quería venir entonces.

—los de la colonia marte no piensan en volver.

—¿colonia marte? —esto era increíble.

—bueno aun no ocurre, pero ocurrirá, no tengo mucha precisión en cosas pequeñas pero la colonia de marte es importante, a lo que voy, ellos no piensan en volver ellos solo tomaron un camion de una vía.

—¿como usted? pero ellos tendrán supongo un propósito.

—yo también lo tengo.

—salvar al mundo...

—es obvio y un lugar común pero si, ciertamente.

—ok, salvar el mundo ¿de que? por que si era un virus o el cambio climático me parece que llego demasiado tarde.

una sonrisa de victoria se dibuja en su rostro.

—se fija que habla como si me creyera doctora aldunate, hemos hecho un gran avance usted y yo.

—no...—me remuevo incómoda en la silla. —solo sigo su línea de pensamiento, por favor respóndame salvar al mundo de que.

—salvar al mundo de una persona.

—si, maria, maria veitia, ¿es una especia de terrorista?

—es una persona como usted, como yo, personas normales e invisibles en el gran dibujo, pero ella, ella es muy importante.

—y como pretende hacerlo, digo como pretender detener a esa persona que haga lo que sea que tenga que hacer.

su mirada cambia, cómo si estuviera pensando las palabras correctas que dirá a continuación.

.—no, no no... —mira hacia la pared y luego regresa su mirada a mi. —yo no voy a detenerla... lo hará usted, usted deberá hacerlo, usted doctora va a detener a maria veitia y salvará al mundo.

—porque yo haría eso... —un escalofrío recorre mi cuerpo mientras espero a que continúe.

—porqué usted fuera de toda duda y derrumbando todos sus prejuicios... al final de este camino, me va a creer....

y lo que me hacía sentir más extraña, es que algo en mi interior, algo muy profundo que me decía que tenía razón.

3

pegasoal principio, los sueños parecen imposibles,
luego improbables y eventualmente inevitables.
— christopher reeve

—hora 10:15, 24 de octubre del 2022 tercera sesión caso 63 para el registro doctora elisa aldunate, cuando suene el bip, comenzamos.

el tintineo rítmico de la lluvia sobre los cristales de las ventanas hacía que la habitación se sintiera más tranquila. no paraba de pensar en lo que soñé anoche, no entendía que relación tenía con todo esto o si mi subconsciente me estaba traicionando.

—¿cómo le fue doctora? —la voz del paciente 63 me regresa a la realidad.

—¿con que?

—el sueño y la tarea que le deje. —dudo un poco pero al final no le digo que realmente soñé algo.

—a si, si estuve googleando, la teoría que otro yo del futuro me susurra respuestas en sueños no es suya, es una teoría de un doctor en física jean pierre garnier malet el fenómeno del desdoblamiento del tiempo.

—¿puedo fumar?

—si, claro. —le pasó la caja de cigarros junto al encendedor.

—gracias. —me dice después de encenderlo deslizando por la mesa la caja con el encendedor arriba.

—usted no esta desarrollando un cuadro psicótico con una ideación organizada, usted simplemente esta mintiendo.

había estado pensando acerca de esto y cada vez más me convencía que este hombre no tenía un problema mental, más bien estaba mintiendo, pero aún tenía que averiguar el porqué de su mentira y como sabía cosas de mí sin conocerme.

—nunca dije que la teoría fuera mía, el fenómeno garnier malet se enseña en la escuela desde que yo tenia 10 años, en el 2033.

—dígame por favor el nombre de su profesor de física.

—claro que si pero dudo que le tenga alguna respuesta. —ahí está de nuevo, al parecer nadie podría confirmar lo que decía, hago pequeñas anotaciones en mi libreta.

—¿por qué seria eso?

—porque hoy tiene 16 años.

—claro, por supuesto, muy conveniente para usted. —igual que todo lo demás.

—no se si sea conveniente, es un hecho.

—es conveniente porque nadie al parecer puede desmentir su teoría.

—ni apoyarla, le invito a ponerse en mi lugar un segundo, como se sentiría si de pronto nadie la reconociera, si usted supiera quien es esa persona, lo que significa para usted pero esa persona no la reconociera, ¿cómo se sentiría?, ¿cómo se sintiera si nadie pudiera confirmar su existencia?.

—depende, quizás el hecho de que alguien confirme quién soy me perjudique.

—¿ya hablo con mis padres?. —lo miró fijamente, su semblante siempre serio, siempre parecía estarme estudiando.

—me gustaría saber porque esta mintiendo.

—¿sobre que?

—sobre todo.

—¿cuál fue esa palabra que utilizo?... ¿googlear?

—si, googlear, déjeme adivinar, para usted es como lo que seria para mi tener que ir a una biblioteca.

—lamento decirle que muy pronto tener que ir a una biblioteca será mas necesario de lo que cree.

—¿un presagio?, por favor cuéntenme.

—el gran borrado, toda las nubes, buscadores, los datos, bom. —hace un ademán con sus manos simulando un estallido. —nada, de un día para otro, ¿quiere saber esa fecha?, esa si la se, marco un hito y es pronto.

—mire yo tengo muchos años de práctica clínica y se cuando estoy con alguien con un problema de salud mental, con un trastorno de personalidad, lo cual merece todo mi respeto y atención y se cuando alguien es un fraude y usted simplemente es un fraude. —mi voz salió más fuerte de lo que planeé, recargó la libreta en la mesa sin anotar nada.

—si yo soy un fraude usted también lo se.

—yo no estoy asegurando ser de un lugar imaginario en esta sala, solo hay uno que miente.

—¿por qué?, ¿por qué la que esta con bata es usted y yo con

el tatuaje del joker?. —resopla. —de todas las ciencias de la salud la que usted eligió es la que ha cometido sistemáticamente mas mentiras y horrores, ¿quiere que se las enumere?.

—no, no me diga que va a comenzar con el discurso ese.

posa ambos brazos cruzándolos sobre la mesa, su cabello le rozaba la frente y el cigarro que hace unos minutos estaba entero ahora se consumía lentamente mientras la ceniza se curveaba en la punta. le da otra calada antes de ponerse en la misma posición y mirarme de lado.

—baños de hielo, lobotomías...

—anti psiquiátrico.

—electroshock, confinamientos forzados, ¿sigo?

suspiro cansada.

—bueno como quiera es su discurso, termínelo.

—antidepresivos que producen suicidios, barbitúricos que producen adición, metilfenidato que genera niños quietos y en serie, quema de brujas.. aquí el fraude viene de otro lado, del lado del que cree saber todo sobre la mente y que realmente no sabe nada.

.se queda en silencio, no tengo nada que decirle, estoy cansada de este juego, de este círculo sin salida, no se como lo conseguirá, pero necesitaba saber porque este hombre mentía.

—¿sabe lo que veo?, veo a una mujer atractiva, pero que ya dejo de quererse, con su bata blanca impecable que la protege de la gente de afuera, su cabello ordenado pero que le gustaría dejarlo largo y libre, sus ojeras de no dormir bien por ese algo que siempre la ha intranquilizado esa sensación de no pertenecer, de sentirse incómoda...

no lo dejo terminar, esto era ridículo.

—¿termino?. —se acerca más a mi.

—que le dijo la doctora aldunate del futuro.

—no no esto esta interesante nos estamos mostrando las cartas no?. —le respondo sarcásticamente. —sabe que lo prefiero así con su verdadera personalidad, que con esa como puesta en escena de viajero en el tiempo.

—¿que le dijo la doctora aldunate?

—¿que quiere declararse interdicto por algo? ¿escapar de la justicia? el secreto medico lo protege puede decírmelo. —ignoro su pregunta, la "doctora aldunate" del futuro no me había dicho porque no había soñado con ella, el sueño aún era confuso pero estaba segura que no había soñado conmigo misma,

—soy un viajero en el tiempo, vengo del año 2062.

suspiro cansada, aprieto el puente de mi nariz sin saber que más hacer para que este hombre diga la verdad, tendré que seguir insistiendo, preguntar una y y otra vez lo mismo hasta que pueda encontrar una brecha en su relato, algo que me de la oportunidad de desmentirlo.

—mmm, ¿cuál es específicamente su misión?, ya se que es evitar que una mujer llamada maría veitia tomé un avión y cree que yo lo voy a ayudar en eso, dejemos eso así por ahora, vamos a los porque.

—una pandemia va a exterminar a la humanidad debo detener al paciente cero.

me río por la ironía de esto.

—lamento decirle que llego un año tarde, después de dos años estamos saliendo exitosamente de todo.

—no, no me refiero del 2020, me refiero a la grande.

su mirada había cambiado, de nuevo está ahí, esa nostalgia,

cómo si al mencionar ciertas cosas todos los recuerdes regresarán a su mente.

—¿a la grande?

—esa fue solo la diseminación de un virus, molesta, contagiosa, el primero de los grandes confinamientos globales según e estudiado pero no fue letal, no, no hablo de eso.

—entonces...

—después de la vacunación mundial el virus quedo en latencia no todos tuvieron inmunidad, a los 8 años ya me habían vacunado 15 veces, usted es medico el virus se replica en cada ser humano y en cada replica basta un pequeño error, un rayo cómico, una proteína mal codificada, un ensamblé defectuoso en el rna para que cambie y eso paso en el cuerpo de una joven.

—una mutación.

—que dará comienzo a la cuarta ola, la última.

—entonces uste...

—el paciente cero en cuyo cuerpo se producirá la mutación definitiva es una mujer chilena.

—maría.

—maría eva veitia cor, sabemos todo sobre ella, no sabemos donde ocurrió la mutación aunque tenemos un rango de día aproximado, lo que si sabemos es que cuando comenzó a diseminarlo, el vortex y fue un vuelo comercial ella tomará, el vuelo c433 de santiago de chile a madrid el 24 de noviembre del 2022 y sabemos que desde ese vuelo se diseminara el nuevo virus por el mundo.

—¿y vacuna para ese nuevo virus?

—no, no hay vacuna para pegaso.

—¿pegaso? —el solo decirlo hacia que el vello de mi nunca se erizara, no podía creerlo.

—transmisión área, bajo el microscopio es blanco parece tener alas y es rápido, alguien pensó que ese nombre era poético.

—pegaso... —repito susurrando pero al parecer no fue tan bajo ya que el me escucha.

—pegaso, ¿pasa algo doctora?. es difícil pensar con este frío ¿cierto? —mira hacia la ventana y por alguna razón lo sigo también. —la lluvia desde acá no suena igual, en el encierro los sonidos externos se sienten hostiles, uno olvida el sonido del mundo. ¿nuestra próxima reunión podría ser en un lugar abierto? prometo no escapar.

me aclaro la garganta para continuar con las preguntas.

—entonces, el virus pegaso es una cepa mejorada.

—exactamente.

—ok es una cepa mejorada, pero si esa mutación pegaso, se producirá en noviembre de este año y usted ha dicho que el fin de todo es en el 2053 y si pegaso es tan letal como usted dice, de trasmisión aérea etcétera, ¿por qué no elimino a la población inmediatamente?.

—porque como dije antes, el horror del fin del mundo no es inmediatez, es el desgaste progresivo de la especie, es el acostumbramiento. en las primeras pandemias aprendimos a protegernos, a confinarnos, con pegaso pensamos, a bueno otro virus más de vuelta a encerrarnos.

—¿y las vacunas?

—las vacunas mantuvieron a raya a pegaso y funcionaron por un tiempo pero fue cambiando una y otra vez, vacuna y cambio, vacuna y cambio, treinta años de desgaste y luego todo se empezó a derrumbar, todos se empezaron a alejarse de las ciudades, a evitar el contacto, no todos por supuesto algunos pretendieron que nada había cambiado, esos murieron rápido. —dice de manera resignada.

.—usted tuvo suerte entonces.

—hay un viejo dicho, los cobardes sobreviven... yo fui uno de ellos, un cobarde, perdí a la mujer que amaba, pegaso la mato y ni siquiera pude despedir su cuerpo. —la tristeza se marcar en su rostro mientras se desase del cigarrillo. —una mañana salió de la casa rumbo al trabajo, nos reímos de algo que no recuerdo y le dije que le prepararia algo especial para la noche, soy muy buen cocinero, luego no la volví a ver.

en sus ojos se podía ver todo el dolor que sentía, y lo entendía perfectamente. el perderá alguien tan importante, te deja un vacío que al final no terminar de entender o superar, simplemente vives con eso.

—usted esta haciendo esto por amor.

—los sacrificios más grandes son por amor.

—¿y que es lo que usted esta sacrificando?

—toda mi vida.

—para volver a verla. —ríe suavemente.

—no doctora, yo jamás voy a volver a verla, mi línea de tiempo, mi línea de origen ya no se puede modificar, mi vida junto a ella, ella junto a mi, su muerte, eso no cambia si yo cambio algo ahora. cambiara el futuro pero será otro futuro no cambiara el futuro de donde vengo, es confuso pero ya lo entenderá, incluso si yo pudiera volver, volvería a mi línea de origen donde ella no esta pero como le explique mi viaje es...

—un viaje solo de ida.

—exacto.

—entonces... —si no podía volver a verla y perdería su vida,

¿por qué lo hacía?

—solo quiero que ella exista en un nuevo futuro, aunque ya no esté conmigo, aunque nunca me haya conocido, mi trabajo es generar un futuro distinto y mejor.

—su vida por la de toda la humanidad.

—¿no se tratan de eso las revoluciones? hacer algo ahora que impactara a desconocidos muchos años después.

—nadie sabrá que fue usted.

—como sabe que soy el primero.

—eso es cierto, e sabido de varios casos como el suyo, personas que dicen venir del futuro esta lleno en youtube, puros fraudes.

—no se de lo que habla, me refiero que ni usted ni yo sabemos si esto ya ocurrió, quizás somos consecuencias de otros héroes anónimos que modificaron líneas del tiempo que existieron, que eran diferentes a esta pero solo sabemos que pertenecemos a una y a veces solo en sueños podemos contactarlas.

—su famoso fenómeno garnier malet.

—exacto.

—entonces es un héroe anónimo, eso siente que es usted.

—la palabra héroe solo existe porque alguien reconocerá el mérito yo no voy a ser héroe por haber salvado el mundo.

—eso me parece bastante mérito.

—voy a hacer un héroe porque usted se encargara de recordarme de esa forma.

—¿yo?

—claro, usted es la única persona que me otorga existencia, si existo es gracias a usted.

—¿quiere que lo recuerden como un héroe?

—que me recuerden explica que usted cuente mi historia, el tema es que logre convencerlos.

—y que yo le crea a usted. —cosa que no pasará.

—usted ya me cree. —lo miró de soslayo mientras hago anotaciones. —si usted ya me cree doctora y por eso no me quiere contar lo que soñó anoche.

al ver que me quedo callada continua hablando.

—si quiere yo le pudo decir con que soñó, usted soñó con un caballo, ¿estoy en lo correcto?. —dejó de escribir cuando dice eso, tomo una lenta respiración mientras fijo mi mirada en la suya. —y no cualquier caballo, soñó con un caballo con alas completamente blanco y usted tenia que...

ya no había manera de decir ocultando lo que había soñado, lo sabía perfectamente, ¿eso era posible? de ninguna manera y la única solución razonable que podía pensar era lo que había estado negando estos días.

—matarlo yo tenia que matarlo.

4

podríamos decir que entre el yo consciente y el yo cuántico se da un intercambio de información que nos permite anticipar el presenta a través de la memoria del futuro.
—jean-pierre garnier malet.

el día era muy agradable y el canto de los pájaros le daba el plus para sentirte tranquilo en las afueras del hospital. estoy sentado en una banca en la parte trasera del hospital, el paciente 63 sentado a mi lado.

—para registro doctora elisa aldunate, hora 11:42 25 de octubre 2022, cuarta sesión caso 63, estamos grabando. —le digo luego de dejar la grabadora sobre mis piernas.

—le agradezco mucho este gesto doctora. —le doy una pequeña sonrisa. —no sabia que este hospital tuviera un parque.

—no sé si lo llamaría un parque, es bastante pequeño.

—es hermoso. —al fin concordábamos con algo.

—si, es lindo. ¿ve ese vitral? otro secreto de la vieja basílica del salvador, a las 12 en punto el sol se refleja en el vidrio y toda esta zona se llena de tonos rojos, amarillos y celestes, cuando hice mi último año de medicina me asignaron aquí, prácticamente viví en este hospital.

—voy a omitir que sus auxiliares que están sentados al fondo son su protección.

miro detrás de mi hombro a donde dos trabajadores del hospital están sentados.

—ay protocolos que debo mantener.

—de modo que me trajo a su jardín secreto, eso significa que me cree o está en el incomodo proceso de dejar atrás sus prejuicios y creerme. —eso no pasaría.

—lo traje acá para que cambiamos de estrategia, no voy a cuestionarlo solo voy a intentar comprenderlo.

—me parece perfecto, que quiere hacer.

—quiero que me cuente su vida. —se ríe.

—como podría negarme, dicen que el mayor placer de un ser humano es contar su vida al otro.

—la verdadera.

—¿la verdadera?

—su ocupación, por ejemplo.

—trabajo junto a los sobrevivientes de la pandemia en una comunidad agrícola sustentada y limpia, nadie entra ahí, se llaman círculos sanitarios, no hay virus y no hay posibilidad de contagio.

—dijo que su mujer murió.

—en el último brote, sí.

—¿hijos?

—no.

—no hay nadie más.

—no, ese fue el primer requisito para ofrecerse como

voluntario, si no vas a volver, nadie debe de extrañarte.

—¿pusieron un aviso en el diario o en instagram o en facebook, un aviso pidiendo un voluntario para viajar en el tiempo? —le digo de manera divertida, la verdad es que se me hacia un poco gracioso imaginar eso.

—esas son sus redes sociales de internet ¿verdad?, las estudie, en el futuro después del borrado volvimos a usar medios de comunicación menos vulnerables, la radio. en la radio pusieron un llamado de voluntarios, pero no para viajar en el tiempo, ¿se lo imagina? —levanta ambas manos y fije estirarla como si estuviera viendo un anuncio. —¿quiere viajar en el tiempo?, ¿dejar a todos los que ama corriendo el riesgo de morir y quedar como un naufrago con pocas posibilidades de tener éxito?, ¡venga! —lo dice imitando la voz de un presentador lo que me hace sonreír. — no, no, la verdad no lo hicieron asi.

—disculpe, cuando usted habla del gran borrado...

—si, de los datos, de las cosas, de las nubes, 30 de marzo del 2033 imposible olvidar esa fecha, debería recordarla eso no lo puedo cambiar. es extraño que el mundo digital siempre copia al mundo verdadero, no hay una respuesta clara de cómo paso, un bot de inteligencia de artificial en un laboratorio de diseño creo que en china o en california, se peleó con la autoría, quiere decir rechazo la autoría, el sistema de ia se escapó. lo habían diseñado para tener acceso a toda nuestra información, nuestros correos, exploradores, nuestros archivos, borrar los duplicados, eliminar los obsoletos y dejar solo los relevantes, una asistente virtual como ese primitivo que tiene hoy en su celular. bueno el bot se escapó, se disemino como un virus imposible de contener y decisión que toda la información humana era duplicada, obsoleta, inútil e irrelevante y la elimino toda... fotos, correos, hilos de conversación, opiniones, todo, el virus nos arrojo al vacío de la nada... —vuelve a mirarme. —sabe lo que es darse cuenta que su celular está vacío, que sus nubes están vacías, que los correos están vacíos y que no tiene memoria de nada, me imagino que se sabe su número de celular, ¿sabe el de su marido?

—no.

—¿y el de su madre?, ¿el del hospital? bueno asi comenzó el borrado, desplomo el mundo digital, pegaso lo hizo en el mundo real, la sociedad se pulverizo.

era demasiada información de procesar y ni siquiera estaba segura de querer hacerlo, hasta este punto no lo estaba sobre nada.

—entonces, escucho en la radio un mensaje.

—si, un mensaje simple, se solicitaban voluntarios para terapia experimental contra pegaso, luego fui pasando etapas, muchas. viaje a ciudad de méxico estuve en un hotel, comprobaron mi grado de inmunidad, era inmune a la cepa 2022 de pegaso, eso significa que en mi sangre hay anticuerpos para esa cepa, no para posteriores. gente como ustedes, psiquiatras de mi tiempo me preguntaron si había soñado cosas recurrentes.

.—¿y?

—tenía un sueño recurrente y se los conté, en ese momento determinaron que no era un sueño sino un eco de otra línea del tiempo, un contacto en sueños con un doble de una línea del tiempo pasada o paralela, creo que ya hablamos de eso, un evento garnier malet y eso fue lo definitivo. entonces me contaron la verdadera naturaleza del experimento que eran una división especial en la oms y que había una terapia posible, inmunizar al paciente cero de la cepa original de pegaso con mi plasma viajando en el tiempo.

—aja lo que no entiendo porque soñar con su doble fue la prueba definitiva de que usted era el adecuado para... ¿oiga que esta haciendo? —el paciente 63 se había puesto de pie caminando hasta unas ramas cerca, levanta un palo y corta una rama, eso me pone alerta porque nunca se sabe que podrían hacer o reaccionar, hago una seña con mi mano para que los trabajadores del hospital se acerquen y eso hacen.

—tranquila, solo estoy tomando una rama, dígale a sus guardaespaldas que se sienten no la voy apuñarla con un simple palito quiero dibujarle porque soñar con otros te convierte en un candidato para poder viajar en el tiempo, solo eso.

ambos hombres ya estaban lo suficientemente cerca para oírme, les digo que esta bien y regresen a su lugar. pedro vuelve a sentarse y se agacha para dibujar en la tierra. dibuja dos líneas en la tierra y casi al final de la línea que esta abajo un punto.

—un viajero en el tiempo que está aquí. —señala el punto. —retrocede en el tiempo en su misma línea acá y en ese momento se abre una nueva línea. —dibuja otra justo en medio de las dos. —entonces yo estoy aquí y estoy allá, yo de pronto comencé a soñar con otro yo experimentando otra vida, otra vida feliz, si había podido contactar una línea de tiempo alterna era una prueba de que se podía modificar la catástrofe, me hicieron también otras pruebas por supuesto. —deja caer la rama.

—¿llegaron muchos voluntarios?

—5000 en todo el mundo, 300 en méxico.

—y solo lo eligieron a usted. —mi respuesta había salido más sarcástica de lo que pensé, pero parece no notarlo.

—mire, ¿ve ese pájaro ahí? —se inclina mientras señala al pájaro, su cabeza es muy cerca de la mía, pero no le tomo importancia.

—si.

—se acaba de posar en la fuente, toma agua, esta bañado por un rayo de sol que proyecta su sombra sobre la yerba ¿qué posibilidad hay de que es vuelva a suceder?

—muy baja.

—llamamos a eso un vortex, un momento en el tiempo único e irrepetible, hay vortex inofensivos y vortex de implicación planetarias, si se modifican cambia todo, se estableció que el vortex más efectivo para revertir pegaso sucedería el 24 de noviembre del 2022 en el aeropuerto de santiago de chile, solo yo estaba calificado para evitar el contagio que produciría maría veitia.

—no, no me había dicho que quería evitar que tomara ese avión, ahora me dice que quiere inmunizarla.

—si no consigo lo primero tendré que hacer lo segundo.

—no entiendo, como piensa que voluntariamente se bajaría de un avión o aceptaría sangre de un desconocido. —la verdad se veía poco probable que eso pasara.

—no he pensado que acceda a eso voluntariamente. —me sonríe de lo más tranquilo.

—usted pretende secuestrarla, eso es un delito grave.

—como le dije, yo no voy a hacerlo, ni siquiera sabría como inyectarle el suelo, el plan diseñado exige que alguien que si sabe lo haga, usted doctora, usted me va a ayudar a hacerlo. —ya lo había escuchado decir eso varias veces y entre más que contaba menos comprendía como el pensaba que yo iba a ayudarle a semejantes cosas.

—usted dice que yo lo voy a ayudar a secuestra a maría veitia y que le vamos a inyectar una muestra de su plasma a ella a la fuerza.

—usted ya me saco sangre para mis exámenes, los antidepresivos que me da exigen pruebas sanguíneas y líneas seriadas, bien solo sería ordenar que me saquen más y guardar una muestra en su refrigerador hasta que llegue el momento. —

mientras hablaba volví a hacer señas a los dos hombres sentados detrás de mí, no podía permitir que este hombre saliera de aquí, además de mentir, podría cometer algo grave, los pasos de los hombres se hacían más fuerte mientras se acercaban. —¿qué pasó? porque vienen ellos.

—es por su seguridad, la mía y la de esa joven con la que está obsesionado, usted va a tener que quedarse en una celda de confinamiento.

—que parte de eso no entendió. — podría ver como su rostro cambia, como si estuviera decepcionado de mi pero no podía permitir que esto siguiere asi.

—no se preocupe estamos para ayudarlo.

—prométamelo, mi sangre, salvar a la humanidad de pegaso. —no sabía que decirle. —¿por eso me trajo aquí? porque sabía que me iban a encerrar, ya lo tenía resuelto.

—lo siento, lo siento mucho. —sentía la necesidad de disculparme, a pesar de que era lo mejor para él, sentía que algo no estaba bien. —juan ya hice el ingreso solo hay que subirle la dosis. —el hombre a su derecha asiente, pedro se veía desesperado y comenzaba a alterarse intentando escapar de los dos hombres.

—¡suéltame!

.—terapia electroconvulsiva mañana en el pabellón.

—¡es que no lo entiende, todos morirán, usted morirá, suélteme!

—tranquilo, tranquilo...—ríe con ironía.

—son las 12, tiene razón, el parque secreto se ilumina con el reflejo del cristal.

—usted va a estar bien señor roiter por favor créeme. —¿de verdad lo estaría?

—¡suéltame!, ¿sabe que paso en mis sueños que fue tan determinante para que me enviaran?, mi efecto garnier malet.

—déjelo un momento, ¿qué? —los detengo cuando comienzan a avanzar.

—soñé dos cosas, y en ambas estaba usted, la primera usted, yo y maría en el baño de un aeropuerto, sangre en el piso. la segunda un cuarto lleno de luz usted durmiendo yo llevándole un café a la cama, usted despertando y mirándome.

—eso es suficiente, llévenselo.

—¡escúcheme!, usted tenía un tatuaje, un tatuaje en la espalda, alas, ¡suéltame!

—con cuidado. —observo como avanzan hacia el interior del hospital, pedro no había dejado de mirarme mientras se lo llevan por la fuerza.

—el mundo era un buen lugar, por la ventana del hotel una ciudad, roma, ¿no lo recuerda?

el simple hecho de mencionar a roma hace que cientos de recuerdos regresen a mi como un torbellino, recuerdos que pensé ya había superado, no podía seguir escuchándolo, no entendía que pasaba y como este hombre sabía tanto de mí.

—llévenselo, por favor llévenselo. —me giro para observar como el pajarito que antes estaba sobre la fuente sale volando.

—¡crea en el futuro doctora, crea en el futuro!

5

tu verdad aumentará en la medida que sepas
escuchar la verdad de los otros.
—martín luther king.

mis pasos retumban en el piso del hospital a esta hora, todo estaba en silencio y solo veía a un par de enfermeras. había recibido la llamada hace unos 20 minutos, la verdad es que no he dormido bien los últimos días así que no tenía problema en venir a esta hora.

saco la grabadora lista para grabar en lo que llego a la recepción, además de llevar un registro, el tener estas grabaciones me hacen tener un control sobre la información.

—para el registró doctora aldunate, 26 de octubre del 2022, 4:30 am caso 63. según la ficha del paciente, se descompensó, intentó escapar, fue reducido, sedado y confinado.

llego hasta la recepción donde mónica me espera.

—¿quién estaba de turno? —le preguntó mientras veo de la ficha preocupada.

—la doctora arriagada. —me responde.

—si, pero, es que lo medicaron más de lo necesario.

—estaba muy alterado.

—está bien, gracias por llamarme.

—él mismo fue el que pidió que la llamara. —me dice mientras caminamos hacia la habitación.

—sáquele las amarras. —mónica me mira sorprendida.

—pero puede ser peligroso.

—no, no es peligroso sáquenselas. —hace lo que le digo. —ahora, por favor, déjenos solos.

mónica asiente mientras se dirige a la puerta.

—muchas gracias. —le digo antes de que cierre la puerta. —¿está bien?

—la desperté. —me dice arrastrando las letras.

en su rostro se dibujaba una leve sonrisa y tenía los ojos entrecerrados, cualquiera que lo viera se daría cuenta que estaba muy drogado.

—no podía dormir, no se preocupe. me dijeron que trató de escapar.

—me... me puede dar un poco de agua, por favor.

—claro.

tomo una botella de agua sirviendo un poco en un vaso, con cuidado le pongo el vaso en sus manos para que no vaya a soltarlo. da un largo sorbo antes de volver a hablar.

—en mi año cualquier médico que receté sicofármacos se va a la cárcel, en el futuro están prohibidos, ¿aún no comienza el gran escándalo.

—es que usted no tiene que tratar de escapar, puede ser peligroso.

—¿para quién?

—para todos, puede pasarle algo.

—¿todos? —parecía sorprendido.

—el mundo.

—el mundo, no tengo a nadie en el mundo, ni en este año, bueno, tampoco allá, ¿no veo a quién podría importarle? —sonríe con ironía. —disculpe sin hoy no estoy tan encantador como nuestras otras sesiones, siento que... que estoy perdiendo mi mente.

—si les sirve de algo, a mí me importaría, a mí me importaría si a usted le pasa algo. —lo decía enserio, cuando me llamaron estaba muy preocupada, no me había pasado con ningún otro paciente, pero desde que lo conocí, fue como si algo en mi lo reconociera. había estado pensando mucho en todo lo que me había contado, el cómo me hacía sentir y su sueño, eso no ayuda mucho a mi juicio, pero intentaba mantenerme a raya tanto como pudiera. en cuanto a mi sueño, había estado pensando que pasar tanto tiempo hablado con el al final m subconsciente me había traicionado.

—usted tiene una manera muy curiosa de expresar amor, ¿siempre encierra y droga de quien se siente atraída?

—disculpe, pero yo no me siento atraída por usted. —siento como mis mejillas arden por la pena, esperaba que no pudiera notarlo, pero solo se limita a verme.

—¿no?

—no.

—leí mal la señal entonces, bueno, la historia de mi vida.

—me alegra saber que está de buen humor.

—no estoy de ninguna forma doctora, no me ve.

—lo tuve que encerrar porque confesó que cometería un

secuestro.

—no, no, mencione que usted cometería un secuestro, usted es parte del plan trazado, usted es mi aliada en, en esta misión... —mientras hablaba parecía que se le olvidaba lo que estaba diciendo. —doctora elisa beatriz aldunate sifuentes no, no debo olvidarla debo, no debo olvidar los detalles.

—está bajo los efectos de muchos fármacos, es natural que se sienta un poco confundido.

—usted soñó con pegaso, es una buena señal, en el futuro yo le debo dibujar un caballo blanco con alas si lo recuerda ahora es porque le mostraré esa imagen en el futuro. eso es una prueba, un, un chequeo en nuestra password.

—¿un password?

—una prueba de que usted estará de mi lado.

—escúcheme, le creo. ¿recuerda que yo pensaba que usted mentía? bueno, ahora no lo pienso.

—me cree. —en su mirada pude ver ilusión.

.—sí, no pienso que miente, pienso que un trastorno de personalidad es una condición que requiere un tratamiento adecuado y mucho respeto y confianza. —su sonrisa se borra rápidamente.

—usted cree que construí un delirio ¿eso cree?

—le creo a usted, como paciente.

—es natural que mis palabras lleguen más lentas que mis pensamientos, las imágenes de mi cabeza son como laminas en el agua, se disgregan como... como esas sopas de letras.

—es natural.

—terapia electroconvulsiva cierto, eso me van a hacer en la mañana.

—terapia de electroshock, sí.

—electroshock, creí que estaba prohibido.

—la verdad es que hay muchos prejuicios, usted va a estar sedado, es indoloro, los equipos ahora son de última generación.

—lamento decirle que también son la última generación, ¿se lo haría usted?

—no lo haga más difícil.

—debe ser espantoso ¿es espantoso, cierto?

por un momento se queda en silencio como si se estuviera quedando dormido, pero pocos minutos después vuelve a hablar.

—doctora.

—aquí estoy.

—¿sabe qué? intenté escapar para que me capturarán, si realmente hubiera querido escapar, no estaría aquí, no sabría de mí.

—¿y, por qué hizo eso?

—intenté que la llamaran, pero no lo hicieron, necesitaba llamar su atención, hablar con usted. si me hacen electroshocks, no podré volver

—usted me dijo que era un viaje de ida.

—mentí, tiene que evitar eso.

—lo siento.

—¿si la convenzo ahora en este minuto que lo que digo es verdad, suspenderá el procedimiento?

—no puedo asegurárselo.

—si compruebo en este momento que soy un viajero en el

tiempo, si le doy una prueba irrefutable, algo que sólo usted puede saber y que confirmaría que habló con la verdad, ¿usted suspendería el procedimiento? necesito tener su palabra.

—no puedo prometerle nada.

—respeto y confianza, los pilares del tratamiento usted lo dijo ¿tengo su palabra?

—a ver si acepto eso, usted debe considerar también la posibilidad de que no me convenza, al mismo tiempo le pido que acepte el tratamiento, si ese es el caso, ahí podríamos tener un trato.

—una sola bala entonces, una imagen para salvar a la humanidad.

—lo escucho, le aclaró que no tengo ningún tipo de tatuaje de alas en mi espalda y que no está en mis planes hacérmelo para que no gaste esa bala.

—¿pegaso y su sueño no es suficiente prueba?

—he pensado lo de pegaso se llama inducción su límbica, lo usan los magos, se presenta una imagen casual, un número y eso, más ciertas palabras y se va configurando una persistencia de esa impresión. usted tenía algo cuando lo interroga el primer día, un grupo de dibujos uno de ellos era un caballo alado. era el único que estaba mirando hacia mí, que lo haya soñado es una especie de déja vu

—¿está bromeando conmigo?

—no, no, para nada, la gente cree pensar que vivió algo de nuevo cuando realmente no fue así, el sistema visual del encéfalo está organizado en dos vías paralelas que procesan información complementaria a velocidades distintas ¿me entiende?

—usted podría aferrarse a un fierro ardiente antes de que se derrumbe 1 cm su sistema de creencias ¿no?

—la ciencia es un sistema de certezas.

—si no estuviera tan drogado, sería un buen chiste, la ciencia.

—la ciencia, nos dice que a veces creemos estar experimentando un suceso cuando en realidad nos está llegando de una fuente, la vía ventral más lenta y ligeramente retrasada. cuando me dijo que había soñado y dijo caballo mi mente configuró el hecho de que ya lo había soñado.

—con razón no podía dormir, si tiene que inventarse toda una teoría para convencerse de que no soñó con un puto caballo con alas. ¿qué necesita para creerme?

—no le voy a pedir un hecho futuro porque tenemos pocas horas antes de su procedimiento y no tendríamos cómo comprobarlo.

—usted sabe lo que tiene que preguntar para creerme. —lo pienso un momento.

—en su ideación usted dice que estaremos juntos en el futuro.

—si.

—le adelantó que no es inusual este tipo de pensamientos entre paciente y terapeuta.

—como le dije la primera vez, nunca pensé que fuera el primero, pero continué.

—bueno si estaremos juntos en el futuro y estableceremos algún nivel de intimidad, dejémoslo hasta ahí. yo quizás le confié algo privado, algo que solo yo puedo saber.

—si.

—¿sí?

—un horrible gorro flotando en el río. —mi sonrisa se borra.

—¿de qué habla?

.—de eso, un horrible gorro flotando en el río.

—no tengo idea de qué hablas. —intento no parecer afectada pero no era posible. —¿es una frase clave?

—si... su marido. —me susurra, y ya no puedo evitar sentirme afectada, me hago hacia atrás moviendo la silla para ponerme de pie.

—¿cómo supo eso?

—su marido estaba muriendo, el ya no quería seguir la quimio, ya no podía moverse.

—no puede ser, no...—sin darme cuenta mis ojos comenzaron a llenarse de lágrimas mientras caminaba de un lado a otra en la habitación, los recuerdos de mi esposo y las sesiones me invaden y ese sentimiento de duda se hace más grande, ¿era posible que no estuviera mintiendo?

—entonces usted se metió en la cama con él, lo abrazo con fuerza y ambos cerraron los ojos, usted le contó lo que harían cuando volvieran a la ciudad que amaba. roma. recreo exactamente la ruta desde la villa borghese, la vez pasada era invierno y él había perdido un gorro de piel y lana horrible, pero que él amaba y usted odiaba, y se le perdió. usted le dijo antes de morir...

todos estos días que había negado tener al menos la duda de si decía la verdad me confundían más pero a la vez me acercaba más, esa sensación de conocerlo se hacía más fuerte, pero, ¿qué era real?, ¿lo que decía pedro? o me había involucrado tanto que me deje manipular por este hombre, pero, ¿realmente era asi?, nadie sabia eso, no era posible que el lo supiera. todos los recuerdos, los sueños, las cosas que el sabia sobre mí me golpearon regresándome a la realidad de que solo tal vez, pedro decía la verdad.

—vamos a roma.... a buscar tu puto gorro y él me miró y me dijo...

—lo tiré al río, el gorro más feo del mundo, se fue flotando... —decimos al mismo tiempo.

6

examen de historiala mejor manera de predecir el futuro, es creándolo.
—peter drucker.

—registro caso 63, 27 de octubre del 2022, prueba de polígrafo, verificador dr ernesto silva, ¿estás listo ernesto? —no se porque hacia esto, probablemente para convencerme de que todo esto era real, necesitaba más pruebas.

—estoy listo.

—gracias, señor roiter, muchas gracias por su colaboración en esta prueba de polígrafo.

—¿es éste un procedimiento habitual?, lo hace en todos sus casos doctora.

—no, no, muy excepcionalmente, le voy a pedir por favor que trate de no moverse.

—me hace sentir especial, en el futuro no tenemos algo que detecte mentiras, entonces o están muy avanzados y vamos en involución, o es que pronto se darán cuenta que estas máquinas no sirven para nada, ¿qué es lo que detecta doctor? ¿respuesta galvánica o conductancia de la piel?

—cuando alguien miente hay sutiles variaciones de la presión arterial, ritmo cardíaco y la frecuencia respiratoria, ¿está cómodo?

—como lo estaría alguien con electrodos en su brazo y en el pecho, si estoy cómodo. — pedro se recarga en la silla.

—ok, le vamos a hacer unas preguntas de calibración, necesito que me diga, ¿qué día es hoy?

—hoy es jueves 27 de octubre del año 2022.

—diga por favor algo concreto que vea.

—algo concreto. —se gira hacia mí. —bueno, la veo a usted doctora por primera vez sin delantal con una blusa blanca, veo una sala, una mesa metálica, un espejo de pared donde supongo debe haber una cámara grabándome o alguien mirándome y lo veo a usted, doctor, mirando como la aguja de su detector de mentiras detecta variaciones sobre un papel.

—sigamos.

—ahora necesito que me diga una mentira. —le digo.

—¿una mentira?, a ver déjame pensar, ok, yo a usted doctora no la conozco.

—¿ernesto?

—podemos empezar.

—ok...diga su nombre.

—pedro roiter.

—¿de qué año viene?

—como le gusta esa pregunta, vengo del año 2062.

—cuéntame por favor, algo sobre lo que ha vivido, lo que me ha contado, no importa si se repite.

—no quiero sonar aburrido ¿algo específico?

—lo más importante para usted que ha pasado en el futuro.

—a los 20 años tuve una novia que me inculcó el amor por el cine antiguo.

—algo más concreto, algún acontecimiento importante.

—es como si yo le pidiera que me resumiera el siglo 20, hay cosas buenas y malas y trascendentes.

—¿hay cosas buenas? en el futuro.

—'por supuesto, hay un profundo cuidado por los niños, hay mucha conciencia ecológica, no hay plástico, el concepto de que una mujer pueda ser violada o abusada es inconcebible, mucho menos que experimente algún tipo de discriminación. lo mismo con conceptos como el racismo o los nacionalismos, son conceptos extraños. los ismos han caído completamente buenos, después no hay mucho, pegaso gana, antes de eso cosas malas, cosas de las que aún no hemos hablado.

—cuéntame.

—octubre del 2023, crash económico mundial, caída de la banca, estallidos sociales, la diseminación de la pandemia de pegaso. 2030, la purga de berlín, quizá el momento más oscuro de nuestra historia, comienza creo que, en estos años, a comienzos de los 20. las pandemias y los confinamientos obligan a la población a estar cada vez más en las pantallas, según me contó mi padre, todo comenzó por un buen motivo, castigar a racistas, violadores, poderosos corruptos que había logrado evadir la justicia, todos ellos fueron juzgados por las redes sociales y dio resultado. la masa opinante generó un acuerdo grupal espontáneo, inorgánico de quién era el enemigo y quienes eran parte del grupo vulnerado a proteger. luego esa masa comienza a poner su atención en la historia y se comienzan a derribar símbolos de una sociedad injusta.

el sonido del polígrafo hacia sentir más tenso el ambiente,

ninguno de los dos había quitado la mirada del otro mientras pedro seguía hablando.

—el 2027 o 28, todo comenzó a complicarse, se alza un concepto, el egregore, es una especie de regulador colectivo del comportamiento y el pensamiento formado por millones de opinantes. el arte, ciertos libros, ciertas obras de teatro que parecen veladas críticas al movimiento son simplemente canceladas. se comienza a perseguir a los que disienten con el egregore, los que comienzan a advertir que el egregore, es una entidad totalitaria y sin control y que no están de acuerdo con que un colectivo anónimo tome la justicia. a finales de los 20, el sistema de justicia tradicional ya no es válido socialmente, la marca y la sanción colectiva del egregore es lo único válido.

pero dentro del egregore hay quienes critican su propio poder, ellos son expuestos y luego se comienza a investigar a los ciudadanos al azar en busca de la semilla de la disidencia. es la época de las grandes persecuciones, culturales, religiosas y científicas, cualquiera marcado por el egregore, pierde inmediatamente su trabajo, su familia, su reputación y es expulsado de la sociedad. muchos sufren agresiones, se establece un sistema de castas, los puros, los dudosos, los cancelados. esto lleva a la caída del pensamiento crítico, el cine, las obras de teatro deben pasar por la mirada del egregore y si no pasan la validación son marcadas y destruidas. los museos son saqueados, los centros de investigación quemados, los colectivos filosóficos y religiosos son perseguidos, todos colaboran con el egregore para delatar enemigos.

.crecí en esos años, crecí con el temor de hacer algo incorrecto, hasta el silencio y la no participación en las redes era señal de disidencia.

—¿eso usted lo vivió?

—tenía 9 años, sí, pero conocí gente que se quitó la vida porque pensaron que el egregore los iba a marcar.

—usted habló de la purga de berlín, ¿qué es eso?

—el punto de inflexión, una fecha oscura para la historia. sábado, 11 de mayo del 2030 el egregore marca, juzga y condena a unos estudiantes clandestinos de budismo zen y una turba quema del edificio donde meditaban, mueren 132 personas, muchos niños y muchos jóvenes.

las trasnacionales de redes sociales son obligadas a cerrar, el egregore se apaga, pero el daño ya está hecho y el péndulo oscila hasta el individualismo.

intento tomar notas lo más rápido que puedo, pero rápidamente mi libreta se llena de rayones que esperaba entender después.

—eso es... disculpe que estoy anotando, en el 2030.

—si, el egregore se apaga, 2035, 2036 o 37, ¿sigo?

—por favor.

—wancha ese es otro hito.

—won...

—se pronuncia wan-cha.

—y eso es una comida china, un meteorito.

—no, es un juego, un juego virtual, muchas personas se van a vivir a un mundo virtual llamado wancha, un videojuego de inversión en el que pasan gran parte de su tiempo de vida, trabajan, tienen parejas, un mundo adictivo pacífico donde no hay pobreza ni injusticia, ni inequidades crueles, muchos amigos estresados por la realidad tomaron la decisión y bajaron a wancha después de la gran caída de los datos fueron abruptamente traídos a la realidad, bueno, jamás volvieron a acostumbrarse.

—una última fecha más.

—lo más trascendente de nuestra historia. tenía 19 años, eso lo cambió todo.

—¿qué es?

—marte.

—usted mencionó antes martes, la primera o la segunda sesión.

—la colonia marciana hizo un descubrimiento, miércoles 6 de agosto del 42 fue un momento histórico. johana flores y andrew blake hicieron historia.

—los primeros colonos.

—no, ellos fueron la tercera generación, nosotros llegamos a marte en el año 2031. el descubrimiento de flores y blake fue en el 42, los descubridores de la estructura, la civilización madre, una ciudad sepultada bajo las arenas de marte.

—extraterrestres.

—es un poco más complejo que eso. nuestros ancestros, la constatación de que no solamente no estábamos solos, eso ya lo sabíamos desde los archivos desclasificados del pentágono.

—disculpe cuando...

—el 20..., el próximo año, en realidad el 2023.

—el próximo año.

—si, pero un montón de documentos confirmando lo que muchos ufólogos venían advirtiendo durante años no remeció tanto al mundo, encontrar una civilización de hace 50,000 años en marte eso nos remeció profundamente como civilización marte era lo que alguna vez fue la tierra, un planeta con una civilización floreciente, un planeta que se hizo inviable y bueno, tuvieron que migrar hacia acá.

—que ocurrió luego de, de, de este descubrimiento. —me temblaban las manos mientras escribía y los nervios me hacían tartamudear, no había mirado a ernesto, pero sabía que estaría tan desconcertado.

—la civilización madre, como todos comenzaron a decirle, cambió todo, desde la filosofía a las ciencias, todo se puso de cabeza. lo más importante, gracias al descubrimiento de madre, se pudo avanzar en el conocimiento teórico para viajar en el tiempo y por eso estoy acá. ¿quiere que le hable sobre lo que descubrieron de dios y las religiones?

ernesto me mira a mi antes de mirarlo a el de nuevo, aunque quisiera seguir preguntando tendré que dejar esto hasta aquí, no sabía cómo le explicaría a ernesto todo esto y menos si en la prueba sale un resultado que ya sabía que saldría.

—¿qué, pasa algo? —pedro nos dice mirando de uno a otro con una sonrisa.

—creo que estamos. —le responde ernesto.

—muchas gracias señor roiter, ahora nos va a tener que esperar afuera.

—claro, sí. —ernesto comienzo a quitarle los cables, pedro se pone de pie dirigiéndose a la puerta, pero antes de abrirla se gira y me mira.

—doctora ¿reprobé el examen? —parecía divertido, le sonrió antes de responderle.

—ya vamos a conversar. —sale del cuarto. ernesto se toma unos minutos antes de hablar.

—es muy sorprendente.

—lo es, por eso quería que lo escucharas, además sabe cosas privadas que es imposible que las conozca, esto, esto, tú comprenderás que revoluciona todo, ¿qué opinas?

—mira, según el polígrafo, él dice la verdad, lo que indica dos posibilidades. uno, que él realmente cree en su psicosis y dos que está mintiendo y es alguien entrenado para pasar esta prueba sin ni siquiera una mínima variación. mira estos registros. — me muestra las hojas de sus resultados.

.—¿hay una tercera posibilidad?

—elisa...

—¿no lo escuchaste? ¿cómo podría inventar todo eso sin dudar?

—porque es un gran mentiroso.

—pero ernesto.

—y si titubeo sólo una vez, ves este salto en la aguja.

—sí.

—le pedí que mintiera y dijo que nunca te había conocido, esa es la única vez que mintió realmente.

—sí, pero, le pedimos eso, nosotros le pedimos que mintiera.

—entonces es verdad ¿él y tú se conocen?

—es mi paciente ernesto.

—no, no me refiero a eso, tú misma has dicho que sabe cosas tuyas que no debería saber, te ha estado investigando.

—puede ser, pero...

—deberías tener cuidado con él y creo elisa que, por tu seguridad, deberías dejar este caso. ese hombre te conoce de antes.

7

no viajes en el tiempo al pasado vagando por los matices como si pudieran cambiar, no marques las páginas que has leído.
—james altucher.

—para el registro, doctora elisa aldunate sesión número 7, caso 63, 28 de octubre del 2022, nos acompaña andrés gómez, doctor en física de la universidad de chile, con un post doctorado en el mit, señor roiter, además de ser físico, andrés es un gran amigo mío, por eso le pedí que me acompañara en una de mis sesiones.

—veo que cada día trae a alguien nueva doctora, me siento halagado.

—hay preguntas que simplemente no sabría hacerle y andrés está acá para hacerlas.

—ajá, jemmy button.

—¿perdón? —andrés mira a pedro.

—en 1830 mientras cartografiaba a los canales de tierra del fuego, el capitán robert fitzroy capturó a unos fueguinos y lo llevo a londres, uno de ellos cambiado por un botón de nácar. fue despojado de su nombre impronunciable y le pusieron jemmy button, porque fue comprado por un botón.

—sí, sí sé la historia... —andrés parecía confundido y a la vez divertido con lo que pedro le decía.

—de los canales del fin del mundo a londres, para jemmy fue como viajar al futuro, lo interrogaron, analizaron y midieron, parece que ese es el destino de los viajeros en el tiempo, ser sujetos en exhibición.

—me dice elisa que, según usted gracias al descubrimiento de una cultura ancestral en marte, el viaje en el tiempo es posible o, mejor dicho, será posible.

—correcto.

—y le explicó algo sobre la alteración de la gravedad mediante.

—láseres.

—láseres, si me podría explicar el procedimiento por favor

—¿para qué?

—¿para qué? —andrés me mira.

—si le voy a explicar cómo viajar en el tiempo quisiera saber qué piensa hacer con esa información.

—bueno, compararla con los conocimientos de la física actual y ver si lo que dice tiene sentido.

—¿y si tuviera sentido?

—si tuviera sentido, se derrumbaría la segunda ley de la termodinámica.

—y eso lo incomodaría.

—no, sinceramente creo que eso sería imposible, quizás podríamos teóricamente viajar al futuro, ¿viajar al pasado?, la entropía de un sistema aislado nunca puede disminuir, eso es lo que sé. pero estoy aquí para que me convenza.

—cómo no, ¿tiene un lápiz y un papel o algo donde anotar?

—no.

—toma andrés. —le paso una hoja y un lápiz.

—bueno mire, anote ahí, todo se basa en el condensador del flujo del modelo braun.

—¿qué es? —pedro parecía divertido explicando esto y andrés más irritado.

—en la clave, es una caja con 3 pequeñas lámparas incandescentes centellantes colocadas en forma de y situada detrás de la máquina del tiempo, nosotros usamos un auto deportivo cuando el automóvil se aproxima a una velocidad de 140 km/h, ocurren muchas cosas, sigo, ¿no?

andrés deja de escribir, aprieta la mandíbula mientras suspira irritado, lanza la hoja en la mesa mientras ve a pedro quien no ha dejado de sonreír.

—no, no es necesario, todos vimos esa película. elisa, gracias por invitarme, pero no quiero perder mi tiempo ni hacerles perder el suyo. —andrés se pone de pie.

—creí que el tiempo no podía perderse, hemos hecho un progreso.

—pedro, por favor, dígale lo que me dijo, láseres circulantes, la gravedad es la clave explíquele, por favor...

—usted jamás podría comprender una sola palabra de lo que hablo, ¿sabe lo que es la gravedad, realmente? ¿sabe lo que es un typed de fragmentos de bucles?, ¿sabe lo que significa un dominio retrógrado causal transtemporal?, ¿sabe lo que es un tobogán tardis?

el pedro sonriente y burlón había desapareció y ahora se veía molesto, andrés que aún seguía en la habitación se da la vuelta para acercarse a él.

—no, no sé, lo único que sé es que usted es un fraude, lo siento elisa, pero yo no voy a aguantar esto, me voy.

pedro no se inmuta mientras andrés sale de la habitación.

—entonces, señor roiter, ¿cuál es la idea de burlarse de mi amigo?

—¿su amigo?

—si, mi amigo.

—yo elegiría mejor a mis amistades, ¿quién es?, lo note dominante y seguro de sí mismo, dos indicadores de estupidez, en todo caso se comportó como si quisiera validarse frente a usted, usted le gusta.

—eso no importa. —no entendía a que venía eso. —lo que importa es que yo estoy tratando de ayudarlo, a usted.

—exhibirme como jemmy button en las cortes victorianas no es la solución de su problema, buscar a otros para creer, no debe importarle lo que otros crean, lo único que debe importarle es lo que cree usted.

.—no si se comporta como un niño, si guarda su información, si cambia los datos.

—bueno, no son así los psicóticos, volubles.

—usted no está haciendo un cuadro psicótico.

—entonces, ¿qué estoy haciendo? —reclina el cuerpo hacia adelante haciendo que la silla provoque un sonido molesto al rozar con el suelo. —¿mhm?, dígalo doctora, no duele, diga, qué me cree.

quería hacerlo, tenía varias pruebas, había cosas que simplemente no podía explicar y lo sentía en mí, pero por alguna razón me negaba a aceptarlo, necesitaba algo contundente para poder decirlo, me sentía como si estuviera vagando entre mi realidad y su realidad. necesitaba algo, algo que me aterrizara por completo.

—no es sospechoso que lo atemorice que traiga a terceras personas.

—no me atemorizan, la información es peligrosa doctora, si hay algo que me ha enseñado el futuro es que la información es peligrosa, no todos pueden saber esto, se pueden generar paradojas, líneas de tiempo parasitarias que no van a ningún lado, camino sin salida, mientras más personas sepan lo que pasa y lo que le he contado, más tambalea la línea base, por favor, deje de traer gente, le he dado todas las pruebas. estaremos juntos usted y yo en el futuro ¿cómo es que aún no me cree?, ¿a qué se está aferrando?

—a la realidad, señor roiter, a eso me estoy aferrando. mientras que usted me ofrece aferrarme a... el vacío, algo imposible.

—no, no, algo imposible, ya le dije crea en el futuro.

—no lo aceptó.

—piense cuando tenía 8 años, ¿se imaginaba un mundo así? todo es posible, mejor aún piense antes del año 2020, en el futuro tenemos un dicho, en el 2020 comienza el futuro, piense antes de ese año como era todo, todo lo que pensaba que era imposible lo fue. en 3 meses toda la población del planeta fue confinada, no me hable de imposibles.

—mire. —hago lo mismo que el así que recargo mis brazos en la mesa, estamos cara a cara sin dejar de mirarnos. —he ejercido esta carrera durante 12 años, durante todo ese tiempo una sola cosa ha evitado que mi mente que mi cordura mi sentido de referencias, no se derrumbe, trazar una línea clara entre lo lógico, lo racional, lo científico y el otro mundo.

—bueno yo la invito a borrar esa línea ¿qué le da miedo?, ¿qué le da miedo, doctora?

—usted, yo. —tenia miedo a que tuviera razón.

—egoísmos, ese es el problema, recuerde lo que hablamos de las revoluciones, hacer algo hoy para gente desconocida en el futuro, hoy en esta sala vieja se define, no su miedo, no su anclaje a lo que usted cree que es lo racional, aquí se decide la suerte de 7800 millones de personas, sus vidas dependen de lo que decida aquí y ahora puede aceptar eso.

hemos llegado al final del camino, puede escuchar sus 7 cintas una y otra vez, pero para tomar la decisión, para saber qué es correcto o no, debe dejar de pensar. debe sentir doctora, un acto de fe eso es lo que le pido, ya tiene todos los elementos, yo no puedo hacer nada más.

—pedro...

—hoy me sacaron sangre, están en laboratorio del hospital, solo tiene que pedirla, plasma rico en plaquetas.

—pedro...

—si yo fallo, usted deberá hacerlo inyectar a la paciente cero antes del 24 de noviembre.

—voy a pedir cambio de médico tratante, no creo poder seguir viéndolo perdí la perspectiva y esto ya no es profesional, ya no es una relación terapéutica. —no se en que estaba pensando, simplemente había llegado a mi en el momento, sabia que era la decisión correcta pero aun así se sentía como algo malo, pedro me miro con asombro y confusión.

—no, no, no lo haga, está cometiendo un error.

—mañana voy a informar a la dirección, espero de todo corazón que esté bien pedro, y discúlpeme por no haber podido ayudarle.

—usted está cometiendo el mayor error de su vida. —se

levanta y cruza la mesa para quedar hincado frente a mí. —no puede hacerlo.

me levanto ignorando su mirada dolida, no sabía cómo sentirme en este momento, todo estaba tan confuso y estaba perdiendo la realidad por completo, aunque ahora dudo hasta de ella, si seguía con esto perdería mi juicio y la que terminaría en el lugar de pedro seria yo. probablemente me terminaría arrepintiendo después, pero por el momento era la decisión que quería para no caer en la locura, llevaba días sin dormir y no podía seguir así.

no miro atrás, pero sé que pedro me esta mirando, antes de que salga de la habitación habla de nuevo.

—doctora... no se aferre a la realidad, usted ya me cree, lo puedo ver en su mirada, rompa esa línea entre lo que es real y no... antes de que cometa el peor error de su vida...

cierro los ojos con fuerza, pero sigo caminando dejando a pedro solo en la habitación.

[image "el ruido de la televisión hace eco en la sala mientras me preparo un té, tomo mis papeles y me dirijo de nuevo a sentarme, programo la grabadora y comienzo a grabar, es un habito que he tomado con el tiempo y me ayuda a organizar mis ideas"

.el ruido de la televisión hace eco en la sala mientras me preparo un té, tomo mis papeles y me dirijo de nuevo a sentarme, programo la grabadora y comienzo a grabar, es un habito que he tomado con el tiempo y me ayuda a organizar mis ideas.

—para mí informe, hora 22:30 del 28 de octubre del 2022, en relación al desconcertante caso 63, he consultado en la bibliografía casos de delirio similares, también he visto en youtube casos similares reportados de viajeros en el tiempo.

detengo la grabadora cuando veo que me llega un mensaje, es

mi madre.

—hola hija, ¿cómo estás? lo que te conté hace unos días sobre tu hermana se confirmó, los exámenes salieron mal, a ella le vendría tan bien una llamada tuya, nunca es tarde para recomponer una relación, especialmente en un momento complicado de salud como este, piénsalo...

tomo un largo trago de mi te, como podría retomar una relación después de alejarme, no era una buena hermana después de alejarme así y me sentía tan culpable, suspiro cansada mientras busco algo en mi laptop.

—está el caso de john titor, quien afirmaba ser un soldado estadounidense del 2036, pero que solo se comunicó a través de foros en línea. alego tener una máquina del tiempo instalada en la parte trasera de un renault 12. también está hacán nordis, un sueco que decía haber viajado al año 2042 mientras arreglaba un lavaplatos. andrew cardín un estadounidense que se hizo millonario comprando acciones riesgosas en la bolsa y luego desapareció. todos, por supuesto, han sido un fraude...todos, sin excepción, todos.

8

no hay mayor mentira que la verdad mal entendida.
— william james.

29 de octubre de 2022 son las 9: 34 de la mañana y estoy con el jefe de psiquiatría, el doctor aldo rizzolatti en reunión para solicitar cambio de psiquiatra tratante al caso 63, aunque ya había hablado con él me cito aquí. había estado observado la ventana mientras el escriba algunas cosas.

—¿sucedió algo con el cambio? —le pregunto.

—te cite con respecto a eso elisa, tenemos una situación delicada que te compromete. —quito la mirada de la ventana para mirarlo, no entendía a que se refería. —¿ya lo trajeron? —aldo habla por el altavoz.

—ya está aquí doctor.

—que entre solo por favor.

—adelante, por favor. —escucho que dicen del otro lado, pero seguía confundida en quien podría venir hacia aquí que tuviera que ver conmigo.

—¿esperamos a alguien?

—a tu famoso caso 63, ha pasado algo muy grave.

miro detrás de mi cuando la puerta se abre para ver a pedro entrar a la oficina, sin dejar de mirarme se sienta a un lado mío.

—buenos días, doctora, doctor.

—me parece que el señor marín tiene que contarte algo elisa.

—¿marín? —vuelvo a mirar a pedro, pero me mira sin expresión alguna.

—el señor marín nos involucró en una situación extremadamente grave, ¿no es así?

—la verdad es que no estoy entendiendo nada. —miraba de un lado a otro sin saber que tenia que decir, aunque hubiera duda en mí nunca le había dicho a pedro que había algo en mí que le creía, entonces era imposible que lo supieran.

—por favor cuéntale a la doctora quien es usted.

—mi nombre es gaspar marín... —lo miro, pero seguía mirando al frente sin notar que lo miraba.

—para el registro y ahora que está la doctora tratante puede repetirle a la doctora lo que nos contó ayer en la noche, por favor.

—bueno, mi verdadero nombre es gaspar marín celis, soy chileno vivo en la comuna de providencia, en santiago de chile, en la calle alfredo rioseco, 2340. estoy separado, tengo dos hijos de 12 y 14 años.

—nos puede decir su profesión.

—sí, soy escritor.

—no... no —mi corazón estaba muy acelerado, me estaba poniendo nerviosa y se me dificultaba tragar, es que esto no era posible.

—¿qué tipo de cosas escribe?

—soy escritor de ciencia ficción, para aclarar soy ingeniero civil mecánico de la universidad santa maría y hace algunos años comencé a interesarme por la ciencia ficción, comencé muy aficionadamente a escribir sobre el tema, pero ahora mis libros digitales se venden muy bien la comunidad de aficionados al género es muy grande, ¿sigo?

—continúe por favor.

—bueno, desde algunos años escribo ciencia ficción en un foro colaborativo de autores llamado fundación scp, puede googlearlo, yo estoy en la filial latina.

—no, está mintiendo. —sentía como si todo en la habitación diera vueltas, mis manos hormigueaban y sentía como algo en mi se derrumbaba.

—¿lo dejamos continuar? —asiento de mala gana.

—desde que me encontraron hace una semana he estado participando en un experimento del foro.

—¿qué clase de experimentos? —le pregunto, por primera vez desde que entro a la habitación me mira, sonríe ligeramente antes de responderme.

—el foro convocó un desafío que consistía en mentir, pero no a cualquiera ni, de cualquier manera, mentir utilizando elementos de ciencia ficción y elegir a alguien particularmente escéptico, un profesional alguien como usted doctora aldunate.

—está mintiendo, aldo el paciente está mintiendo.

—la semana pasada el mismo día en varios países a la misma hora muchos pedro roiter se desnudaron y se dejaron apresar, tenían que convencer a un desconocido de que eran viajeros en el tiempo. para ganar el desafío se necesitaba confirmar que podían convencer a alguien muy calificado de que la mentira era imbatible por más de 3 días, ya llevamos 8, ¿no?

—no, no, no es posible. —no solo me había dejado engañar por un paciente, había llevado esto más lejos y ahora me decía que todo era mentira, que había jugado conmigo y mi tiempo como psiquiatra.

—le pido tantas disculpas doctora elisa, me siento tan avergonzado yo nunca había participado en los desafíos, pero en esto, no, no pude negarme, era un reto se da cuenta, si pude convencerlos puedo convencer a mis lectores, pero no se preocupe, yo jamás voy a revelar sus nombres verdaderos.

—pruebas señor... deme pruebas de lo que está diciendo.

—la fundación scp se especializa en crear falacias y brechas lógicas falsas pero imbatibles, puede buscarme anote...

—no, no, si no me interesa anotar nada. ¿maría veitia? —me pongo de pie para acercarme a el pero retrocedo, caminaba de un lado a otro tratando de recordar algo, algo que me dijera que todo esto no era real y el era pedro roiter.

.—ese es un nombre al azar que saqué de internet.

—no le creo.

—métase al foro.

—un foro.

—un foro de escritores de ficción, un ala nueva del wiki de ficción llamado fundación scp, tenemos hasta un videojuego, scp es un acrónimo que significa procedimientos especiales de contención, una web basada en un proyecto de ficción colaborativa sobre individuos, entidades, ubicaciones y objetos que violan la ley natural como el personaje de pedro roiter. el desafío era simple, había que hacerse pasar por un viajero en el tiempo.

—y..., ¿qué pasa con pegaso? —no sabía si estaba más afectada por descubrir que todo fue una mentira o por haber creído en todo lo que me decía.

—¿pegaso? —aldo pregunto, pero ambos lo ignoramos, pedro seguía mirándome.

—los miedos del fin del mundo ya no son representados por guerras nucleares ni por el cambio climático, sino por virus, pegaso es el miedo natural de lo próximo que podría venir yo soy escritor, doctora, ganó plata por mentir, por inventar cosas, los últimos 9 años he estado escribiendo sobre futuros distópicos en el foro.

—¿y....y, ¿qué pasa con las teorías?

—todo lo saque del foro, puede buscarlo tome su celular y búscame, mi nombre es gaspar marín mi seudónimo que gregor roiter.

—usted manejó información confidencial sobre mí, lo, lo que le dije a mi marido antes que se muriera, yo soñé...

—usted misma lo puso en la red, todo está en sus redes.

—me hackeo. —justo en este momento era como si todo en mi memoria se hubiera borrado, no recordaba lo que había subido a mis redes sociales.

—no, yo nunca haría eso, yo solo revise sus publicaciones, la gente pone cosas muy privadas en la web y no se da cuenta, todo lo que sé de usted yo lo he sacado de la red sin violar ningún protocolo, sus fotos de roma, el gorro, sus parientes y amigos también publican cosas sobre usted, esa información es pública, todo es público...siento mucho lo de su hermana...

eso fue la gota que derramo el vaso, estaba cerca de el y los sentimientos encontrados que tenia justo ahora me hicieron reaccionar de manera precipitada, sin pararme a pensar le doy una bofetada cuando menciona a mi hermana.

—no, no se atreva a mencionar a mi hermana. —pedro me miraba expectante por lo siguiente que fuera hacer, pero solo retrocedo aguantando de no llorar enfrente de ellos dos.

—doctora elisa es suficiente. —aldo se pone de pie y voltea a ver a pedro. —a ver ya obtuvo lo que buscaba ahora se va a ir detenido hasta que llegue la policía. —pero pedro no le prestó atención, seguía observando cada cosa que hacía.

—doctora yo no quise hacerla sentir mal, esto no estaba en mis planes.

—¿qué cosa? —paso ambas manos por mi cabello para apartarlo de mi cara.

—que se involucrará tanto con el caso 63. —¿no lo estaba? después de todo lo que había hecho, sentía que mi cabeza iba a explotar.

—¡usted está enfermo!, ¿sabía? —me acerco a el de nuevo y esta vez se pone de pie.

—elisa, por favor...

—¡es un narcisista, un narciso perverso! —había alzado mi voz y aldo solo trataba de calmarme.

—elisa basta por favor.

—yo entiendo que tenga rabia doctora.

—tus huellas digitales, no había registro en ninguna base de datos.

—use cianoacrilato en la yema con jugo de piña, causa una condición llamada adermatoglifia transitoria y es mucho más difícil de pronunciar que hacer... lo siento doctora a veces cuando el truco del mago se descubre, todo parece obvio y tonto.

ya no soportaba más estar aquí, me sentía atrapada en un hoyo que se hacía más pequeño a media que avanzaba el tiempo, necesitaba salir y tomar aire.

—terminemos con esto por favor. —me doy la vuelta para no

mirarlo.

—si les sirve de algo doctora, pensé que me iba a sentir satisfecho y orgulloso pero la verdad es que no me siento así, me siento un poco decepcionado de mí mismo.

—mónica, podrías decirles a los guardias que vengan a mi oficina. —sin mirar sé que aldo esta al teléfono.

—perdón, doctor, ¿por qué voy a ser detenido?

—porque usted uso recursos públicos, horas profesionales y el tiempo de una profesional destacada.

—bueno, pero porque ustedes lo decidieron así, ustedes me etiquetaron yo no, yo nunca dije que necesitaba ayuda siquiátrica ustedes lo hicieron, no pueden detenerme por contar una historia y si lo hacen, si esos guardias de seguridad que me trajeron me detienen, bueno, yo me veré obligado a contar lo que pasó acá.

lo miro incrédula por lo que decía.

—perdón, ¿nos está amenazando señor marín? —aldo tenia la misma cara que yo, sin creer que esto estuviera pasando.

—sólo digo que si no deja que me vaya por esa puerta después de esta conversación yo puedo publicar todas las irregularidades que se produjeron en mi caso, someterme a un test de polígrafo sin mi autorización, meter personas externas al hospital violando la privacidad terapéutica médico paciente, ser sometido a una terapia psicofarmacológica agresiva y errática, uso de la fuerza, secuestró, amenaza de electro shock, ¿sigo? —había puesto ambas manos sobre el escritorio mientras miraba a aldo directo a los ojos. —registro de mis sesiones sin mi consentimiento como ahora, porque veo que me están grabando, ¿no? bueno, eso destruiría la reputación de la doctora aldunate, sin contar que se dejó engañar por un viajero del tiempo, eso no se vería bien en ninguna circunstancia.

.aldo me mira, no podía entender donde estaba el hombre que conocí hace una semana y como había dejado que mi vida tomara este camino, no espero a que el señor roiter... marín o como se llame se vaya, tomo mi bolsa y salgo lo más rápido que puedo de ahí.

—lo siento aldo. —susurro antes de salir.

—sabe que, váyase de aquí, si vuelvo a saber de usted no me importan sus amenazas, si vuelvo a saber de usted lo voy a meter en la cárcel, me escuchó. —es todo lo que escucho antes de cerrar la puerta.

—bueno, con permiso.

avanzo rápidamente para que pedro no vaya alcanzarme, pero antes de siquiera de llegar al próximo pasillo para salir del hospital escucho su voz detrás mí.

—usted tenía razón doctora, soy simplemente un fraude. —me detengo sin mirarlo. —pero si hay algo, si hay una cosa en la que no le mentí, podemos cambiar el futuro, crea en el futuro, doctora.

9

entrelazamientocuando en el fondo de tu ser crees que tú alma gemela existe, no hay límites para las formas en que el o ella puedan ingresar a tu vida.
— arielle ford.

31 de octubre del 2022, 11:55 de la mañana.

el césped cruje bajo mis pies mientras avanzo en el jardín del hospital, la mañana estaba tranquila y siempre me había gustado el sonido de los pájaros que siempre estaban aquí, necesitaba ordenar mis ideas sobre todo este proceso extraño, estar en este jardín sentada en la misma banca de siempre me da perspectiva, me clara. hace unos minutos renuncie a mi cargo en la unidad de psiquiatría, fue eso o someterme a un sumario desgastante que terminaría con mi carrera, ahora hace algunos minutos luego de salir de mi oficina donde trabajé por 12 años me he sentido extrañamente aliviada. es la última vez que voy a estar en esta parte del hospital... en mi jardín secreto.

siguiendo la lógica del paciente 63 si esto, si este momento fuera un vórtex como él llama saldrían de acá dos líneas de tiempo. una en la que voy a mi casa comienzo a buscar trabajo e intento recuperar mi vida y otra en la cual intento entender por qué una simple mentira ha resonado en mí y me ha hecho perder mi sentido.

hoy en la mañana tuvo un encuentro con gaspar marín, con el verdadero gaspar marín.

resulta que efectivamente es un escritor aficionado de ciencia ficción, pero no fue nuestro paciente, lo cual significa que el señor roiter bueno, que el caso 63 utilizó su identidad para zafarse de nosotros. si pedro roiter no existe, ni tampoco ese gaspar marín que decía habernos engañado... entonces, todo lo que ha ocurrido hasta ahora no es más que el juego de un pobre tipo, un nadie, pero ese nadie sea quien sea, me llamó.

m primera reacción fue colgarle, pero insistió en que a lo menos merezco saber cuál es la verdad, promete que después de esa reunión nunca más voy a saber de él.

no sé si es una buena decisión, no sé si es peligroso o estúpido de mi parte, aún no estoy segura de que sea una buena idea. en realidad, de un tiempo a esta parte no estoy segura de nadie.

me acerco lentamente a donde pedro estaba sentado en la cafetería, esta de espalda hacia mi asi que no puede ver cuando llego lo que le sorprende. tomo asiento sin decir nada ignorando la taza de café que tengo al frente.

—para el registro, doctora aldunate sesión número nueve, treinta y uno de octubre del dos mil veintidós, diecisiete treinta horas el ficticio caso 63 sesión extraordinaria. —digo mientras pongo la grabadora en la mesa.

—veo que sigues con ese hábito de registrar tu vida. —me sonríe.

—le doy solamente diez minutos.

—de acuerdo, si no me equivoco estás llena de preguntas beatriz, supongo que puedo llamarte por tu nombre, ¿no? ya no estamos en una relación médico paciente.

—tienes alguna idea de lo que provocaste, ¿qué quieres? ¿qué es todo esto? —le miro molesta.

—sé que fuiste a ver a gaspar marín.

—me he estado siguiendo, claro.

—sé que necesitas una explicación... —ya no estaba segura de lo que quería o porque estaba aquí.

—no sabes que... —intento interrumpirlo, pero no me deja.

—beatriz... —pone su mano sobre la mía en la mesa, su toque en cálido y suave pero no levanto la mirada.

—¿qué estoy haciendo? —susurro para mí, aunque sé que él también me ha escuchado.

—tienes que escucharme...—quito mi mano, pedro solo suspira mientras tomo un sorbo de su café.

—¿para qué? ¿para que todo esto?, una nueva mentira sobre una nueva mentira.

—no.

—no tengo idea quién eres, pedro... yo, yo no sé si te llamas así.

—si me llamo pedro.

—bueno me cagaste la vida, pedro. —parecía afligido con lo que le digo y si tenía algo que decirme no lo hace y continúa.

—fui entrenado para viajar en el tiempo, fui entrenado para alterar el vórtex de maría veitia el veinticuatro de noviembre en el vuelo latam seis cuatro tres tres de las diecisiete treinta y tres, fui entrenado para contactarte y convencerte de que me ayudaras y también fui entrenado para tener una puerta de escape...

—no, no... —ahí iba de nuevo con eso, un día trataba de convencerme y lo estaba logrando, al siguiente dice que todo es mentira y que es otra persona que resulta también ser mentira.

—deja de jugar con mi mente.

—escúchame, fui entrenado para tener una puerta de escape en caso de que las cosas no salieran bien, tu comenzaste a divulgar y hacer pública mi presencia en esta línea, comenzaste a invitar gente a nuestras sesiones. de pronto comencé a escuchar a los funcionarios del hospital diciendo que tú estabas convencida, me preguntaban el número ganador de la lotería y un par de internos que sabían todo de mí me preguntaron en qué acciones de la bolsa debían invertir. supe que habías comenzado a poner en peligro nuestra misión, mucha gente creyendo en un viajero del tiempo produciría sin querer cambios y esos cambios producirían líneas de tiempo anómalas, líneas parasitas accesorias, líneas huérfanas. malos finales en donde pegaso no se detenía, tuve que tomar la puerta de escape, en el entrenamiento le decían la suplantación.

.—suficiente. —intento ponerme de pie, pero el me sujeta de la mano regresándome a la silla.

—escúchame, buscamos un perfil de la época que pudiera servir de pantalla, un escritor de ciencia ficción no muy conocido un escritor de foro de internet nadie famoso y obtuvimos ese perfil tan interesante de gaspar marín.

—no, no quiero escuchar más.

—en caso de que mucha gente supiera de mí tenía que desacreditarte, dejarle claro a todos que yo mentía y que tú habías caído en una trampa. no hay tal viajero, solo un mentiroso y una mala profesional.

—se acabó... —me pongo de pie y el también.

—no tuve salida, fue lo mejor para los dos.

—me voy. —avanzo solo unos pasos cuando me sujeta del codo para detenerme. —basta...

—mira aquí adentro hay una grabadora, todo lo que necesitas

saber está ahí si no lo abres no nos volveremos a ver. —sostiene la bolsa frente a mí, lo pienso unos segundos. —por favor, toma. —tomo la bolsa y con cuidado la guardo en la mía. —gracias.

—adiós pedro.

—adiós.

avanzo por la calle sin mirar atrás, aunque puedo sentir su mirada sobre mí, mientras camino a casa pienso en los últimos días y todo lo que había pasado, pedro era un loco y un mentiroso y no sabía que me daba mas coraje y enojo, el hecho de que jugara conmigo o el que yo, a pesar de todo, siga creyendo en él.

tenía una sensación extraña que no sabia como explicar cuando estaba con él, unos minutos más tarde por fin estoy en casa, me quito los zapatos y voy directo a la cocina a servirme un vaso con agua, saco de mi bolsa lo que me dio y una cajetilla de cigarros, prendo uno mientras saco el sobre, un pequeño papel cae sobre mis pies.

—aquí están los nombres de mis padres y su correo para que les escribas y ellos puedan conocerse. —leo en voz alta.

—loco de mierda. —pongo el cigarro en mi boca mientras saco la grabadora.

—supongo que tienes muchas preguntas creo que llegó el momento de decirte cosas importantes.

—qué estoy haciendo, mierda.

—es complicado lo que te voy a decir, pero trataré de ser lo más claro posible. en mi vida hay dos líneas de tiempo, la línea de tiempo que deje, la línea donde no podré volver... y esta línea, la línea donde tú escuchas esta grabación donde yo irrumpí tu vida y la cambié para bien o para mal. aquí viene lo extraño, en la línea original donde murió mi mujer afectada por pegaso.

se queda en silencio demasiado tiempo, me recargo en la

encimera de la cocina tomando otra calada.

—supongo que tengo que decirte esto, tú... tú eres esa mujer, tú eres esa mujer y al mismo tiempo no lo eres, es complicado y al mismo tiempo simple.

me sobresalto cuando siento un ardor en mi pie, no me había percatado que deje caer el cigarro y había caído en mi pie. no era posible lo que decía pedro, aunque en este punto ya no sabia que si lo era y que no.

—tenemos que usar bien las palabras, no existe el viaje en el tiempo, existe saltar de universo en progresión a un punto anterior de otro universo en progresión. en el 2062 me quedé solo y me enlisté como viajero en el tiempo. ya te expliqué que un requisito fue que tenía que tener sueños, el evento garnier malet y efectivamente yo soñaba, soñaba con mi mujer joven en una ciudad de un mundo diferente al mío, cuando me dijeron que no eran sueños sino ecos de una línea de universo diferente me sorprendió saber que esa mujer en ese otro universo, la mujer a la que debería contactar, tu... era igual a mi mujer recientemente perdida

viajar en el tiempo implica saltar a otro universo, pero en ese otro universo uno vuelve a encontrarse con las mismas personas, pero no exactamente en los mismos roles, si en mi universo original tú eres médico y yo agrónomo y estábamos casados y tu falleciste por pegaso en ese universo nuevo estás tú, de nuevo, pero eres psiquiatra y yo soy paciente y en otro universo yo morí y tú viajaste en el tiempo.

no lo sé, sólo sé que en todos los universos miramos las mismas entidades, somos versiones de diferentes películas con los mismos personajes, en mi mundo yo te amé beatriz, vivimos juntos mucho tiempo, sobrevivimos a lo malo del futuro y disfrutamos lo bueno.

también se repiten los objetos, ella también tuvo un viejo

gorro de piel de oveja y orejeras que amaba, decía que era el único que le mantenía caliente las orejas y también lo perdió en un viaje que hicimos a los fiordos de noruega y yo también al verla morir la abracé y le dije, no te vayas vamos a fiordos, vamos a encontrar tu gorro. todo está mezclado, personajes, situaciones, destinos, todo se mezcla y eso lejos de asustarnos debería hacernos sentir bien.

—no, pedro, no me siento bien.

—sea cual sea el universo dos seres migran y se encuentra, lo llamamos entrelazamiento. en el entrenamiento estudie mucho sobre ti en este universo, era una nueva oportunidad de estar con la persona que amaba. ahí me dijeron porque el entrelazamiento ya había ocurrido antes, a veces vemos a alguien y sabemos que lo conocemos, en este universo es un extraño en la mesa de un café, en otro universo será la persona con quien compartirás toda la vida. quizá tú lo sientes, la sensación intuitiva de que estamos de una forma u otra predestinados, pero todo es frágil...al haber ido a buscarme hoy y hablar con gaspar marín activaste sin querer una línea de tiempo hostil donde ese hombre después de tu visita quedó preocupado, no olvidemos que escribe de ciencia ficción y saber que lo suplantaron ha despertado todos sus miedos y paranoias, el interpuesto una investigación y en este momento ya debe estar en el hospital.

.al preguntar por su impostor revisaran las cámaras de seguridad del hospital y eso hará que muy pronto comencé mi búsqueda, eso no me deja tiempo.

—qué quieres... —rápidamente limpio las lagrimas que corrían por mis mejillas de forma apresurada, pedro y yo estábamos predestinados, en este y en todos los universos de una u otra forma nos encontrábamos, ¿como era posible?, como podía creer en algo así.

—tengo que tomar un vuelo antes de que eso ocurra, ahora todo depende de ti, debes sacar mi plasma del hospital e interceptar a maría. después de que todo esto ocurra y visites a tu hermana, que por cierto se alegrara de verte, debes tomar un avión a roma el 31 de diciembre al llegar al aeropuerto camina hasta la estación de trenes y anda a la plataforma 23, yo te esperare a las dieciséis horas y entonces deberemos cerrar el evento garnier malet en un hotel, yo te voy a mostrar un dibujo de pegaso para que yo pueda decirte el segundo o tercer día de conocernos en el hospital que tú, lo soñaste, tú me contaras un recuerdo privado para que en el pasado yo te diga que lo se. y a la mañana siguiente yo te llevaré un café y te voy a mirar mientras duermes y soñaré con eso, y por eso, por haberte visto mientras dormías, haber soñado con eso, me van a elegir como viajero del tiempo.

hace una larga pausa mientras trataba de procesar lo que decía y pasaba.

—no tengo nada más que desearte suerte si esto no funciona y se genera una línea sin salida donde esto no resulta y no nos encontramos, beatriz tienes que saber que hice todo esto, no por la humanidad, no me importan los siete mil ochocientos millones de personas, no me importa el futuro... me importas tú, sí hice esto es porque he aprendido sistemáticamente armarte en todas las líneas de tiempo...

me deslizo por la pequeña pared de la encimera de la cocina mientras lloro, abrazo mis piernas mientras escucho la voz de pedro.

—pero ahora lo único que importa es que todo depende de ti...

es lo último que escucho antes de que se apague la grabadora, pero ahora lo único que importa es que todo depende de ti, se repetía una y otra vez en mi cabeza y yo no tenia ni puta idea de que tenía que hacer.

¿en qué mierda me había metido?

10

cuando la situación es adversa y la esperanza poca, las determinaciones drásticas son las más seguras.
— tito livio

24 de noviembre 2022

—intrusiones para inmunizar a maría veitia. —leo en voz altas las letras negras que se encuentran en el folder que se encontraba ayer en mi puerta.

saco la pequeña grabadora y otros papeles que comienzo a hojear mientras le doy play, lo primero que veo es una pequeña fotografía de una mujer.

—esta es la fotografía mírala bien, te sugiero contactarla en el aeropuerto y ganar su confianza, no se entablar conversación con ella y de alguna manera, aquí viene lo difícil inyecta cero puntos cinco miligramos de mi sangre con una jeringa para insulina con aguja corta de seis mm.

no te explicare los fundamentos biológicos de eso y por qué tan poca cantidad sirve, pero maría no sufrirá daño alguno te lo aseguró, el único efecto secundario es que el nuevo plasma destruirá temporalmente su sistema inmune alterando sus linfocitos, pero será un efecto colateral mínimo apenas un par de molestia para detener la replicación del virus y el nacimiento de pegaso, pero debes de ser fuerte beatriz toda acción tiene su consecuencia. la segunda posibilidad, si ves que no es posible inmunizarla es que evites que esa joven suba al avión y eso requiere de mucha decisión, tú lo sabes mejor que yo... un comprimido de flunitrazepam de dos miligramos debería bastar... beatriz yo sé que no será fácil, pero el futuro depende de ti.

supongo que esta es mi última interacción con el caso sesenta y tres, no había sabido nada de el en las últimas casi tres semanas por un momento llegue a pensar que fue todo producto de mi imaginación y me había vuelto loca, pero ayer cuando me llego el folder de pedro me dio un poco de alivio.

me miro en el espejo precisamente a mis ojos, los últimos días he dormido solo un par de horas y se puede notar. he escuchado todas las cintas una y otra vez, cada frase cada fecha, note ciertas incoherencias en sus cronologías, dice que en el futuro se han eliminado los sismos, pero también dice que en la purga de berlín murieron unos estudiantes de budismo, dice que no sabe lo que son las redes sociales y que no hay wikipedia, pero luego dice que estudió a la perfección a gaspar marín y sus foros. dice que acercarse a alguien es un acto de fe, pero tiene un tatuaje, un tatuaje actual. dice que viajó con su mujer a noruega, pero dice que la gente se fue al campo a vivir en cordones sanitarios... y...

aun así, le creo.

creo en el caso sesenta y tres, creo en lo que dice, creo que uno puede cambiar el futuro.

anoche hablé con los adolescentes en méxico, los dejé contactados y les dije que recordaran mi nombre, sé que soné a alguien inestable, quizás es bueno sonar así. y después de todo este tiempo mi situación es complicada.

creo en una imposibilidad que me impulsa a romper con todo lo que he construido, puedo olvidarme de esto o puedo hacer por primera vez en mi vida... un acto, un movimiento que tenga sentido, aunque sea basado en una mentira, aunque no sirva para nada.

entre una vida normal y lo que se espera que haga, hoy elijo creer.

inhalo profundamente mientras tomo mi celular para comenzar a grabar un audio que debí hacer hace mucho.

—hola dani, soy tu hermana... mamá me dio tu número no te había podido escribir, supe lo de tu enfermedad y me contaron que vas a empezar una nueva terapia... lo siento mucho dani, yo sé que nosotros nos hemos distanciado para mí ha sido bien difícil todo, pero quiero que sepas que volver a comunicarnos me importa, que tú me importas y yo, te perdono, te perdono por todo. —siento como las lágrimas recorren mis mejillas, mientras tomo la pequeña maquina a mi lado. —voy a estar unos días de paso en madrid y me gustaría mucho verte, estoy en una especie de cambio de vida, un cambio de vida radical en realidad y no puede haber un cambio sin comenzar por el cabello y si el cambio es radical entonces se necesita una de estas.

paso la maquina para rapar por mi cabeza varias veces viendo mi cabello cae a mi alrededor, no he dejado de grabar así que se que el ruido se puede escuchar en el audio y no me detengo hasta que e cortado todo mi cabello. no importaba que pasaría después necesitaba que supiera que hacía esto por ella. termino el audio mientras me pongo a limpiar el baño de mi casa.

mis maletas ya estaban listas y solo necesitaba cambiarme para salir rumbo al aeropuerto.

miro a mi alrededor entre la gente mirando la foto en mis manos tratando de buscar a la mujer en ella.

maría veitia.

el aeropuerto estaba lleno, pero aun asi logro encontrarla, sentada junto a su maleta en unas de las muchas bancas que se encontraban aquí, apresuradamente para que no me ganaran el asiento a su lado, me apresuro a guardar su foto en mi bolso y evitar que la vea.

.cuando llego a su lado maría me mira con una pequeña sonrisa.

—perdón... ¿está ocupado? —le señalo el asiento a su lado.

—no, por favor. —me hace una seña para que me siente.

—hola —intento comenzar una conversación y ver como llevarla a un lugar más privado.

—hola, oye que increíble tu pelo siempre he querido raparme.

—gracias... sí, fue necesario.

—y fue por algo especial... —su rostro cambia después de decir eso, como si sintiera que habia hecho algo malo. —perdón, no, nada que ver mi pregunta, disculpa.

—no tranquila, digamos que necesitaba empezar de nuevo.

—empezar de nuevo, si entiendo perfecto.

—¿cuál es tu nombre?

—maría ¿y el tuyo?

—beatriz

—beatriz, por alguna razón tu cara se me hace muy familiar ¿nos conocemos de algún lado?

—no creo, ¿qué haces tú?

—hago joyas.

—yo soy psiquiatra. —se queda en silencio unos segundos.

—nada que ver. —comienza a reírse lo que hace que me pegue la risa a mí.

—no, no mucho.

—has escuchado eso de que uno conoce gente porque la conoce de antes, de otra vida.

—¿perdón?

—no, que tonto no me hagas caso, puras tonteras...

—no, no, es que sí lo he escuchado y es muy lindo de hecho.

—sí. —parecía emocionada con hablar sobre eso así que le sigo la plática. —yo no sé mucho, pero siempre me ha resultado coherente de todas las cosas que una escucha.

—yo he escuchado que hay varios universos diferentes y que en cada uno de ellos todos nos conocemos y vamos cambiando de roles, pero siempre somos los mismos.

si hice esto es porque he aprendido sistemáticamente amarte en todas las líneas de tiempo...

las palabras de pedro se repetían en mi cabeza después decir eso, ¿cómo él podría estar enamorado de alguien que no conoce? ¿podría yo estarlo? no lo veo posible, pero al parecer nuestras almas o de lo que sea de lo que estamos hechos estaban destinadas a encontrarse en cada universo existente.

y eso más que asustarme me daba cierta nostalgia.

—sí, me hace sentido, mucho. —regreso mi atención a maría.

—¿te ha pasado?

—no sé, lo he sentido con una sola persona, en realidad yo creo que todos tenemos esa persona o no ¿ocurre algo distinto? no sé.

—¿la incondicionalidad?

—sí exactamente, hay que heavy —vuelve a reírse.

—sí súper heavy... —susurro.

—oye y ¿a dónde viajas?

—madrid.

—yo también.

—qué coincidencia, voy a ver a mi hermana.

—yo una amiga.

—¿vacaciones?

—no ojalá fuera eso, en realidad ella...

se solicita a los pasajeros del vuelo 6433 con destino madrid, presentarse en puerta 15 b para iniciar embarque.

la voz de los altavoces se escucha poro todo el aeropuerto.

—ese es mi vuelo.

—el mío también, oye que increíble deberíamos revisar los asientos... —sabia que eran el mismo vuelo, pero aun así me hago la sorprendida.

—maría, yo te podría pedir un favor.

—si claro.

—lo que pasa es que soy diabética y necesito pincharme y no quiero dejar mis cosas solas, pero tampoco quiero, bueno, no quiero causarte un problema.

—nada, no te preocupes te acompaño.

ambas nos ponemos de pie rumbo al baño, mi corazón ya comenzaba acelerarse y mis nervios estaban a tope, debía encontrar la manera de inyectarla sin que gritara o llamara a seguridad y eso lo veía casi imposible.

el baño estaba completamente solo y un poco a oscuras, el ambiente ya de por si era raro, esto solo hacia que se viera peor.

—me sostienes el bolso un segundo.

—sí. —comienzo a preparar todo frente a ella sin que sospeche nada. —hay que nervios, tú ya debe estar media acostumbrada me imagino.

—¿qué? —veo que señala la jeringa. —a sí, sí, me contabas que iba a ver a una amiga.

—si bueno en realidad es más que una amiga, mejor dicho, fuimos, en fin. ella está enferma... —¿oye estás bien? estas como como un poco tiritona y parecer nerviosa.

la verdad es que si lo estaba y podía notarlo por mis manos temblorosas.

—si, asi me pasa, pero no es nada ¿qué tiene tu amiga?

—leucemia, muy agresiva, pero yo sé que se va a recuperar la dani es muy fuerte, siempre lo fue.

.el sonido de la aguja cayendo al suelo hace eco en el baño.

—¿qué dijiste?

—dije que tiene leucemia y que... —me miraba un poco preocupada, recojo rápidamente la aguja y la aprieto en mi mano.

—no, no, no, dijiste dani.

—sí, así se llama mi amiga, daniela aldunate, ¿por...?

—ella es mi hermana. —no, no podía estar pasando esto, no ahora y no con ella.

—¿qué? tú eres la hermana psiquiatra, no puedo creerlo claro, por eso te encontraba cara conocía.

—no entiendo, ¿por qué?, perdona es que yo no hablo mucho con mi hermana, estoy un poco...

—¿no sabías? van a hacerle un nuevo tratamiento y necesitan mi sangre, aparentemente tengo una anomalía en mi plasma que puede ayudar a recuperarla.

—que...—apretaba con demasiada fuerza la jeringa, si yo inyectaba esto a maría su sistema inmunológico cambiaria y eso puede cambiar el plasma de maría, mi hermana no podría recibir la ayuda.

—me hicieron unas pruebas y resulta que soy compatible, terapia inmunológica de plasma increíble o no, ¿beatriz estas bien?

mi reparación se sentía pesada y podía sentir algo atorado en mi garganta, todo a mi alrededor parecía dar vueltas, pero trataba de mantenerme de pie.

se solicita a los pasajeros del vuelo 6433...

—tenemos que ir a...

tenia que tomar una decisión, el tiempo parecía avanzar muy rápido y con cada segundo más dudaba de mí.

—anda. —le digo.

—¿qué?

—anda estoy bien.

—pero como te voy a dejar sola, vas a perder el...

—maría anda. —me giro para que no pueda ver que estoy a punto de llorar.

—pero, ¿estás segura que...?

—¡maría por favor vete! —le grito, maría levanta las manos resignadas y sin decirme nada sale de los baños.

cuando sale del baño lanzo la jeringa en mi mano contra el espejo, me sujeto del lavabo mientras lloro, no podía, no podía hacerlo.

—perdón pedro. —susurro para mí. —no puedo hacerlo, no puedo matar a mi hermana...

le había fallado, había terminado con todo el esfuerzo de pedro por impedir que pegaso se desarrollara y me sentía tan culpable, me miro en el espejo sin reconocer a la persona que veía en él, sabía que inconscientemente, había comenzado con el fin del mundo...

1 7 diciembre 2022

—lo que acabo de escuchar señor director, corresponde a la última grabación de los nueve archivos mp3, que el 30 de noviembre la brigada encontró en el departamento de la doctora aldunate, como le expliqué en el primer informe beatriz eliza aldunate sifuentes, chilena, soltera, treinta y ocho años, médico psiquiatra de la universidad de chile, desapareció el veinticinco de noviembre del dos mil veintidós.

un día antes, el veinticuatro durante la mañana utilizó su tarjeta de identificación para retirar del banco de sangre del hospital un par de muestras de un paciente indeterminado, luego las cámaras la muestran ingresando a un lugar de tatuajes dónde estuvo aproximadamente 3 horas, su celular tenía varias imágenes de tatuajes de alas lo que suponemos que ese fue el motivo que eligió.

luego se dirige al aeropuerto para tomar el vuelo seis cuatro tres tres de santiago de chile a madrid, donde se le pierde la pista. la policía de investigaciones dio orden de búsqueda el veintisiete de noviembre.

su desaparición hasta el momento es un completo misterio, mi unidad tiene la convicción de que su desaparición y ese paciente están directamente relacionadas. lo último que escucho fue el celular de elisa grabando a escondidas seguramente para un registro personal, el celular fue encontrado en un basurero de un baño del aeropuerto.

para el informe, dejó constancia de que revisamos una y otra vez las cámaras de seguridad y no encontramos nada.

si no fuera físicamente imposible, diría que ella nunca salió de ese baño, elisa aldunate simplemente... desapareció.

fin del informe subcomisario ernesto ardiles.

.

estaba en un cuarto a media luz, no sabia donde era y por más que intentaba no recordaba nada de como llegue aquí.

—¿por qué estoy esposada? ¿qué hago acá? qué... ¿qué pasó con maría veitia?

—me puede decir cómo se llama.

un hombre robusto estaba frente a mí, el aeropuerto, maría, era todo lo que recordaba era como si hubiera pasado hace cinco minutos, pero por alguna razón no recordaba cómo me llamaba.

—no, no, no lo recuerdo.

—recuerda lo que sucedió.

—no.

—la encontraron desnuda en el baño del aeropuerto hablando sobre un secuestro y sobre el fin del mundo ¿cómo ingresó al aeropuerto?

—no estoy entendiendo. —¿qué estaba sucediendo? mi voz

cada vez sonaba más angustiada y quería salir de aquí.

—¿a quién pretendía secuestrar?

—¿quién es usted?

—sus huellas coinciden con las de una joven de veintiocho años, ¿no le parece extraño?

—dice que yo estaba desnuda.

—¿de verdad no lo recuerda? —la puerta se abre y una persona entra a la habitación, por el ángulo en el que estoy y las esposas pegadas a la mesa no puedo verlo aún. —aún no terminó con el interrogatorio.

—entonces va a tener que esperar hasta que yo la dé de alta, ella es mi paciente. —su voz, esa voz ya la había escuchado, mi cuerpo reacciona a su voz, me pongo derecha en la mesa y un escalofrió recorre todo mi cuerpo. —buenos días.

—pedro... —era el, pedro estaba parado frente a mí, aunque algo en él se sentía diferente. me mira extrañado y se acerca más.

—no, soy el doctor vicente correa, vamos a hacerle algunos exámenes, ¿está bien? disculpe subcomisario nos puede dejar solos.

—sólo quiero escuchar lo que tiene que decir. —pedro suspira y se sienta en la mesa junto al otro hombre.

—escuche, usted sufrió un shock es natural que no recuerde o que tenga pensamientos confusos, sin hacer un esfuerzo mayor dígame lo que sabe, lo que crees saber.

—pedro... no entiendo.

—porque insiste en llamarme pedro. —me mira confuso pero a la ves preocupado.

—no entiendo, yo, el aeropuerto y tu...

—a ver tranquila, que es lo que no entiende.

—soy, mi nombre es... —quería decirlo, pero siempre que sentía que lo tenia se me iba de nuevo, quería gritarle que era yo, que me dijera que todo estaría bien.

—déjeme ayudarla a recordar. —toma unos papeles y los abre. —según su ficha médica, veamos aquí esta, caso sesenta y tres dice llamarse elisa beatriz aldunate sifuentes, su hora de ingreso fue a las 19:22 del 24 de noviembre. fue encontrada desnuda en el baño del aeropuerto en uno de los baños de embarque internacional con ideaciones paranoide y confusión, relataba una curiosa historia sobre el fin del mundo en el futuro...

—el futuro. —¿qué?

—si, el futuro.

—espere... ¿qué año es? ahora. —mis manos sudaban, ambos hombres se miran de nuevo antes de que el hombre que estaba primero conmigo me responda.

—como no sabe en qué año...

—¡¿qué año es?!

—señora o señorita aldunate. —pedro o vicente o quien sea esta persona frente a mí me habla suavemente como si supiera que lo que está a punto de decir haría que me volviera más loca.

—estamos en el año 2012.

PARTE II

el tiempo no es una línea, sino una cota, como las dimensiones del espacio. si puedes doblar el espacio también puedes doblar el tiempo, y si supieras lo suficiente y pudieras moverte más rápido que la luz, podrías viajar hacia atrás en el tiempo y existir en dos lugares a la vez.

margaret atwood

2.1

vortex perdidolo pasado ha huido, lo que esperas está ausente, pero el presente es tuyo.

— proverbio árabe.

se solicita a los pasajeros del vuelo 6433...

—beatriz, ¿estas bien? tenemos que ir a...

tenia que tomar una decisión, el tiempo parecía avanzar muy rápido y con cada segundo más dudaba de mí.

—anda. —le digo.

—¿qué?

—anda estoy bien.

—pero como te voy a dejar sola, vas a perder el...

—maría anda. —me giro para que no pueda ver que estoy a punto de llorar.

—pero ¿estás segura que...?

—¡maría por favor vete!

sentía mi respiración agitada y como un ataque de pánico se formaba en mi interior, el teléfono no dejaba de sonar y con mis manos temblorosas y sudadas era imposible encontrarlo rápido.

me doy la vuelta para meterme a uno de los cubículos del baño y mientras pongo la bolsa para sacar el celular, me recuesto en la pared del inodoro intentando calmarme.

—beatriz, ¿estas bien? —mi respiración se corta cuando escucho la voz de pedro.

—¿pedro? no, no, no estoy bien, ¿dónde estás?

—quiero que te calmes, y me escuchas atentamente. se perdió el vortex, no hay posibilidad de revertir pegaso...

—pero no pude, no, no pude. —sentía las lágrimas caer por mis mejillas mientras me sujetaba la cabeza.

—tranquila...

—si inmunizaba a maría mi hermana...

—lo se... —pedro intentaba calmarme, pero era imposible, sentía una presión en el pecho que crecía más y más, no quería averiguar qué pasaría cuando explotara.

—acabo de asesinar a miles, a millones...

—sacrificaste a desconocidos por alguien que amas, yo hice lo mismo beatriz, nadie está realmente preparado para decisiones como ésta.

—pedro...

—beatriz, no te juzgues, yo noté juzgo. esto estaba dentro de las posibilidades.

—y que va a pasar ahora.

—en esta línea, no evitamos pegaso, ahora olvida todo esto.

—espérate, quizás si la encuentro después del tratamiento de mi hermana. sé dónde va a estar maría puedo buscarla en madrid, va a estar en la clínica con...

—habremos llegado tarde, la mutación que generara la nueva cepa se dará durante el vuelo, al llegar a madrid, 56 pasajeros de los 212 diseminarían pegaso y será imposible contenerlos. no hay un nuevo vortex en el futuro, esta es una línea perdida... vuelve a tu casa, sigue con tu vida.

—y, ¿qué va a pasar contigo? —un nuevo sentimiento crecía en mi pecho, no quería dejar a pedro, no quería que el me dejara y más importante aún, tenia la sensación de que algo no me estaba diciendo.

—no importa eso.

—si me llamaste tiene que ser para algo, pedro, ¿puedo remediarlo o no?, ¿puedo remediarlo, hay alguna solución?

—te llamé porque prometí que jamás iba a dejar sola a beatriz.

—pedro —mi voz sonaba desesperada. —¿hay alguna otra solución? —escucho suspirar a pedro.

—hay, pero es peligroso tu mente podría perderse, tú no tienes entrenamiento. —me quedo callada sospechando de cuál era la solución, me tomo segundos tomar una decisión. había hecho que el vortex se perdiera, ahora tenia que revertirlo.

—¿qué tengo que hacer?

—libre albedrío, es tu decisión.

—qué tengo que hacer pedro

—recuerdas lo que hablamos de los héroes desconocidos que nunca serán recordados, estás dispuesta a que nadie te recuerde, a naufragar en una línea y hacer algo que nunca vas a poder comprobar para gente que nunca conocerás.

—¡dime qué mierda tengo que hacer!

—no vas a volver beatriz, te quedarás sola. después de que hagas la reparación si consigues hacerla, quedarás atrapada y deberás ser invisible serás un número sobrante en un universo que no te pertenece.

—como tú.

—sí, como yo ahora, pero esto no se trata de mí.

—ya dejé mi vida, ya estoy en un universo que no me corresponde, ahora por favor dime, qué tengo que hacer

—espera un poco.

—no dudes, pedro, no necesito que me protejas yo cometí un error y quiero repararlo.

no escucho respuesta, solo el tenue sonido del silencio, poco a poco me había calmado y ahora estaba más que nunca a cambiar lo que había hecho, no importaba que hiciera con mi vida en esta línea, siempre terminaría igual, así que si tenía una poca de posibilidad lo haría.

.después de unos minutos, pedro volvió a hablar.

—¿estás sola en el baño?

—si.

—¿estás segura beatriz?, debes estar completamente segura.

—pedro, por favor tengo que hacerlo.

—muy bien, escúchame atentamente, necesito que vayas a un cubículo te encierres y me mandes tu ubicación exacta es muy importante, una vez que envíes tu ubicación no puedes moverte de ahí ¿has entendido bien?

—mi ubicación, sí, si

—necesitas encerrarte. —ya lo estaba — ¿tienes aún el hipnótico?

—si. —sin darme cuenta aún lo tenía en la mano.

—bueno tu eres la medico ¿cuánto debes tomar para dormir antes de 10 minutos?

—3 miligramos.

—ok, tendrás que hacerlo ahora.

—¿qué va a pasar? —un nuevo silencio. —¿nos veremos, nos encontraremos?, pedro...

—necesitas que nadie te vea.

—¿se trata de soñar? es algo que tengo que soñar, por eso debo dormir. —pedro evadía todas mis preguntas.

—voy a hacer llegar tu ubicación y la hora a la gente del proyecto, ellos sabrán qué hacer y te darán instrucciones.

—el proyecto, los que te enviaron, no no, no puedes preguntarles ahora. —tenia miedo, no importaba que tan decidida estuviera, el miedo me recorría el cuerpo y me hace temblar.

—yo mismo se los diré... en 40 años más. —un escalofrió me recorrido por completo poniendo mi piel de gallina. me aseguro que la puerta este bien cerrada antes de volver a hablar, me levanto del suelo y me siento sobre el w.c..

—ya estoy en un cubículo, ahora te estoy enviando mi ubicación.

—recibido, no debes moverte toma el hipnótico ahora.

—ok.

—antes de que te quede dormida necesito que memorices esto, esta melodía.

—¿música?

—la radiación remanente del viaje altera tu cronobiología tu cuerpo eliminará los recuerdos porque el tiempo de tus recuerdos entra en conflicto con tu tiempo biológico. se alterará radicalmente el área de tu cerebro donde se percibe el tiempo.

—eso significa...

—que olvidaras todo, para evitar eso necesitas recordar que esta melodía en los pacientes con alzheimer la música lo vuelve a encender. los recuerdos musicales se almacenan en partes distintas del cerebro que los recuerdos autobiográficos, no tengo tiempo para explicarlo tú sabes muy bien de lo que te estoy hablando, ahora... simplemente escucha.

cierro los ojos mientras una melodía en piano comienza a sonar a través del teléfono, intentaba repetirla una y otra vez en mi cabeza para evitar que se me olvidara, sonaba hermosa y me hacía sentir mejor, pero me aferraba a ella tan fuerte que dolía.

—sea lo que sea que pase no olvides esta melodía, si pierdes tu mente no podrás buscar el vortex verdadero.

—voy a estar bien pedro.

—lo sé, eres la mujer más valiente que conozco. —comenzaba a sentirme cansada, mis ojos pesaban y sentía mis piernas débiles, regreso a sentarme al suelo para evitar caerme.

—¿estás ahí? —mis parpados comenzaban a pesar.

—estoy contigo.

—¿nos volveremos a ver?

—hay una línea de tiempo donde las cosas salieron bien, fue nuestro evento garnier malet, no olvidemos eso.

—quédate conmigo hasta que me duerma. —podía sentir como poco a poco me iba quedando dormida, mi pulso se aceleraba por la adrenalina de que lo que fuera a pasar.

—aquí estoy, completamente. —es lo último que escucho antes de que comenzara a escuchar interferencia, un ruido extraño penetraba en mis odios y parecía que ya no solo estaba en el teléfono, el miedo crecía más y no paraba de repetir la melodía una y otra vez en mi mente.

—¿pedro? —estaba sola.

yo misma intentaba calmarme mientras me iba quedando dormida.

—calma. —me digo a mi misma intentando controlar mi respiración. —calma...

lo último que logro ver es como la pared se volvía borrosa mientras caía al suelo dormida.

para el registro, paciente con delirio y alteración de personalidad confundida, encontrada en el interior de un baño del aeropuerto internacional. interrogada por la policía donde advierte ser una viajera en el tiempo que viene del año 2022. la paciente parece tener conocimientos de medicina y psiquiatría, se estabiliza su psicosis con olanzapina 10 miligramos endovenoso mientras no se sepa con certeza su situación e identidad ha sido trasladada a la unidad de pacientes complejos del hospital.

El hombre que se hace llamar vicente, pero físicamente es idéntico a pedro entra por la puerta, era muy extraño la sensación que me provocaba esta habitación, sentía que había pasado gran parte de mi vida en ella pero el estar aquí por tanto tiempo se sentía más fría y extraña de lo que recordaba.

vicente toma asiento frente a mi y coloca una grabadora frente a nosotros como yo lo había hecho alguna vez.

—hora 10:30, 25 de noviembre del 2012 primera sesión para el registro... ¿está mejor? —solo asiento con la cabeza. —¿le molesta que la grave? no se preocupe que sólo seré yo quien escuche estas grabaciones, es un hábito mío me ayuda a pensar mejor ¿cómo quiere que la llame?

—¿por qué estoy aquí?

—por su seguridad, por... —lo interrumpo.

—¿cómo me dijo que se llamaba?

—soy el doctor vicente correa, jefe de la unidad de psiquiatría, esta es una unidad de...

—si, de mediana estadía, lo sé de alguna manera. —vicente me mira expectante asi que le quito la mirada y me limito a mirar a la mesa. —y también sé lo que va a hacer, va a notar ahí en su cuaderno que soy una mujer con algún tipo de disfunción mental que está en un brote psicótico y...— una punzada en la cabeza hace que me detenga. —no, no, no, no puedo recordar que sigue... —por más que tratara los recuerdos parecían borrosos en mi mente, cuando lograba llegar a uno, otro se desvanecía.

—¿usted está consciente que tiene un brote psicótico?

—usted tiene que decir eso, no yo. —pongo mis brazos sobre la mesa para volver a mirarlo. —doctor usted ya tiene su diagnóstico preconcebido desde hace horas, todo esto de la grabadora, esta conversación.

—ha estado aquí antes, entonces.

—¿aquí? muchas veces.

—recuerda que la controló su médico tratante.

—no siente de alguna forma que todo se repite, digo... esta situación, es la misma.

—para el registro la paciente ha estado anteriormente bajo tratamiento psiquiátrico.

—no. —mi voz suena más fuerte de lo que quería.

—¿no?

—no, no yo no he estado bajo tratamiento psiquiátrico, es al revés, yo soy... —y ahí estaba de nuevo, no podía recordar ni mi propio nombre, justo cuando lo tenía se desvanecía entre mis recuerdos. — yo tenía una misión.

—¿se siente llamada a una misión?

—sí, sí, creo que sí.

—se siente alguien especial.

—tú me hiciste especial, ¿no lo recuerdas? —lo miro directamente a los ojos, necesitaba ver una chispa de duda, algo que me hiciera sentir que este hombre era pedro y no vicente, pero solo me mira confundido.

—a ver ¿tiene algún familiar al que llamar?

—no, no lo sé.

—¿usted ha estado internada antes?

—no.

—¿ha estado sometida a medicación?

—no.

—ha sido diagnosticada con algún tipo de trastorno de personalidad?

—no. —mi cabeza comenzaba a doler y con cada pregunte era una punzada más intensa que la anterior, sentía como esto se estaba repitiendo, yo ya lo había vivido y una desesperación por ser liberada me invade, necesito salir de este lugar.

—¿se ha escapado de alguna casa de acogida?

—no, no, no miré... —sueno desesperada y es que lo estoy, vicente no me escucha y me siento sofocada de estar aquí, mi cabeza se siente confundida y solo quiero aire fresco y respuestas.

—¿ha perdido alguna vez el conocimiento?

—¡no! —le grito mientras levanto molesta.

—vuelva a sentarse, por favor.

—es que tengo que salir de aquí. —lo ignoro y me voy directamente a la puerta intentando abrirla, pero no funciona, está cerrada con llave.

—vuelva a sentarse, por favor. —golpeo la puerta intentando que alguien al otro lado me escuche, pero sé que no funcionara. recuesto mi frente sobre ella y la frialdad de la puerta hace que me calme un poco.

cuando me doy la vuelta vicente sigue sentada en su lugar, suspiro cansada mientras vuelvo a sentarme.

—gracias ¿quiere un vaso de agua?

—sí, sí, gracias. —pedro se levanta y recoge un vaso y una jarra de la escuela de la habitación que no había notado antes.

—cuénteme que es lo último que recuerda, algo de este año, algo de este 2012.

—¿este 2012?

—es 25 de noviembre del 2012, sí, ¿recuerda algo del año en que estamos?

—si, si recuerdo, recuerdo que aun creíamos en el futuro, que las cosas iban a ir bien, pensábamos que todo estaba mal, sí, pero también pensábamos que se podía solucionar.

—¿quiénes?, quienes pensaban eso.

—todos, el mundo.

—¿qué hacía en el aeropuerto?

—¿qué hacía yo en el aeropuerto?

.—la encontraron desnuda, desorientada, diciendo que se acabaría el mundo en el 2062.

—¿yo dije 2062? —esa fecha, me hacia tener lagunas mentales, podía sentir como me iba acercando a mis recuerdos.

—si, el año 2062, mientras la trasladábamos usted menciono esa fecha.

—2062...

—¿usted viene del futuro? ¿del 2062?

—no, digo no del 2062.

—pero usted dijo que venia del futuro, no le parece que una afirmación tan inusual debería estar acompañada de alguna prueba para poder creerle.

—esto ya ocurrió. —toda esta conversación, este momento se sentía extraño, era como si ya lo hubiera vivido.

—¿qué cosa?

—esta situación.

—¿recuerda cuando se cortó el cabello?, ese tatuaje se ve reciente, recuerda cuando se lo hizo, y porqué se lo hizo.

—quería viajar. —varios fragmentos de recuerdos pasaban por mi mente, pero ninguno tan sólido como para creerlo, estaba muy confundida y entre más me esforzaba más me resultaba imposible.

—¿planeaba viajar a algún lugar?

—creo, creo que sí, a juntarme con alguien, alguien me esperaba... ¿cómo dijo que se llamaba?

—¿no recuerda mi nombre? —¿lo recordaba? si, él era pedro. —se lo dije al principio de esta conversación.

—pedro, tu te llamas pedro.

cuando está a punto de responderme alguien toca en la

puerta, el doctor se levanta mirándome una última vez antes de abrir doctor.

logro ver a una mujer parada al otro lado con unos papeles en su mano.

—¿podría salir un momento por favor? —escucho que le dice, el doctor lo hace y permanece con ella unos minutos afuera. a los pocos minutos vuelve a entrar con los mismos papeles que tenia la mujer antes, mientras caminaba hacia la silla los hojeaba.

—holanda 456 providencia santiago, ¿le dice algo esta dirección? —vuelve a sentarse.

—¿de qué está hablando?

—mire esta fotografía. —desliza una fotografía sobre la mesa. —¿reconoce que es usted?

miro la fotografía y la tomo para mirarla mejor, un escalofrió eriza el bello de mi nuca, si era yo la mujer de la foto, no mucho antes de que me rapara mi cabello.

—si, soy yo… ¿qué es esto?

—paciente ficha numero 63, agosto 2010, la paciente entra en crisis luego de que su hijo de 6 años falleciera producto de un virus respiratorio y una neumonía, el 22 de septiembre es internada por un severo brote psicótico. —el doctor no me había respondido y en cambio comenzó a leer los papeles que tenía enfrente.

—¿de quién habla?

—junio 2011 otra crisis psicótica, la paciente comienza atener delirios sobre el fin del mundo, dice recibir mensajes de seres del futuro, luego cambia la narrativa y en octubre del 2012 otra crisis, se desnuda y dice venir del año 2062 y que un virus pegaso acabara con la civilización.

—pegaso. —ese nombre me recordaba algo.

—si, pegaso. —levanta la mirada de los papeles.

—¿qué es todo esto?

—su marido esta afuera, quiere que la ayudemos.

—¿mi marido? —comienzo a reírme. —imposible doctor, yo no tengo marido.

—usted iba a viajar con el, pero se extravió en el aeropuerto, tomo pastillas para dormir y aparéntenme tubo una reacción paradójica, una crisis, eso fue lo que ocurrió, usted tenía razón emilia. —mi risa se desvanece a medida que seguía hablando.

—¿emilia? ¿quién es emilia?

—emilia sanz, este es su historial, esta es su ficha médica.

me pasa los documentos que antes había estado leyendo, los tomo con delicadeza mientras leo la parte de arriba el nombre de emilia sanz y a un costado un número.

—recuerdo ese número, caso 63, yo lo atendí.

—emilia, el caso 63, es usted.

2.2

la vida copia al cinela ciencia no nos ha enseñado aún si la locura es o no la más sublime de la inteligencia.
— edgar allan poe.

hora 9:55, 26 de noviembre del 2012 para el registro he permitido la visita del cónyuge de la paciente 63, emilia sanz. luego de hablar con él, confirmó que este es un cuadro psicótico reincidente. la paciente se manifiesta confusa, disociada y parece desconocer su vida, como si la identidad ficticia de su delirio se aferrará a ella y le impidiera abrazar la verdad.

—adelante, señor marín sólo puedo darles unos minutos, protocolo. —la puerta hace su habitual chirrido antes de que vea entrar al doctor y a otro hombre.

—¿doctor? —me pongo de pie, al parecer planeaba dejarme aquí con este hombre desconocido para mí.

—estaré afuera, no se preocupe. —asiente antes de cerrar la puerta e irse de la habitación, me tenso en mi silla mientras veo como el hombre de mediana edad y poca estatura avanza lentamente hacia mí.

—¿quién es usted? —ignora mi pregunta.

—¿cómo te sientes?, ¿te han medicado mucho?... ¿sabes quién soy yo?

—tú eres...

—gaspar marín.

—un impostor. —el hombre que decía ser mi marido cuando

no lo era.

—lo importante no es quién soy yo, sino quién eres tú, ¿lo sabes?

—eh... ¿emilia sanz? —cada vez más me convencía de que ese podría ser mi nombre.

—emilia, eso es lo que dice tu brazalete vez. —señala mi muñeca.

—y mi ficha médica.

—emilia no es la primera vez que esto ocurre, no es la primera vez que viajas en el tiempo.

—¿qué dijiste? — viajar en el tiempo, yo había dicho
que viajé en el tiempo, pero ¿realmente lo hice? era imposible pero mis recuerdos seguían confusos en mi cabeza.

—aún crees que puedes salvarlo, ¿cierto? todo lo que crees te ha hecho ir y venir, ir y venir. es importante que estés acá conmigo, no puedes salvarnos si crees estar en otro lugar, si crees estar en el tiempo y lugar equivocado.

—¿quién crees que soy?

—eres una mujer muy importante.

—¿quién eres?

—esta no es la primera vez que te digo esto, necesito que pongas atención y me creas. toda la construcción de tu desvarío la has tomado de cientos de fuentes contagiada por el temor del fin del mundo que invade a millones de personas durante este año.

—no entiendo qué dices.

—te obsesionaste con los virus y las enfermedades infecciosas cuando tu hijo falleció de una neumonía atípica causada por un virus.

—¿mi hijo? —yo no tenía hijos. —yo no, yo no. —suspiro cansada intentando recordar algo.

—en tu computadora hay páginas y páginas de información sobre los virus y sobre los coronavirus, un tipo de virus que genera enfermedades respiratorias. también te obsesionaste con la psiquiatría, compraste decenas de libros sobre psiquiatría, están todos ahí unos sobre otros en nuestra habitación. y las películas, las vimos juntos, pero tú las vistes de nuevo y de nuevo decenas de veces y tu libro emilia.

—¿qué libro?

—el libro que has leído incontables veces, pero que siempre parecieras olvidar...toma.

pone sobre la mesa el libro y lo desliza suavemente frente a mí, lo tomo y veo en su portada un atardecer con tonos rojizos, naranja y negro sobre una ciudad destruida y abajo el título de color amarillo.

—los ojos en la oscuridad. —leo el título, pero no podía recordarlo, ni siquiera me provocaba algo este libro.

—dean koontz es el autor.

—no, no, yo nunca he visto este libro.

—lee la parte trasera. —hago lo que me dice dudosa.

—año 2020, el laboratorio está ubicado en la ciudad china, wuhan y el virus se esparció desde ahí... ¿qué es esto?

—abre el libro. —de nuevo hago lo que dice, mientras paso entre las páginas veo incontables palabras y párrafos subrayados, anotaciones que el cree que son mías y notas por todo el libro.

— el virus se llama wuhan 400 y ahí subrayaste, la pandemia se esparcirá por el mundo...todo lo sacaste de aquí. si no me crees o crees que de alguna manera imposible imprimí este libro pídele al doctor que lo confirmé. si no lo conoces lo podrá encontrar en internet.

sigo pasando entre las páginas hasta que veo algo subrayado en otro color que hace que resalte más que lo demás, me detengo a leerlo.

—por un lado, una persona puede convertirse en portadores infecciosos solo cuatro horas después de entrar en contacto con el virus... no entiendo, esto es...

—esto es ficción, la fábrica de tus miedos y pesadillas.

—este libro fue escrito en 1981.

—la doctora aldunate te lo intentó explicar, inventaste todo de la ficción. —un escalofrió me recorre todo el cuerpo.

.—ese nombre... —algo en ese nombre había hecho que sintiera algo, no sabía qué, pero podía sentir como mis recuerdos se expandían, pero cuando trataba de llegar a ellos de nuevo se esparcían entre el humo de mi amnesia.

—la psiquiatra que te trataba en el otro hospital, usaste su nombre, la joven doctora elisa aldunate. —yo recordaba ese nombre, no sabía cómo, pero lo hacía.

—elisa beatriz aldunate sifuentes. —susurro.

—nos explicó que no es inusual que los pacientes siquiátricos proyectan en sus médicos su alter ego y se desdoblen para evadir el tratamiento.

—no, no, lo que me está pasando no es un desdoblamiento.

—te prometo que vas a salir de aquí, vas a volver... emilia, a veces la realidad no es tan excitante, es sólo la realidad. debes volver a ella, verás que cuando estés en casa todo tendrá sentido. —gaspar estira su mano para colocarla sobre la mía y aunque al principio mi reacción es retirarla, no lo hago. —cree en el futuro emilia.

un suave toque se escucha del otro lado de la puerta antes de que la habrá y el doctor vicente aparezca.

—lo siento, pero se acabó el tiempo, señor marín.

—estarás bien, lo sé. —me susurra, se mueve y saca de su portafolio un cuaderno. —te dejo esto, es un cuaderno con algunas ideas que anotaste y que no debías olvidar, lo encontré en tu velador quizá te ayude a aclarar quién eres.

gaspar se pone de pie dirigiéndose a la puerta, el doctor lo espera hasta que sale de la habitación.

—muchas gracias doctor.

después de que gaspar marín se fue me regresaron a mi habitación, me había puesto a leer el cuaderno que me dejo y ver todo lo que estaba ahí anotado me hizo sentir nerviosa, aun me sentía confundida con ciertas cosas, pero algo en mi me decía que tal vez, solo tal vez decían la verdad sobre mí.

más tarde un hombre bajo y mayor entro a la habitación para darme un medicamento, no puse objeción asi que me lo tomé y me recosté en la cama, no había preguntado que era, pero por la relajación que me hacía sentir suponía que un tranquilizante. estaba a punto de dormirme cuando escuche voces afuera, con estas paredes era muy facil escuchar cosas.

—la visita de su marido la ha afectado. —la voz era de una mujer.

—es curioso, hay algo familiar en ella. he revisado mis fichas anteriores pensé que la había atendido antes pero no es así, y, sin embargo, sé que la he visto de algún lugar. pensé que al haber estudiado ella hasta quinto año de medicina la habría conocido en la facultad, pero su marido me aclaró que estudió lejos de donde yo lo hice. —esa voz si la conocía bien, el doctor estaba aquí.

—hemos aumentado la dosis de fármacos, depende de su evaluación de hoy si está en condiciones de irse o no.

no escucho respuesta porque en ese momento abre la puerta, no puedo verlo porque estaba de espaldas, pero si como le habla el señor que había entrado a darme los fármacos.

—está durmiendo, pero la note más tranquila durante la tarde.

—muchas gracias, volveré mañana.

—no, no estoy aquí. —me giro para verlo, mi cuerpo estaba relajado y podía escuchar como arrastraba las palabras.

—¿estás segura?, puedo volver después.

—¿me da un vaso de agua?

—sí claro, déjennos solos por favor. — le dice al hombre que solo asiente antes de salir de la habitación.

—¿está bien?

—no, aparentemente no estoy para nada bien. —suelto una risita, creo que las drogas estaban haciendo efecto.

—su marido insiste en llevársela ¿qué opina usted?

—qué debo procesar lo que me pasa.

—y que debe procesar.

—la realidad.

—es duro, créame la entiendo. dejar ir las creencias que tenemos es como soltarse de una cuerda sin saber si hay una red bajo nosotros que nos reciba, pero a veces sólo hay que soltar.

—estoy esforzándome en hacerlo... hágame preguntas. —no se si eran los efectos, pero sentía que estaba más segura en lo que estaba pasando y quien era. el doctor se acomoda frente a mi en una silla antes de preguntar.

—emilia, ¿en qué año estamos?

—estamos en el 2012, noviembre 26.

—¿me puede decir qué ocurrió?

—tuve un brote de psicosis en el aeropuerto, olvidé mi nombre verdadero y la dirección de mi familia. me desnudé en el baño. —vuelvo a reírme, aunque no quería hacerlo, mis ojos pesan, aunque trato no quedarme dormida. —me deshice de todo lo que pudiera delatar mi identidad. podrían ser drogas, un tumor cerebral, un desequilibrio bioquímico, el estrés, siempre puede ser el estrés.

—su marido me contó que usted estudió medicina.

—estudie medicina, sí.

—hasta quinto año.

—en la universidad austral.

—pero tuvo un brote... que más ha descubierto.

—eh... bueno mi corte de pelo, casi estoy calva, indica que me aplicaron electroshock y eso explica muchas cosas, el olvido selectivo, el tatuaje en la espalda... grandes salas ¿algún tipo de delirio mesiánico místico alado tiene sentido?

.—¿qué tiene sentido?

—la firme creencia de que quiero salvar al mundo, de que soy única, de que soy especial, es propio de un delirio paranoide. en mi delirio, en el supuesto 2022 mi mente invento recuerdos inconexos, yo era psiquiatra de un gran hospital, estaba mmm, me sentía triste, fuera de mi tiempo... parece que tenia una hermana con la que rompí comunicación, una gran pandemia que llego en el 2020, todo el mundo encerrados en sus casas, las calles de roma, la plaza san pedro basias, delfines en venecia, ciervos en las calles, pumas en la ciudad, mascarillas y bueno, y de pronto en el 2022 conoci a un paciente, un paciente muy especial... su forma de hablar, no no, su voz era, es, su voz se parece mucho a como habla usted, una proyecion médico paciente supongo. el decía en su delirio que era un viajero en el tiempo y que debia prevenir una cepa alterada del virus original, un virus llamado pegaso, que terminaría con el fin del mundo como lo conocemos, un final desgastante y progresivo, decía el.

—usted entiende ahora que todo eso fue una creación de su mente.

—estoy tratando, estoy entendiéndolo, usted a leído el libro los ojos de la oscuridad, doctor.

—no pero puedo buscarlo.

—bueno yo si, aparentemente de ese libro saque la idea de un virus que nace de una ciudad china y que se exparse por el mundo y eso me hizo pensar, si saque la información de la pandema del 2020 de un libro, de donde abre sacado el resto, ¿no? es curioso pero no recuerdo mi nombre verdadero pero si películas por ejemplo.

—no es tan descabella, hay pacientes con alzheimer que recuerdan una canción, y esa canción ilumina zonas apagadas de su cerebro.

—usted ya me dijo eso, ¿no?

—no. —me miraba fijamente mientras intentaba no dormirme.

—en fin, construi mi historia tomando trozos de películas, en mi vida la que e olvidado y debo preguntarle a gaspar mi marido, bueno creo que soy lectora de ciencia ficción y fanatica de película de ciencia ficción entonces dicen que los aficionado a este género son proclives a generar episodios psicóticos y ahora que lo pienso es obvio, pero era tan obvio que no podía verlo, aquí esta. —le señaló la libreta que está sobre una mesita en la habitación. —esta libreta me dejo gaspar, aquí esta la lista de las películas y las notas, mire.

alcanzó como puedo la libreta y la abro justo donde me quede antes.

—notas que yo he hecho, aquí esta: la figura de un viajero y un virus y de animales salvajes corriendo por las calles desiertas es una versión tenue y extraña de la película 12 monos. el tema de las ciudades confinadas y un virus que nace en china saltando de un animal a un humano y de la imposibilidad de acercarse a los que amas la saque de una que se llaam contagio. aquí hay otra anotación en una película, código 46 la gente esta confinada en una ciudad y hay un explorador de murciélagos que se contamina con un virus.

—la mayoría de la narrativa de mis pacientes viene la literatura o el cine, no debria extrañarnos.

—mmm eso me tranquiliza, sabemos que invente todo eso basándome en el cine, la pandemia del 2020 es una creación de mi mente, las vacunas en el 2022 tambien, luego tengo otra capa de recuerdos falsos pero esos son los narrados por el personaje ficticio, pedro, pedro roiter, mi paciente del futuro.

una mutacion llamada pegaso, una ciudad en marte, las redes sociales apoderándose de la justica y convirtiéndose es una organismo autónomo y totalitario, el gran borrado, quizás lo e leído de libros que olvide.

—estoy muy sorprendido por su autoanálisis, de verdad muy sorprendido.

—porqué que cree que me volvió a ocurrir, doctor. sabemos que en mi primer brote psicotico fue para evadir la muerte de mi hijo pero el de ahora, porqué, porqué ahora.

—quizás el delirio absurdo de que el fin del mundo se termina en un mes en el 21 de diciembre según una profecía maya, genero el brote psicotico, hay fechas que son propicias para fracturar la mente de muchas personas, fechas con un limite, ocurrió antes, millones de personas enloquecieron en el cambio de milenio, en el 2000 tambien, son tiempos extraños pero le digo algo, no se preocupe, el mundo no se acabara el 21 de diciembre ni después.

—usted cree en el futuro doctor.

—yo al menos soy bastante optimista sobre el futuro, internet democratizando el conocimiento, la adopción de un segundo periodo del protocolo de kyoto para revertir el cambio climático, no lo se creo que el futuro será brillante pero volvamos a usted, la noto con mejor actitud y más en su centro.

—quiero salir de esta situación doctor correa, quiero recuperar mi mente, mi vida, mi identidad y lo primero que voy hacer es trazar una línea entre las mentiras de mi mente, todo lo relacionado con pedro roiter, con eso que construi y bueno, la verdad.

—me alegro.

—usted sabe que me termino de convencer.

—no. —me miraba con mucha atención, cierro los ojos cansada antes de seguir, ya no podría aguantar mucho más.

—lo que decía la libreta, cuando mi hijo murió le pregunte al medico tratante como se contagio con el virus y me dijo que era por culpa de un juguete, un juguete contaminado, adivine cual era ese juguete doctor.

.—dígamelo. —mis pensamientos se volvían confusos y se que estaba a nada de dormirme, ya no podía ver la reacción del doctor pero con esfuerzo digo lo último antes de dormirme.

—un caballo alado, un pegaso.

2.3

olvida todo lo que creesla realidad es aquello que, incluso aunque dejes de creer en ello, sigue existiendo y no desaparece.

—philip k. dick

—para el registro 17 de noviembre del 2012 hoy di de alta a la paciente emilia sanz, fue una despedía extraña, se cómo funciona la mente o creo saberlo, pero también sé que no se nada. no basta con ponerle nombres a las estructuras o a las enfermedades para decir que las entendemos, en el siglo pasado alguien ponía nombres en un mapa o territorio y eso lo aliviaba, pero eso no significaba nada, es solo un nombre, ¿quién es emilia sanz? ¿qué pasa en su mente? por qué el relato que diseño para escapar del dolor me hace tanto sentido, ¿es el futuro un lugar seguro? cuando nos despedimos sentí con mayor fuerza que nos conocíamos, que en su mirada había algo, algo antiguo, una especie de lazo que solo sentía con mi mujer cuando hablábamos en la oscuridad o nos quedamos en silencio. —suspiro cansado mientras miro el folder en mis manos debatiendo que hacer.

—no, debo borrar estos registros, esto no se trata de mí, se trata de la paciente 63, emilia sanz, ficha que acabo de cerrar y dormirá en un estante en los archivos del hospital llenándose polvo.

cierro con más fuerza de la que quería el cajón mientras

que el ruido sordo me hace preguntarme si realmente estaré enterrando a la paciente 63 en el fondo del archivero o solo me miento a mí mismo.

[image "llegamos hasta la puerta al final del pasillo de los departamentos donde gaspar me había llevado, todo estaba en silencio, todo el trayecto hasta aquí mire a mi alrededor intentando concentrarme en ver algo que pudiera hacerme recordar, pero nada ..."

llegamos hasta la puerta al final del pasillo de los departamentos donde gaspar me había llevado, todo estaba en silencio, todo el trayecto hasta aquí mire a mi alrededor intentando concentrarme en ver algo que pudiera hacerme recordar, pero nada funcionaba.

—pasa —gaspar se hace a un lado manteniendo la puerta abierta mientras entro al departamento, me detengo mirando el lugar donde se supone que vivía y no me resulta nada familiar, la mesa estaba repleta de libros y una laptop, la cocina estaba sucia y llena de platos sucios, la sala estaba desordenada y había papeles por todos lados y más computadoras con varias impresoras al fondo de la habitación.

escucho como gaspar cierra la puerta y pasa a mi lado nervioso.

—¿quieres un café? —lo ignoro intentando buscar algo que me dijera que yo viví aquí.

—¿dónde están mis cosas? —gaspar mueve algunos libros de la mesa para dejar las bolsas que traía y me mira sin entender.

—¿tus cosas?

—mis cosas... este lugar no parece, no es un hogar... —comienzo a caminar alrededor del departamento. —hacer cuanto que... —escucho ruidos y el agua corriendo, me giro a la cocina para ver a gaspar moviendo y lavando los platos. —no, no quiero que limpies, quiero que me muestres mis cosas... las cosas de mi hijo.

gaspar sigue ignorándome mientras abre las gavetas buscando algo, con cada minuto el miedo me comienza a invadir, me estaba ocultando algo.

—no tengo café, lo siento.

doy otra mirada a mi alrededor antes de acercarme más a él para pedirle un vaso con agua luego de que veo la hora en el reloj de su pared, agarro la bolsa que había dejado antes en la mesa mientras busco mi medicamento, gaspar me miraba con cautela mientras que yo abría la caja con los medicamentos, necesitaba relajarme para comenzar a aceptar la realidad que había olvidado.

—¿qué haces? —gaspar me toma de los hombros haciéndome girar para quedar frente a él.

—tomo mi medicamento, son las once —pongo dos pastillas en mi mano y cuando estoy a punto de meterlas en mi boca gaspar me detiene.

—no, no tomes nada —golpea mis manos lo que hace que todas las pastillas se derramen sobre el suelo de la cocina.

—¡gaspar que...! —lo miro confundida por su actitud.

—¿tienes más? —me intenta arrebatar la bolsa. —dámelas todas.

—no, no —me aferro a ella sin querer soltarla. —es solo mi medicación, me ayudan en mi recuperación. —gaspar termina por quitarme la bolsa y acercándose al lavaplatos arroba todos los botes de pastillas. —¡hey! ¿qué estás haciendo?

—escúchame bien. — gaspar vuelve a mirarme mientras se acerca a mí con las manos levantadas como si quiera mostrar que no me haría daño, me alejo un poco más de el hasta que mis muslos golpean con la mesa.

—estoy muy confundida, necesito esas pastillas. —sentía las lágrimas quemar mis ojos, pero me negaba a llorar.

—no, necesitas escucharme, ¿estás aquí conmigo? —me miraba atento como si en cualquier momento tuviera un ataque psicótico

—sí, solo que estoy confundida, ¿es natural no? es parte de la recuperación, pero este lugar—me sentía nerviosa y ansiosa, mis manos comenzaban a temblar y mi respiración se aceleraba mientras trataba de entender todo lo que estaba sucediendo.

.—mírame bien, respira, este es el lugar donde tienes que estar. —gaspar estaba frente pero poco a poco mi vista se volvía pesada y borrosa.

—esta es mi casa.

—no, no lo es.

—¿no lo es? ¿dónde estamos? —me sujeta del brazo.

—esta es mi casa.

—¿no estamos casados? —niega con la cabeza.

—tranquila.

—no, no me siento bien. —me había ido con un hombre que no conocía y ahora era mucho peor saber que me había mentido y no era mi esposo. que tonta había sido al creer en esto, intento zafarme de su agarre, pero me sujeta con más fuerza ambos brazos.

—concéntrate.

—voy a vomitar

—por favor.

—necesito un poco de agua —no muy seguro me suelta para

acercarse por un vaso, cuando esta de espaldas a mí me acerco sin hacer ruido a donde estaban varios cuchillos, tomo el más grande y con el creciente ataque de pánico me detengo detrás de él sujetando el cuchillo con ambas manos apuntando hacia él.

—era la única manera de sacarte del hospital, ¿entiendes? me imagino que te hace más sentido no ser mi esposa, soy... ¿qué haces? —gaspar me mira con los ojos muy abiertos cuando se da vuelta y me ve. — suelta ese cuchillo.

—quédate ahí —me muevo mientras él se acerca lentamente a mí.

—no. —se acerca más, sujetando con más fuerza el cuchillo para evitar que se caiga de mis manos me muevo más rápido hacia la puerta mientras agarro mi boldo del sillón.

—no te muevas o grito.

—no, no te vayas, no puedes irte.

—que estas... ¿porque estás haciendo esto?, estas enfermo, toda esta mierda, computadores, impresoras, revistas, basura... —ya no poda resistir más las lágrimas que se acumulaban en mis ojos y me nublaban la vista, sentía mucha impotencia por haber caído en la trampa de un loco como el, no sabía que quería y porque me había saco del hospital con mentiras, pero no quería quedarme a averiguarlo.

—no te vayas beatriz.

—¡no juegas conmigo hijo de puta! —el me había dicho que yo había robado la identidad de mi antigua psiquiatra, la doctora aldunate, no entendía porque me llamaba así ahora.

—te dije, te dije que eres una mujer muy importante y no solo para mí, eres la mujer más importante del mundo, beatriz

—no me digas así. —parpadeo con más fuerza intentando ver mejor, me acerco más a la puerta.

—te dije, te dije también que cuando estuvieras en casa todo tendría sentido.

—¡esta no es mi casa, ese no es mi nombre, no yo, yo tengo que volver al hospital! —le grito mientras abro la puerta.

—¡no! —gaspar me grita lo que me sobresalta, no parecía enojado era más un grito desesperado.

—yo estoy enferma, estoy enferma y no me estas ayudando, tengo que salir de aquí.

—cometiste un error en el futuro, pero yo te voy a ayudar a repararlo, por eso te enviaron acá beatriz.

—¿que? que estás diciendo

—mi nombre real, si es gaspar marin, tu sabes quién soy yo y por eso yo sé quién eres tú, pero para mí esta es la primera vez que nos encontramos, al menos en el mundo real es la primera vez, soñé contigo, en mis sueños ibas a verme y decías que era un impostor. estudio ingeniería civil mecánica en la universidad santa maría, soy escritor aficionado de ciencia ficción y pertenezco a varios foros entre ellos wikidot y la recién creada fundación scp y en uno de los foros me llego un mensaje encriptado. el jueves 5 de enero del 2011 un mensaje anónimo en reddit que decía, hay un mensaje oculto en esta imagen, encuéntralo... bueno más o menos lo resolví, es criptografía básica y algo de cultura medieval.

—no entiendo un carajo de lo que dices.

—no necesito que lo entiendas solo que me escuches. —duda un momento antes de seguir hablando, no había bajado el cuchillo aún. —esto era un puzzle y lo resolví, la solución me llevaba a un link, era un sitio extraño, se llama la biblioteca de bable por un cuento de borges, infinitos libros, infinitas combinaciones, un programa que escribe libros combinando letras al azar y en unos de ellos...

—no, no, para... —la cabeza me daba vueltas.

—las instrucciones.

—no voy a seguir escuchando, no puedo más. —gaspar da la vuelta dirigiéndose a la computadora de la mesa. —¡no te muevas!

—lo puedes googlear, mira, déjame mostrártelo, es solo una página de internet. —vuelve a dudar antes de seguir caminando.

—ok, hazlo rápido. —se mueve despacio sin quitarme los ojos de encima.

—en uno de ellos obtuve el mensaje, ves. —señala la pantalla. —parecen letras al azar, pero si le aplicas la clave... listo, el mensaje ordenado información sensible que proviene de otro tiempo, un mensaje para ti.

mira sin creer lo que lo veía en la pantalla, mensaje para beatriz aldunate.

—esto es imposible, tu estas, tú estás jugando con mi mente. —podía sentir el creciente pánico extendiéndose por mi pecho, mis manos sudaban y mi respiración se agitaba aún más.

.—no, es real, esto no lo puedo inventar yo, fueron ingeniosos, un mensaje dentro de letras aleatorias.

—¿cuál es el mensaje?

—tengo que hacer una labor de desencriptación colosal, ves esos tres computadores —señala al fondo de la habitación. —durante meses estuvieron corriendo día y noche para descubrir la información que los hombres del futuro, así les digo, me enviaron. no te preocupes, he sido muy cuidadoso.

ya no podía soportarlo más, tanta información que tenía que procesar, ¿emilia? ¿beatriz? ¿quién era yo realmente, cual era mi realidad?

—tu llevaste mi ficha clínica, tu dijiste que había estado bajo tratamiento, la perdida de mi hijo, tú me mostrarte el libro de donde saque, de donde saque mi historia. —mi voz iba en aumento mientras que mi paciencia decaía, la presión en mi pecho solo se hacía más grande y mis piernas comenzaban a hormiguear.

—si bajas ese cuchillo te puedo explicar todo.

—no, no, esto no puede estar pasando.

—beatriz.

—no te acerques. —mis sollozos se hacían más fuerte, solo quería saber la verdad e irme de este lugar.

—déjame traerte agua.

—siento que me voy a morir. —el cuchillo cae al suelo luego de que ya no puedo controlar el temblor en mis manos, comienzo a apretarlas y a moverlas intentando sentirlas de nuevo.

—¿no, estas teniendo una crisis de pánico, tu eres doctora tu sabes cómo controlar esto, concéntrate, respira, eso, todo está bien, necesitas conocer la verdad beatriz, ¿eres capaz?

¿podía? no lo sabía, apenas era capaz de controlar un ataque de pánico, pero merecía saber que estaba pasando así no fuera capaz de soportarlo.

—está bien, habla. —le digo dudosa y temblorosa.

—en el mensaje venían todas las instrucciones listas, solo tuve que descifrarla, el guion completo de lo que tenía que representar y los materiales para imprimir fichas clínicas falsas, identificaciones, cada cosa que te dije, cada documento que le entregue al doctor correa y al hospital. todo lo imprimí yo, las instrucciones decían a qué hora yo entraría en escena, hasta tuve que comprarme ropa con mi propio dinero porque me pagaron con bitcoin una criptomoneda que vale trece dólares pero que según ellos será una verdadera fortuna en el futuro y que deberé venderlos antes de las veintitrés cuarenta del catorce de abril del dos mil veintiséis si no quiero perderlo todo, mmh, lo que te dije ayer, esos minutos en que estuvimos juntos, lo practique durante un año frente al espejo muchas veces, dude que fuera real.

—pruebas

—¿pruebas?

—prueba que recibiste información del futuro. —mis temblores habían disminuido y por alguna razón mi cabeza se estaba aclarando.

—claro déjame ver. —remueve entre sus papeles. —aquí, greta tintín eleonora ernman thunberg, estocolmo, no debería conocerla o si, ¿quién es?

—no es posible.

—mira, dos mil veintiunos, un vikingo asalta el capitolio de estados unidos, ¿es una broma no?

—y la psiquiatra con mi nombre, también es mentira.

—no esa psiquiatra existe, eres tú en esta línea. pero no debes verla, no debes crear vortex con líneas alternativas.

—mi hijo, que paso con mi hijo.

—nunca has tenido un hijo, eso es fácil de comprobar, supongo que deberás sentirlo ¿no?, ¿tienes una cicatriz de una cesaría?, ¿sientes algo distinto en ti? ¿estrías abdominales?, ¿cicatrices?, tu sabes o en tus pechos pigmentación, podemos ir con médico para que lo compruebe...

—basta, basta, ese libro, el que llevaste, ¿también lo imprimiste?

—no, eso es extraño, el libro es real, el autor es real, lo escribió un tipo en el 81. tengo una teoría, el autor del libro tuvo un evento garnier malet, los tipos del futuro le deslizaron información de wuhan, del virus de la pandemia no sé si lo hicieron para este momento o hay otros viajeros en otras líneas haciendo lo que tienes que hacer en esta. e investigado sobre eso, hay un estudio de un famoso científico... —vuelve a revolver y buscar entre sus documentos, pero parece que no encuentra lo que quiere. —bueno no importa, el estudio estable que la combinación de murciélagos en mercados de comida son una bomba de tiempo, si sabemos buscar está lleno de advertencias, cuidado con la inteligencia artificial, cuidado con los algoritmos, cuidado con el calentamiento global, cientos de películas advirtiéndonos a millones de personas y ¿sirvió para algo? lo único que cambia el futuro son las acciones nadie les hace caso a las palabras, revistas, políticos, escritores, solo son palabras ellos no cambian nada, el futuro nunca ha sido cambiado por las palabras, acciones, así se construye el futuro.

—no sé qué es real y que no, que se supone que tengo que hacer.

—lo siento tenía que convencerte, tenías que convencerte de que todo era una ilusión, tu sabes que graban todo en esas salas de entrevistas, nos hubieran descubierto.

—puedes decirme mi nombre. —lo sabía o eso creía, pero escucharlo repetirlo era como si fuera real, como si aceptara que esta era mi realidad, lo que mi instinto me decía que era verdadero.

.—elisa beatriz aldunate sifuentes, la mujer tatuada que viaja desde el dos mil veintidós para revertir pegaso en el dos mil doce, sé que en el fondo esta realidad que te digo te hace muchísimo mas sentido que la que creíste hasta hace unas horas.

—¿que estoy loca?

—tu nunca estuviste loca beatriz, ahora debes escuchar esto.

vuelve a teclear algo en la computadora y me pasa unos

auriculares.

—¿qué es? —me acerco a él mientras me los pongo.

—es una grabación del futuro con tus instrucciones personales, yo no puedo estar presente, es información sensible. no te voy a explicar todo lo que tarde en codificar los cerca de nueve minutos que dura la grabación, fue lo primero que llego, octubre dos mil once. —me mira serio. —este archivo que escucharas ahora, ha demorado un año catorce días es descargarse. voy a comprar café y así podrás estar a solas, de nuevo, con pedro roiter. —la mención de ese nombre me hace levantar el cabeza demasiado rápido.

—¿esta lista beatriz? —cierro los ojos y suspiro, no sabía lo que debía enfrentar una vez que comenzara a reproducirse el audio, no sabía si estaba lista, pero al menos ya no sentía que estaba loca.

—sí, estoy lista. —gaspar pulsa el botón de reproducir y apresurado sale por la puerta, un ruido como de interferencia se escucha y luego de unos segundos una voz bastante familiar hace que mi estómago se apriete cuando habla.

—hola, tanto tiempo beatriz.

2.4

tanto tiempo, beatrizla vida se nos presenta en un dilema insoportable: lo que vale no dura; lo que no vale se eterniza.
— ramiro de maeztu

me siento frente a la laptop en la mesa y respiro varias veces antes de volver a reproducir el audio.

—este mensaje a viajo por dos líneas de tiempo y por casi cincuenta años, que puedas escucharlo es una improbabilidad y la prueba de que cientos de eventos se conectaron exitosamente. nuestro agente local gaspar marín ha hecho un trabajo arduo y por segunda vez ha sido una pieza clave en el desarrollo de los eventos. también significa que venciste el trauma de la llegada y los cambios de narrativa para la estrategia de extracción, sé que tienes preguntas y pretendo aclarar todas tus dudas, pero lo primero es lo primero vamos a recuperar tu memoria.

suspiro nerviosa, quería recuperar mi memoria, pero también sentía miedo, ¿podría regresar? ¿sería capaz de hacerlo? no sabía a qué me enfrentaba o como podría lograrlo, pero tendría que confiar en él.

—necesito que cierres tus ojos y escuches esta melodía. —hago lo que dice y me siento más recta de lo normal mientras cierro mis ojos. —la música es una llave neuronal que encenderán tus recuerdos que el viaje del tiempo fragmento. intenta tener una respiración pausada y fija tu atención no en lo que vas a escuchar sino en el flujo de aire que entra y sale suavemente, deja que el sonido entre en ti sin intentar analizar nada, aquí vamos.

intento controlar mi respiración tal y como pedro me dijo, pongo mis manos en mi regazo inhalando y exhalando aire hasta que me siento tranquila, unos minutos más tarde comienzo a escuchar una melodía en piano, al principio no sentía nada, pero poco a poco la melodía comenzó a repetirse dentro de mi cabeza como un bucle.

mi cabeza comenzó a dar vueltas y me mareo me hizo cerrar con más fuerza los ojos, cientos de recuerdos pasaban detrás de mis ojos como una película y la cabeza me punzaba al tener que recordar tanta información.

podía recordar.

yo atendiendo a pedro

maría y el aeropuerto

como llegué al cubículo del baño y lo tuve que hacer para intentar salvar a la humanidad después de fallar con maría.

uno a uno mis recuerdos regresaban mientras la melodía se repetía de nuevo, abro los ojos respirando pesadamente mirando a mi alrededor como si pedro fuera a aparecer frente a mis ojos.

—me acuerdo...me acuerdo de todo, recuerdo todo...—susurro para mí misma.

—hola, tanto tiempo beatriz. —un sollozo se atora en mi garganta al escuchar la voz de pedro, no estaba aquí y no podía escucharme, pero era como si supiera que yo había regresado a él.

—bienvenida a la línea dos mil doce, el proyecto y yo te agradecemos lo que haces en un acto invisible y transcendental. te preguntaras porque el dos mil doce, te preguntaras si eres única o si hay más viajeros explorando líneas intentando encontrar los vortex correctos para salvarnos de la aniquilación, intentare responder todo.

luego de los descubrimientos en marte se descifro el mecanismo de como viajar de universo en progresión a un punto temporal anterior y se estableció el proyecto, su meta fue simple, revertir el fin, el proyecto podría enviar a alguien al pasado y general un vortex y cambiar no el futuro de la línea original sino el futuro de una línea nueva, al principio de considero que la minina intervención de máximo efecto era cambiar la narrativa de la historia. escritores, científicos y pensadores serian intervenidos como agentes para inspirar la intuición de un futuro apocalíptico que nos hiciera reaccionar y evitar la aparición de pegaso, los primeros viajeros solo hacían eso, inspirar narrativas en el proyecto los llamaron sembradores, viajeros que hacían intervenciones mínimas para producir en individuos clave la idea de una novela o una inspiración para un desarrollo científico, un argumento de una película que permitiera revertir el peligro y modificar una línea.

me levanto sin pausar la grabación para tomar un vaso con agua mi garganta se sentía como lija después de todo lo que sabía ahora.

—cuando yo llegue entre marzo y septiembre del 2062 ya habían partido 146 voluntarios de varios países y en varios puntos en diferentes líneas y tiempos, algunos tenían que cumplir un papel muy pequeño, susurrar en un bar a un escritor borracho el argumento inspirador, poner en la boca de otro una palabra o teoría. la mayoría de las películas, de las series y de los libros que advirtieron sobre la pandemia, sobre el peligro de la inteligencia artificial o sobre el poder colectivo de las redes sociales entre 1948 y el 2019 fueron productos de alguno de los 146 sembradores invisibles, el ego de los creadores hizo el resto y ayudo a la invisibilización, pero eso 146 viajeros fallaron.

por muchos sembrados la humanidad no leía los mensajes y tomaba siempre el mismo camino, siempre caíamos en pegaso y en el fin del mundo en el año 2062. hasta que después de muchos cálculos se estableció que la mejor manera de intervenir el tiempo era modificar el origen mismo de pegaso, era necesaria una intervención mayor; por supuesto habría voluntarios mucho mejor preparados que yo, pero ninguno había tenido un evento garnier malet contigo lo que significa el éxito de la misión, nadie estaría más cerca de la fuente que tú y nadie podría convencerte más que yo, entrelazamiento lo llamaron que es una manera muy técnica y muy fría de decir que te he amado siempre...

.detengo un momento la grabación y sujeto mi cabeza con ambas manos mientras me recuesto en la mesa, aun tenia grabada las palabras que me había dicho antes he aprendido sistemáticamente armarte en todas las líneas del tiempo y entonces recuerdo al doctor vicente y en como físicamente era pedro pero no podría recordarlo aunque en mi interior sabía que era el, en el fondo de mi ser creía que las almas gemelas existen y tarde o temprano estábamos destinados a encontrarnos en todas las líneas existentes.

levanto la cabeza y vuelvo a encender la grabación.

—cuando fallaste en el 2022 yo debería haber viajado al vortex anterior pero no pude, hay un problema técnico con los viajes ocurrentes. un viajero no puede viajar dos veces, el trauma neuronal de recuerdos del primer viaje no admite un segundo viaje, los voluntarios que viajaron dos veces enloquecieron y por eso lo más apropiado era enviarte a ti y tu estuviste de acuerdo, egoístamente muy a pesar porque eso significaba separarnos para siempre. nunca llegarías a roma, nunca estarías conmigo en esta habitación desde donde yo grabo este mensaje.

¿por qué no hacer algo radical y enviar a alguien a asesinar a maría veitia? por terrible que suene parece ser lo más efectivo, una vida por millones. el proyecto lo intento, pero pareciera ser que la estructura de las líneas protege a las entidades de muertes mediante singularidades o sea extraños en la línea. un viajero no puede interrumpir una línea de vida porque con eso interrumpe el siguiente ciclo de nacimientos y muertes de la entidad, cuando lo intenta el viaje falla o el viajero muere maría veitia es inmune a un asesinato o un accidente provocado por una entidad externa, no es inmune a una intervención orgánica como plasmas o anticuerpos y no es inmune a que muera por su libre albedrio. entonces hay que probar otros caminos y ahí entras tú y el año 2012.

¿por qué el 2012? en el proyecto lo estudiamos bien, lo llamamos el gran año bisagra fue el último año donde se pudo revertir todo, las redes sociales acaban de incorporar los algoritmos que nos llevaran al egregore en el 2027, recién se acaban de lanzar asistentes virtuales con los algoritmos de aprendizaje profundo que llevaran al gran borrado en el año 2033 y lo más importante, después de que un coronavirus producirá el síndrome respiratorio de medio oriente y asolara toda esa zona muchos científicos insistieron en la necesidad de tener una vacuna pero ninguna institución ni pública ni privada creyó que fuera de utilidad, con esa vacuna la pandemia se hubiera detenido en octubre del 2019 y pegaso seria historia.

enviamos sembrados a revertir esos eventos, pero una y otra vez fracasamos en lo único que tuvimos éxito fue adelantar el descubrimiento del bosón de higgs, clave para comprensión de las líneas y el viaje temporal.

tomo un cigarrillo de la mesa mientras sigo escuchando a pedro, todo me resultaba extraño y complicado, pero ya había fallado una vez y no quería hacerlo de nuevo.

—vamos pedro, dime que tengo que hacer.

—en el año 2012 donde estas ahora maría veitia tiene 17 años y debes ubicarla, gaspar marín te ayudara en eso, maría veitia en todas las líneas y simulaciones es el elemento crítico a intervenir, suponemos que por estas fechas acaba de conocer a daniela aldunate. —la pura mención de mi hermana hace que mis ojos se llenen de lágrimas, no volvería a verla y esperaba que escuchara mi mensaje. —la razón por la que tomara el avión en el 2022 para salvar su leucemia, altera ese vortex y pegaso no existirá y si ya la conoce siembra una idea en ella que altere ese vortex y conseguiremos la línea 63.

debo explicarte algo, no hemos tenido hasta el momento ninguna evidencia de que en algún universo se supere el año 2062, en el proyecto comenzaron a hablar de un escenario utópico, la meta, el caso especial donde todo saldría bien, lo llamaron el caso 63 la línea donde pegaso no existe y podemos traspasar el límite del 2062 y prosperamos y generamos una civilización que aprende de sus errores y los resuelve, colonizamos las estrellas y donde finalmente la humanidad deja de autodestruirse en todos los sentidos y lo logra. el proyecto indica que no hay más vortex posibles, los viajes tienen solamente un pasaje de ida no hay posibilidad de volver, una vez que completes tu misión deberás renunciar a todo, perderte, hacerte invisible tu sabrás como, esta demás decirte que cualquier intervención que hagas generara vortex anómalos, líneas parasitas que pueden convertir impediente esa línea en un universo fracasado, ten mucho cuidado con lo que haces.

te envió este mensaje desde mi habitación en un hotel en roma, la habitación donde tú y yo íbamos a generar el evento garnier malet, ahora eso no sucede en esta línea. jamás nos veremos por lo que no podre soñar y no seré aceptado como viajero; sin embargo, si viaje si estoy aquí por lo que se ha producido una paradoja que no comprendo aun, un bucle quizás, ya tendré tiempo de resolverlo he quedado como todos los viajeros que fracasan en una línea de sacrificios, una línea donde un viajero hace una intervención que no dio un resultado, pero puede ayudar a que otra línea sobreviva.

tu línea en cambio, tu línea 2012 aún está vigente y pura.

miro esta habitación, la cama, el ventanal los tejados de esta ciudad vieja e inmortal, te deseo toda la suerte del mundo a mí me queda mucho tiempo, faltan 40 años para que los del proyecto lean mi mensaje y te lo reenvíen, pero prefiero grabártelo ahora, en esta tarde en el hotel en roma una tarde hermosa mientras el sol tiñe de rojo los tejados y se escuchan campanas a lo lejos.

.te amo beatriz y aunque en este universo hay una persona menos y esa es la persona más importante de mi vida aun ahora 10 años en el futuro y en otro universo si cierro los ojos puedo sentir el entrelazamiento, puedo sentir que estas, puedo sentirte y de algún modo sé que tú también lo sientes quizás de eso se trata el verdadero amor sentir que no estás solo aun cuando los hechos te indican que no es así.

la grabación hace un ruido raro antes de cortarse.

—pedro... —susurro en la oscuridad de la habitación en la silla limpiando las lágrimas que caen por mis mejillas, tenía que encontrar a maría y tenía que alterar el vortex para conseguir esa línea 63, se lo debía a muchas personas.

2.5

el buen doctorno hay ser humano, por cobarde que sea,
que no pueda convertirse en héroe por amor.
—platón

29 de noviembre 2012

suspiro mientras veo los autos a través de la ventana, han transcurrido casi 48 horas desde que escuche la grabación de pedro, pero el tiempo no parece real, ha pasado demasiado... me ha pasado demasiado. es casi verano, pero esta nublado, el cielo tiene un velo gris y así es como me siento como detrás de una membrana, escucho su voz en mi cabeza.

sé que él está en algún punto del tiempo y el espacio confiando, esperando algo que ni él ni yo podemos confirmar nunca, que yo tenga éxito...

la felicidad de otros por la nuestra, sé que jamás lo volveré a ver y esa certeza de la imposibilidad no me derrumba, de alguna manera me completa, me da fuerzas.

me quito de la ventana para ir por un cigarrillo a la oficina, he estado fumando más de lo que me gustaría, pero es lo único que me hace calmar un poco los nervios que se han instalado en la boca del estómago.

gaspar marin y yo no hemos conseguido dar con el paradero

de maría veitia, gaspar a recorrido todas las páginas y nada, hay dos que tienen 50 años y una muerta.

¿porque no existe ese nombre?

quizá esa entidad no se encuentra en esta línea.

quizás en esta línea no existe pegaso.

lo he pensado tanto que me duele la cabeza, pero gaspar me ha dicho que eso es imposible porque me hubieran enviado a un lugar inútil.

gaspar salió a juntarse con un amigo investigador, quizá tengamos suerte, pero no puedo dejar de pensar que, si la encontramos, si encontramos a maría veitia una adolecente de 17 años en este tiempo solo hay una solución radical para evitar que no tenga futuro.

solo hay una solución para que nunca tome ese avión en 10 años más.

sé cómo funciona la salud mental, lo he visto en miles de oportunidades un mal diagnóstico etiqueta a alguien y arruina su vida, la etiqueta de una enfermedad mental.

aspiro una gran calada cerrando los ojos, terrible lo que estoy diciendo, pero es lo único que puede derrumbar a una adolescente que tiene el mundo por delante, tengo que hacer lo más terrible que he hecho en mi vida.

la semilla que voy a sembrar en la mente de maría y su familia es que necesita confinamiento psiquiátrico.

psicofármacos.

terapia electroconvulsiva...una vez entrando en esa espiral no podrá salir nunca.

una vida por millones, un acto terrible e innecesario con el que voy a tener que vivir para siempre.

los suaves golpes en la puerta me hacen regresar a la realidad, tiro lo que resta de cigarrillo y me acerco con pasos pesados a la puerta, no había dormido bien y me sentía cansada, pongo mi mano en el pomo de la puerta, pero me detengo antes de abrir.

— ¿si?

—soy el doctor correa, ¿emilia?

—eh, si...
—necesito hablar con usted...

abro lentamente para ver al doctor correa parado frente a mí, ahora que recodaba todo me parece más abrumador que físicamente sea como pedro, pero aun así notaba ciertos cambios y detalles que me hacían recordar que él no era pedro.

—hola.

—hola, ¿puedo entrar un momento? solo será un minuto, tratamos de llamarla a usted y su marido y no respondieron.

—a...hemos estado muy ocupados, adelante. –me hago a un lado para que pueda pasar.

—¿está sola? – pedro miraba alrededor con la misma curiosidad que yo cuando vine aquí por primera vez, dudo un poco antes de responder.

—si...

—¿y su marido? –no le tenía miedo al doctor, pero por alguna razón di un paso atrás.

—el salió, mi marido salió, ¿pasa algo doctor correa?

—emilia si usted está en peligro yo puedo ayudarla... —levanta una mano como mostrando que no tiene nada mientras se acerca más a mí.

—¿perdón? –doy otro paso atrás.

—ese hombre no es su marido, créame puedo ayudarla... —mierda.

—está equivocado, gaspar y yo... —teníamos que seguir con esa mentira si quería pasar desapercibida para lo que iba a hacer.

—emilia usted está siendo manipulada, por mi trabajo veo esto todos los días.

—bueno insisto. usted se equivoca, usted...

—emilia no se resista a los hechos, revise la ficha clínica todo lo que ese hombre nos entrego es falso, busque sus antecedentes gaspar nunca ha estado casado llame a un amigo de la policía, lo investigamos secretamente, congelo sus estudios, tiene un foro de ciencia ficción en internet, por favor mire este lugar usted no pertenece aquí— señala alrededor antes de volver a mirarme. —él está metiéndole ideas en su cabeza.

—¿esta la policía con usted? –el miedo comenzaba aparecer, pero intentaba parecer calmada, el doctor correa sabia la verdad.

.—no, no quise, preferí venir solo.

—¿a qué? yo estoy bien.

—usted cree estar bien, síndrome de estocolmo una persona se siente en deuda con su captor, emilia sanz ni siquiera es su nombre verdadero el la nombro, él le dio una identidad, el la tiene atrapada el invento lo del viaje en el tiempo.

—¿es lo que usted cree saber? –me miraba confundido, como si esperaba que me volviera loco después de decirme la verdad, sin saber que ya lo hacía.

—las relaciones toxicas ponen en peligro a las personas, las manipulan atreves de su vulnerabilidad

—y usted está muy seguro que yo soy una mujer vulnerable. –me cruzo de brazos sin moverme de mi lugar, el doctor correa me miraba exasperado.

—mi experiencia me dice que si aparezco con la policía él puede pensar que usted lo llamo y eso la pondría en peligro, eso la volvería en una persona vulnerable, ¿quién es gaspar marín?

—un amigo. –su ceño de frunció.

—no él no es amigo, los amigos no inventan realidades paralelas paras que otros amigos pierdan la cabeza, esto para él es un juego.

—está equivocado, la relación que tengo con él es completamente consensuada.

—se llama codependencia y es un tipo de relación muy peligrosa. ¿qué pasara en un mes más el 21 de diciembre cuando su amigo le diga el mundo se va acabar según el calendario maya?

—no está entendiendo nada doctor.

—¿que pasara cuando su amigo le diga que recibió mensajes del futuro y que debe morir?

—¿le interesa ese tema?, ¿por eso necesita verme? –parpadea varias veces mirándome sorprendido, había mencionado ya dos veces el tema de los viajes en el tiempo.

—a qué se refiere.

—¿porque vino usted y no vino la policía? si descubrió lo que dice que descubrió, a que vino doctor correa, investiga personalmente a todas las pacientes que da de alta.

—no... —su voz sonó más nerviosa de lo que quería aparentar.

—bueno que quiere de mi entonces, ¿a qué vino realmente?

—a buscarla, necesitaba venir a buscarla. –dijo después de unos segundos en silencio.

—ok vamos a otro lugar.

minutos más tarde estábamos caminando hacia el automóvil del doctor correa, mi idea de ir a otro lugar era caminar, pero tal parece que el doctor tenía otro plan. cuando cierro la puerta después de subir nos quedamos en silencio lo que me pareció una eternidad.

— ¿por qué estamos en su auto vicente? ¿qué quiere de mí?

—estoy yendo en contra de todos los códigos éticos en los que creo, pero empecé a investigarla por mi cuenta porque no he podido dejar de pensar... en usted.

me giro rápidamente para mirarlo.

y en otro universo si cierro los ojos puedo sentir el entrelazamiento, puedo sentir que estas, puedo sentirte y de algún modo sé que tú también lo sientes quizás de eso se trata el verdadero amor...

las palabras de pedro se repetían en mi cabeza.

—y cuando supe que fue extraída del hospital mediante informes falsos, me preocupe y aun creo que usted en peligro con un hombre así.

—le agradezco mucho su preocupación doctor, pero todo tiene una explicación. -una que no podía decirle.

— ¿quién es usted? -aprieto mis manos en mi regazo sin levantar la mirada de ellas.

—su paciente, recuperada.

—no, no me refiero a eso.

—no soy nadie doctor. -lo miro. —ni siquiera deberíamos estar hablando.

vicente se inclina más en su asiento lo que hace que esté más cerca de mí.

—no le ha pasado sentir que el mundo es una especie de torbellino incesante de personas, relaciones que nacen y mueren y se mantiene o se disuelven. y uno ve de pronto el dibujo completo, ve la gente de aquí para allá intentando vivir y sentir la sensación de estar desarraigado y sentirse vinculado con nadie y de pronto llega alguien... alguien improbable y esa sensación de vacío se desvanece y uno puede sentir esa especie... no sé cómo llamarlo... ¿de lazo?, un lazo con esa persona. –me mira impasible mientras yo trato de controlar las lágrimas que amenazaban con caer, el entrelazamiento, ¿será posible que eso sea lo que vicente siente? —el mundo comienza a tener un sentido, yo sentí eso con usted al principio, no entendí que lo experimentaba, no quería entenderlo.

se queda callado unos segundos antes de continuar.

—me dijo pedro, la primera vez que la vi y aunque no era mi nombre pensé que los nombre son tan temporales, tan frágiles y me sentí de algún modo pedro. cuando llego del aeropuerto mientras deliraba yo estaba con usted y a veces abría los ojos y me decía ¿ya termino? ¿lo conseguimos? usted me miro como si yo fuera parte de su vida, con nadie, ni siquiera con mi mujer que la amé todos los días de su vida me sentí tan cercano como cuando usted me miro.

—entonces, usted viene y me dice eso ¿para qué? que se supone que tengo que hacer con lo que me está diciendo, como puedo satisfacer su curiosidad, esa pieza que no encaja en su rompecabezas, que se supone que soy...

.—una llave. – lo miro sin entender, sus ojos estaban muy abiertos y atentos a lo que yo hacía, como si tuviera miedo de que me esfumara frente a sus ojos.

— ¿eso siente que soy?

—no puedo explicarlo, de ninguna manera ni remotamente de

manera científica, pero yo la conozco olvidemos si me miente o no, verdades, mentiras, palabras yo la conozco. eso es una certeza sé que es importante es como una especie de llave que no sé qué abre pero que sé que es real.

—se está confundiendo doctor.

—durante años antes de estudiar medicina quería ser músico, cuando compones música a veces pasa que sabes la partitura que viene y luego es así, es como si la melodía ya existiera antes de que la crearas, es un mal ejemplo, pero algo así me ha sucedido con usted.

necesitaba detener esto aquí antes de que de alguna manera afectara esta línea, pedro me había dicho que tenía que ser cuidadosa con lo que hacía y estar aquí ya se sentía lo bastante malo.

—pero yo no soy una partitura soy o fui su paciente y si vuelve a hablar conmigo o aparecer lo voy a denunciar por comportamiento indebido y diré que precisamente ha venido a mi casa acosarme abusando de su autoridad como médico.

me doy la vuelta abriendo la puerta del auto para regresar al departamento de gaspar, vicente toma mi muñeca evitando que salga.

—perdón, no se baje... perdóneme cruce una línea delicada e inapropiada, tiene razón, tiene razón lo siento mucho, tantos años de carrera y nunca me había pasado esto.

cierro la puerta acomodándome de nuevo, vicente aun no soltaba mi mano hasta que bajo mi mirada a donde aún me sujetaba, vicente se da cuenta y me suelta recargándose en su asiento mirando al frente.

—esta semana es el aniversario de la muerte de mi esposa, estoy... vulnerable sé que no es excusa, pero...

—que lo lleva a pensar que soy como una llave.

—una estupidez.

—¿qué estupidez? —de verdad esperaba que no fuera lo que estaba pensando, si el físicamente era como pedro y había sentido un lazo a mi cuando me vio, sabía que pedro y yo estábamos destinados en cada universo, ¿vicente es el alma de pedro en esta línea?

—soñé con usted. —pega ambas manos al volante.

—¿qué? —lo miro curiosa.

—un sueño extraño.

—que ocurría en ese sueño.

—usted y yo en una ciudad antigua, tejados, pájaros al atardecer, al parecer estábamos en un hotel y éramos una antigua pareja de amantes, un sueño muy nítido, usted era mi mujer, pero al mismo tiempo no lo era, no sé si me comprende. antes de que enfermera mi esposa nosotros viajamos a roma...

—¿roma? — yo había ido a roma con mi marido antes de que fallecería, y pedro había soñado con eso mismo que vicente lo que significaba el entrelazamiento, no podría ser demasiado la coincidencia.

—ella era fotógrafa, creo que la mente me jugo una mala pasada.

—no hay que prestar mucha atención a los sueños, usted lo sabe mejor que yo. —intentaba evitarlo.

vicente se quedó pensativo unos minutos, no sabía cuánto tiempo habíamos pasado en el auto, tomo algo de su chaqueta y la puso frente a mí, una tarjeta.

—en esta tarjeta esta mi dirección y numero, por su mirada sé que piensa no volver a verme, pero si está en peligro o cualquier cosa que se le parezca puede acudir a mí. atiendo pacientes en mi casa, no será algo irregular puede llamar cuando quiera, puede golpear mi puerta a la hora que lo necesite, mi hija ya está acostumbrada a visitas inesperadas y urgentes.

—tiene una hija. —sonrió antes de despedirme.

—sí, un adolescente problema.

—como todas las adolescentes.

—bueno maría es maría. —la sonrisa desapareció.

—que, ¿maría?

—sí, maría. —vicente me miraba extrañado por mi repentino interés en su hija.

—¿cuál era el apellido de su mujer? —mi respiración ya se sentía agitada y desesperada.

—¿cómo? —quería tomar a vicente de los brazos y agitarlo para que me dijera el apellido de su esposa.

—el apellido de su mujer. —mi voz sonó más alta de lo que me gustaría, si es posible eso explicaba porque no la habíamos encontrado, estábamos buscando el apellido erróneamente, cuando vicente hablo confirmo mis sospechas.

—veitia, mi hija dice que cuando sea mayor edad, quiere que sea su primer apellido para recordarla... —vicente debió ver que estaba a punto de un ataque nervioso. —¿qué pasa?, esta pálida... —se detiene para mirarme mejor. —está llorando, lo siento mucho fui muy poco profesional...

—está bien, estoy bien... —con las manos temblorosas saco el móvil de mi bolsa, la música, tenía que saber si podía reconocerla.

—pero porque saca su móvil, a quien va a llamar.

—no, no, a nadie, guarde en este teléfono algo que quiero que escuche, algo que alguien me dio.

—ok —la confusión llenaba su expresión y la verdad es que estaba igual que él, no entendí que pasaba, pero tenía que comprobar algo.

.—vicente necesito que ahora tu confíes en mí, ¿puedes?

—sí, está bien.

—por favor, solo escucha y confía.

comienza a sonar la canción que pedro me había dado antes a recordar y la que me había hecho volver después de olvidarlo todo. poco a poco el rostro de vicente cambio, sabía que había reconocido la música.

—no... que es esto.

—que escuchaste vicente.

—¿de dónde...? —me miraba extraño, como si no entendiera porque yo conocía esa canción. —esa pieza, esa pieza la compuse yo para mi mujer, era nuestra melodía, la compuse hace años.

—lo sé, y me la regalaste a mí en el futuro.

2.6

cómo es el futurola mejor manera de predecir el futuro es creándolo.
—peter drucker

2 de diciembre 2012

vicente correa

estos últimos 4 días han sido extraños, no he podido trabajar ni hacer nada, aún tengo la imagen y la sensación de los dos sentados en el auto el sonido de la lluvia alrededor, recuerdo cada detalle de sus ojos y de sus expresiones y el movimiento constante de sus manos mientras me contaba su historia, una historia imposible.

está es la llave que buscas, dijo. mi historia es la llave que buscas y solo si crees lo que he compartido contigo solo si lo has creído, llámame y te estaré esperando.

me dijo que su nombre es beatriz y también dijo que iba a preferir llamarla por ese nombre y se fue.

esta tarde sorprendí a maría escuchando mis grabaciones con beatriz, tenía los ojos húmedos y me dijo que quería hablar con esa mujer, me lo dijo con una calma que me sorprendió y me sorprendió su aceptación. había escuchado sin previo aviso la narración de una historia imposible y fue como si ella también necesitara comprender la llave o su rol en este juego que parece no tener inicio o fin.

accedí y no intente explicar nada, como puedo explicar a mi hija lo que no me puedo explicar a mí mismo.

[image "5 días después de mi encuentro con vicente me encontraba entrando a su casa para hablar con maría, ella había escuchado y leído todo lo que vicente tenía sobre mí y algo en eso había despertado su curiosidad, ahora quería verme y tenía una oportun..."

5 días después de mi encuentro con vicente me encontraba entrando a su casa para hablar con maría, ella había escuchado y leído todo lo que vicente tenía sobre mí y algo en eso había despertado su curiosidad, ahora quería verme y tenía una oportunidad para cambiar el futuro.

—ella insistió. —fue lo primero que me dijo vicente cuando me vio.

—¿escucho todo? — le pregunte, aunque eso ya lo sabía, me sentía bastante nerviosa de estar aquí.

—sí, yo estaba afuera. —se detiene un momento, parecía preocupado. —nunca lo hace, nunca se mezcla en mis cosas, nunca lee o se mete en mi celular o en mi computadora, me ha dicho que sintió que debía escuchar lo que había en esa grabadora... confió en que no le dirás nada que le haga daño.

—te lo prometo. —sonrió intentando lucir calmada pero no sabía qué hacer, lo que había pensado hacer con maría antes de saber que era hija de vicente ahora me resultaba incómodo y repulsivo.

necesitaba intentar con otra cosa y lo único que podía pensar ahora era decirle la verdad.

vicente asiente y me dirige a la habitación de maría, toca a su puerta y escucho la suave voz de maría del otro lado pidiendo que entre.

maría se gira en su silla del escritorio para mirarme, su cabello era negro y corto y tenía pocos rasgos de vicente, debía parecerse a su mamá.

—bueno, las dejo solas... —vicente dudo unos segundos antes de cerrar la puerta y dejarme con maría.

—gracias vicente...

—hola —la saludo.

—hola - dice maría, mirando a mi mano. —¿registras todo? —señala la pequeña grabadora en mi mano mientras se pone de pie.

—tengo problemas con mi memoria.

—escuche las grabaciones de mi papa...

—lo sé, eran grabaciones terapéuticas privadas.

—beatriz, dejemos de mentiras e intentar protegerme, ¿de verdad crees que eres lo que eres? —me miraba con curiosidad.

—no importa lo que yo crea de mí.

—mira, durante toda mi niñez y bueno, hasta ahora me sentía alguien especial, alguien única, una elegida, pero no como los pacientes de mi papa con un delirio mesiánico... no, solo que siempre pensé que iba aportar algo al mundo, mi madre me lo decía siempre: sé que cuando seas mayor vas a luchar por hacer de este mundo un lugar mejor y yo de alguna forma como que lo sabía. por eso quise hablar contigo, mira no me importa si es mentira, si es una fantasía, si es verdad, beatriz yo te creo.

—no deberías de creer en cualquier cosa que escuchas.

—lo sé, pero yo decidiré que hago con lo que escucho, mira no puedo explicarlo bien, pero estoy segura que este es el lugar donde tengo que estar, por alguna razón tengo que escucharte.

—ok, siéntate. —maría hace lo que digo y se siente en el borde de la cama mientras yo me siento a su lado.

—el futuro... ¿cómo es el futuro beatriz?, —dudo un momento, como si tuviera miedo de preguntar eso. —para que puedas responder con comodidad... cómo será el futuro en tu episodio psiquiátrico.

.—es difícil...

—¿revertimos el calentamiento global?

—no.

—entonces, no se ¿se erradico el hambre?, que pasara con la primavera árabe, se acabara el mundo el 21 de diciembre...

podía ver algo de esperanza en sus ojos, como si pensara que en el futuro íbamos a ser mejores de lo que éramos ahora.

—no puedo contarte todo, yo no... bueno, no se acaba el mundo este 21 de diciembre.

—pero entonces si se acaba

—todo se acaba. —levanta la mirada para observarme antes de volver a hablar.

—a ver, háblame sobre las redes sociales, es verdad que si público un tweet diciendo algo incorrecto me vas a juzgar 10 o 20 años después.

—solo puedo darte un consejo, cuida lo que publicas, todo lo que tú haces ahora cualquier cosa por más pequeña que sea que publiques en internet alguien la va a evaluar en el futuro y puede ser considerado ofensivo y puedes quedarte sin trabajo o quedar marcada.

—suena horrible y quien decide eso, un gobierno totalitarista, ¿es una dictadura?

—no, todos participan de alguna manera es una especie de extraña democracia.

—todos se vigilan entre sí.

—algo así, según un amigo más adelante en el futuro va a ser todavía peor. —vuelve agachar la mirada, moviendo nerviosamente sus manos, parece triste y no parece estar contenta con todo lo que está escuchando, sin duda esperaba que en el futuro todo fuera diferente. —¿te estoy deprimiendo?

—no, no... —vacila antes de seguir. —¿qué es pegaso?, ¿es como la gripe aviar?

—si como la gripe aviar, pero masiva, una pandemia.

—¿y cómo sucedió?

—es difícil saberlo, el hombre depreda un bosque desplaza animales, los animales tienen virus en este caso un virus que tiene un murciélago.

—guau, pensé que el fin del mundo comenzaría con una no se invasión extraterrestre por un meteorito o una guerra nuclear pero que alguien se haya comido un murciélago... suena muy poco cool. —suelta una risa y me hace reír a mí, de hecho, si sonaba poco cool.

—no sé si se lo comió, no lo sabemos con certeza, solo sabemos que en algún momento en el año 2019 en un mercado de comida en una ciudad china llamada wuhan donde había muchos animales exóticos a la venta, ahí comenzó la primera pandemia que se esparció rápidamente por el planeta, por primera vez toda la población del mundo fue confinada, nadie podía salir.

—¿y por cuantos días?

—no, no días, meses y eventualmente años. —su cara palideció.

—¿enserio? pero, y que hicieron las personas, sus trabajos, los colegios...

—todo se detuvo...los que pudieron comenzaron a trabajar desde sus casas, los niños aprendieron a través de pantallas, los amigos de esos niños estaban siempre del otro lado de un videojuego todo se hizo virtual, todo. las calles estuvieron vacías, hubo también signos de una posible transformación, una tenue luz de esperanza. los animales empezaron a caminar libre por las ciudades, especies casi extintas renacieron, ciertos estudios indicaron una mejoría en la capa de ozono y muchas personas se mudaron a los campos a vivir vidas más simples. —maría me miraba sorprendida por todo lo que le estaba contando. —en las capitales muchas casas cambiaron un jardín por un huerto, pero no estoy segura de todas esas señales o propósitos, por lo pronto todo el mundo siguió existiendo detrás de una mascarilla y todas las personas del mundo seguían sin poder tocarse ni verse, el virus estaba en todos lados, nos alejamos, aprendimos a alejarnos a evitarnos.

—suena, suena terrible... —sus ojos seguían clavados en sus manos.

—sí, lo fue, la pobreza aumento, la segregación, la desigualdad, no todos los gobiernos estuvieron preparados para eso, de hecho, ningún gobierno realmente. esta crisis evidencio que la mayoría de los estados no estaban para proteger a sus ciudadanos si no para protegerse a sí mismos, algunos ni siquiera creyeron en el virus, yo vengo de ese momento en el tiempo justo antes de terminar la primera gran vacunación.

—no sirvieron las vacunas.

—sí, sí pero por un tiempo, algo paso... a todos nos advirtieron que había comenzado la época de las pandemias pero nadie pensó que podría suceder de nuevo, todos estábamos demasiado conectados y todos estaban demasiado separados, esa combinación es muy terrible, entonces en un punto del mundo un día cualquiera una nueva mutación del virus, una mutación especial se alojó en una persona especial que tenía en su sangre algo especial e hizo que el virus se replicara de una manera extraordinaria, algo salió mal y se generó una cepa que nunca más pudo ser controlada.

—¿por qué?

—la vacuna llegaba tarde el virus mutaba, modificaban la vacuna el virus volvía a mutar, 40 años más tarde la civilización se desgasta, no hay fuerzas ni recursos para seguir la lucha, se acaba por culpa de pegaso.

—cuando se acaba. —aunque trataba de ocultarlo podía ver en su mirada que tenía miedo.

—2062.

—el 2062, yo tendré... beatriz tendré 67 años.

.—yo fui elegida para detener el nacimiento de pegaso en una paciente, la paciente cero, debía inmunizarla con la sangre que tenía anticuerpos de pegaso, a la joven que tomaría un avión a madrid, todas las predicciones apuntan que pegaso nació en ese vuelo el 24 de noviembre del 2022.

—y claro no lo lograste, si no, no estarías aquí. —demasiado observadora.

—no... no pude inmunizar a esa joven y fui enviada para reparar mi error. —su mirada ahora iba de la pared hacia a mi hasta que el entendimiento lleno sus facciones, no sabía si algo de esto iba a funcionar, si podría cambiar la línea sin tener que hacerle un daño más grave. solo esperaba que algo en lo que estaba haciendo funcionara.

—beatriz, esa joven... ¿soy yo?, yo soy la que va a generar todo esto...

—si maría... —dije lentamente para ver su reacción, su rostro se veía más pálido que antes y se levantó de golpe mirando a todos lados como si de repente se sintiera acorralada. —eres tú...

—pero beatriz, necesito, necesito... —caminaba de un lado a otro luciendo nerviosa, sus ojos se veían cristalinos por las lágrimas que estaba conteniendo y su respiración estaba agitada con pánico, podía ver el creciente ataque de pánico en su mirada. —un segundo para procesar todo de verdad... entonces yo creare pegaso.

—en 10 años más si nada cambia, sí.

—beatriz. —se detuvo a media habitación mirándome con los ojos muy abiertos. —¿me quieres matar?... respóndeme por favor.

aunque quisiera, no podía, pedro lo habría dicho.

—pensaba evitar que conocieras a daniela, pero llegue tarde.

—¿conoces a daniela?

—se quién es. —dije rápidamente como si sintiera que ella iba a saber que daniela es mi hermana o al menos de la beatriz de esta línea. —y sé que por ella tomaras ese vuelo a madrid, ustedes en el futuro van a ser muy cercanas, se van a querer muchísimo y tú vas a viajar a españa a verla.

—y ahí ocurrirá todo, la mutación. —aunque parecía calmada podía notar que no lo estaba y entendía como se sentía.

—sí, la mutación ocurrirá durante ese viaje sobre el océano, un pasajero te va a infectar y pegaso va a nacer en ti... es tan frágil el futuro, maría, tan fabril, todo puede cambian en cualquier momento si solo la gente supiera la textura del futuro, si solo supiera lo frágil que es que se formen líneas y nuevas vidas, todo sería diferente. alguien me dijo una vez que tenía que creer en el futuro, yo no te digo cree en el futuro yo te digo crea el futuro.

—una sola persona puede destruir al mundo.

sonrió débilmente como si repente estuviera muy cansada, una ligera lagrima corrió por su mejilla.

—y una sola persona puede salvarlo... ¿podrás hacerlo maría?

2.7

qué harías por amorporque sin buscarte te ando encontrando
por todos lados, principalmente cuando cierro los ojos.
—julio cortázar

—para el registro, doctor vicente correa, hora 11:42, 4 de diciembre del 2012. beatriz me trae a su lugar secreto, debe ser algo importante. —vicente me mira con una sonrisa mientras habla a su grabadora.

—me copias o te burlas. —le digo mientras me siento a su lado en la banca.

—no solamente tú necesitas tener una prueba para no despertar mañana y pensar que...

—que fue un sueño o que te volviste loco.

—o ambas cosas, no sabía que este hospital tuviese un parque, pase muchas veces por fuera.

miro alrededor del lugar donde había pasado tanto tiempo antes.

—no sé si lo llamaría parque, es bastante pequeño.

—es hermoso.

—es lindo, si ves ese vitral. —le señalo a nuestra derecha. —otro secreto de la vieja basílica del salvador, a las 12 en punto el sol se refleja en el vidrio y toda esta zona se llena de tonos rojos, amarillos, celestes. cuando hice mi último año de medicina me asignaron aquí, prácticamente vivía en este hospital y luego cuando me contrataron era mi refugio venia cuando quería un momento para mí.

—tu y yo hemos estado en...perdón, ¿estaremos aquí en el futuro?

—estaremos aquí precisamente, aquí en 10 años tú me hablaras de un sueño que tuviste y eso cambiara completamente mi mundo.

o al menos la entidad que to conocí en esa línea.

—estamos a mano, tu hiciste lo mismo. —le sonrió avergonzada.

—¿cómo esta maría?

—bueno tú la conociste, ella no es cualquier niña, es brillante; su mente es maravillosa y parece querer comprenderlo todo, lo ha llevado naturalmente, aunque algo así parezca imposible. como entenderás mi manera de protegerla ha sido intentar que comprenda que entre la realidad y el delirio puede haber una gama de grises y que jamás se lo mencione a nadie, tu sabes basta una etiqueta de la niña rara y su vida cambiaría radicalmente.

—si... sé exactamente qué pasaría. —agacho la mirada a mis manos, eso era exactamente lo que quería hacer con ella. —¿y tú? como lo llevas tú.

—he repetido tu historia en mi mente una y otra vez y cada vez que la escucho toda mi realidad se cae a pedazos, una y otra vez en algún punto también estoy en una crisis donde todo mi pensamiento lógico y científico se desmorona, así que si parezco tranquilo y sueno natural al hablar con una viajera en el tiempo es solo una apariencia, aunque hay una gran diferencia entre nosotros.

—una diferencia...

—tu no estabas preparada para conocer a pedro. —vuelve a mirarme. —yo en cambio de alguna manera estaba esperando que llegaras y no es fácil aceptarlo créeme, tengo 39 años soy viudo tengo una hija, no estoy para cuentos de amor no creo en eso el enamoramiento si no fuera por la tormenta de neurotransmisiones que produces seria como cualquier experiencia de relación humana. te explico esto porque estás hablando con un descreído de las relaciones y de todo lo que se ha construido con respecto a la pareja humana...

—pero... —sabía que había un pero, vicente me mira vacilante antes de continuar.

—pero esto no es eso, esto es diferente, es como si tú te hubieras dio y yo te recibiera de vuelta. estoy recibiendo a la persona que amo y que nunca iba a volver y está de vuelta, no lo puedo explicar mejor y sé que te va a parecer aún más extraño, pero siempre espere no que llegaras si no que regresaras.

—pero no nos conocemos o al menos tu no me conoces a mí. —aunque sabía que nuestras almas, entidades o lo que sea que seamos estaban destinadas a estar juntas.

—haz tenido esos sueños recurrentes que durante años te visitan y ya son parte de tu vida, yo si, he soñado contigo sientos de veces pero hasta hace poco, hasta hace unos días no eras tu, era un sueño sin rostros y desde que llegaste esa imagen mental fue dibujándose poco a poco hasta que la vi y la sentí profundamente y en el sueño una imagen se repetia una y otra vez, tu y yo en un aeropuerto...

por un momento duda en seguir contándome del sueño, lo miro con la intención de que se de cuenta de que quiero que siga.

—como seguía ese sueño.

—con diferentes finales que no logro entender.

—te traje aca porque este lugar siempre me ha dado tranquilidad y creo que es el mejor lugar para responder preguntas, asi es que por donde quieres partir vicente.

—¿cual es mi ocupación? o bueno, ¿cual será mi ocupación en el futuro?

—bueno, trabajaras junto a los sobrevivientes de la pandemia en una comunidad agrícola autosustentada sin virus y sin posibilidad de contagio.

—dijiste que su mujer murió, mi futura mujer.

—si, en un brote de pegaso en el 2060.

—¿hijos?

—no.

—y me ofreci omo voluntario.

.—se solicitaban voluntarios para terapia experimental contra pegaso, y fuiste pasando etapas, eras inmune a la cepa 2022 de pegaso eso significa que tu sangre tenia anticuerpos para esa cepa y te preguntaron si habías soñados cosas recurrentes.

—un evento garnier malet... —me dice con emoción de saber una parte de todo lo que estaba pasando.

—correcto. —le sonrió.

—si lo investigue, un contacto en sueños con un doble, una línea del tiempo pasada o paralela... —se detiene cuando ve me agacho para agarrar una pequeña rama. —¿que haces con esa rama?

—dibujar en la tierra, como tu me lo dibujaras. —dibujo dos lineas paralelas y marcó un punto en una de ellas. —un viajero en el tiempo que esta aquí puede soñar con ese otro acá. —marco otro punto en la línea de arriba. —experimentando otra vida, si habías podido soñar una línea del tiempo alterna era una prueba de que se podía modificar la catástrofe, entonces te enviaron a ti a modificar el vortex.

suelto la rama y me levanto de nuevo para ver a un pequeño pájaro frente a nosotros.

—¿ves ese pájaro?—lo señaló, vicente sigue mi mirada y asiente. —mira se acaba de posar en la fuente, toma agua, está bañado por un rayo del sol que proyecta su sombra sobre la yerba, ¿que posibilidad hay que eso vuelva a suceder?

—muy baja... —se queda en silencio unos segundos como si estuviera recordando algo. —acabo de tener un deja vu...

—su un vortex se modifica, cambia todo y el resto ya lo sabes.

—me dices que todo se repite, entidades, objetos, relaciones, cambian los roles pero las entidades no cambian, las entidades van migrando.

—las entidades vamos migrando, si.

—como alguien que se baja de un tren y se sube al próximo, entonce en un curso de vida normal no pueden convivir, no pueden sobreponerse, ¿estoy en lo correcto? —su mirada había cambiado y su ceño se frunció como si de repente una idea hubiera surgido en su cabeza y estuviera intentando reunir todo para tener algo lógico y concreto.

—¿a donde quieres llegar?

—quiero comprender bien, si yo estoy aquí es porque alguien termino su ciclo para que comenzara el mio...

—en una misma línea una entidad debe morir para que nazca otra, eso es lo que creo entender no conozco todas las reglas vicente, ni siquiera se si hay reglas pero cada línea de tiempo es diferente de eso si estoy segura.

—pero los seres tienen su momento y no puedo evitar hacer cálculos. —se gira hacia mí para mírame de grande. —beatriz déjame ser claro, si estas aquí es porque pedro roiter te envio, para eso pedro roiter debe haber existido y tu hiciste que se conocieran sus padres, sabes que nacera en el 2023 ¿correcto?

asiento confundida.

—al menos es lo que recuerdo.

—y yo soy la entidad pedro roiter pero la inmediatamente anterior por lo tanto, si pedro roiter nacio en el 2023 para que pedro nazca yo debere morir en el 2023 o antes...

—vicente... —esa declaración en voz alta hace que mi corazón se encoja.

—tranquila. —me da una sonrisa de lado no muy convencido. —no te preocupes al menos se que tengo 10 años para hacer lo que me gusta, eso esta bien.

—y, que más has pensado o recordado.

—solo.... —me mira debatiéndose si debería decirme o no, —no, no, nada.

—¿qué? —hago lo mismo que él y ahora los dos estamos de frente. —¿qué más has pensado o recordado? —mi voz sale más fuerte de lo que pretendía.

—creo que descubri algo.

—¿algo sobre mi?

—es extraño, pero es como si alguien ya lo hubiera pensado por mi o más que pensarlo es como si yo mismo lo hubiera recordado.

—dale, dale estoy preparada... —¿lo estaba? después de todo lo que había pasado en mi vida, dudaba que algo fuera a impactarme tanto.

—siempre me pregunte cuál es el momento más doloroso de un ser humano y es relativo claro, ahora comprendo que la idea de perder a la mujer que más ame en mi vida siempre estuvo rondando en mi cabeza porqué ya lo había vivido y tu también.

—si. —siempre en cada línea.

—porque nos perdimos mutuamente.

—si...

—quizás solo, solo digo que quizás pedro roiter no te envio a acá a salvar el mundo beatriz...

parpadeo confundida, había fallado en el 2022, yo había querido arreglarlo, no sé si salvia al mundo pero quería remediar lo que había hecho mal.

—¿que quieres decir con eso?

—si tu eres la entidad de su mujer y pedro roiter dijo que perdió a su mujer en el 2060 con 38 años por pegaso, eso nos lleva a que nació en el 2022 ¿habías pensando en eso?

—no...

—y si tu fuiste o seras la mujer de pedro roiter, para que ella naciera en 2022 entonces tu beatriz... deberías haber muerto...

—en el 2022.... —susurro pero vicente logra escucharme por lo cerca que está de mi.

.—claro pero tu no moriste en el 2022, no moriste porque alguien evito que eso sucedería, quizás pedro sabía que para que naciera la mujer que mas amaría en el mundo alguien debía morir, tu beatriz, tu debías morir, pero el no podría perder a la mujer que más amaba de nuevo.

—no lo se... —las lágrimas ardían en mis ojos resistiendo por salir.

—¿no hubiera sido más mas fácil que el tomara su propio suero e inyectara a maría?, ¿nunca pensaste porque te necesitaba?

la cabeza me dolía y no podía aguantarlo más, una pequeña lágrima de desliza por mejilla pero la apartó rápidamente aunque se que vicente me está viendo. pone una de sus manos arriba de las mías.

—todo se esta volviendo muy confuso en este momento.

—quizás el sabia o al menos se abría a la posibilidad de que fallaras en la misión, quizás no le interesaba solamente la misión, quizás solo necesitaba llevarte al punto de extracción en ese baño, un punto de extracción que era originalmente para el. como fuese consiguió que todas las circunstancias permitieran que fueras tu la que dejara la realidad 2022, quizás y solo es una suposición, el te trato de esconder de algo irreversible, de tu muerte, sacrifico una línea completa, millones de personas y así mismo quedando como un naufrago por ti.... por no verte morir, quizás pedro te envio al pasado no para modifcar ningún vortex, te envió al pasado para retrasar tu muerte... yo hubiera hecho lo mismo.

—estoy... estoy un poco mareada, tu lógica me entristece. —levantó la mirada de nuestras manos y veo a vicente mirando más allá de la fuente pensativo.

—quizás esto nunca tuvo que ver con el fin del mundo, no en primer lugar, no como lo más importante. ni a mi ni a pedro nos interesa el fin del mundo, ahora lo siento, lo sé. creo que esto es en el fondo una historia de amor, te envio al pasado porque no quería que se perdieran por tercera vez.

—¿tercera vez?

—pedro te perdió en el futuro, pedro te perdió en el 2022, esta todo en mis sueños, te conte sobre mis sueños contigo hay uno que varía, a veces es un buen sueño a veces es una pesadilla, estamos a punto de abordar un avión y tengo la misma sensación que creo que tendrá pedro, la sensación de que hagamos lo que hagamos nunca estaremos juntos.

—tus sueños me asustan vicente... —intentó reír pero sale más un un extraño ruido entre mis lágrimas que una risa, vicente no había estado mirándome, seguía mirando a la fuente. —¿vicente?

—quizás no son deja vu... —susurra.

—¿estas bien?

—vez a esa joven que se acaba de sentar ahí. —me señala lo que ha estado viendo, más allá de la fuente una mujer está sentada en una banca, por alguna razón me resulta familiar. —está mirando el reloj, espera la luz y los colores.

—si, la veo.

—quizás mis sueños también viajan en el tiempo y se mueven permanentemente y de pronto pasan y se detienen por un segundo en el momento presente y simulan un deja vu.

—que estas tratando de decirme. —habíamos venido aquí para intentar resolver sus preguntas y la que había terminado más confundida era yo.

—en algún sueño estaba esta escena y yo me alejaba de ti para que tu te sentaras junto a ella.

—y porque haría algo así. —no conocía a esa mujer.

—por que por alguna razón que no comprendo, debes conocer a la joven doctora elisa aldunate.

2.8

un ángel destructor de mundoscada vez que tomas una decisión, cambias el futuro.
—deepak chopra.

19 de diciembre del 2012

han pasados muchos días, muchas cosas, he intentado ordenar la línea de tiempo en mi cabeza. varias semanas después del viaje he notado que mi reloj biológico ha quedado alterado, he notado que duermo poco, cosas que ocurrieron antes pareciera más próximas y cosas más lejanas parecen haber ocurrido hace minutos.

por eso mi grabadora me ayuda tanto, será esta la razón por la que en el futuro voy a tener esta costumbre de grabarlo todo, como si tuviera miedo a que mis recuerdos se esfumaran.

escucho una y otra vez la conversación que he tenido con elisa, quizás la persona más cercana y vulnerable que conozco, bueno yo misma hace 10 años en otro cuerpo, pero con ese temor a hacer las cosas mal. como podía ser tan frágil y que nadie se diera cuenta, verme en ese espejo me demostró que nuestros recuerdos son inexactos... no sé, me recordaba diferente más alegre, más esperanzada quizás.

a sido extraño sentir infinita ternura por mí misma, pensé que me costaría hablar con ella, pero fue ella la que finalmente se acercó y me pregunto cómo conocía el jardín secreto, fue ella la que se abrió de una manera total e inesperada, me pregunto si trabajaba en el hospital y le conteste que hacía 10 años ella supuso que era en el pasado...

—perdón, ¿cuál es tu nombre?

—beatriz

—que coincidencia, mi segundo nombre también es beatriz nunca lo uso.

—¿sabes lo que significa?

—no

—viene de viatrix, el femenino de viator, que significa viajero

—te va a parecer tonto, pero algo en ti me resulta familiar no acostumbro a ser tan abierta.

adelanto la conversación en la grabadora.

—perdón, no debería qué vergüenza... —elisa había comenzado a llorar sin razón alguna.

—no, no está bien, de verdad está bien, toma aquí hay un pañuelo. —le paso un pañuelo de mi bolsa.

—qué vergüenza, gracias... —elisa se seca las lágrimas apenada, toco su hombro brevemente sonriendo amablemente para intentar que se tranquilizara.

—no, si no tiene nada de malo ser vulnerable a veces, ¿quién dice que siempre tienes que ser fuerte?

—muchas gracias... toda mi vida he luchado por ser alguien que quiere estar en control ya sabes que no te pasen por encima y mírame, llorando frente a una desconocida.

—¿por qué lloras? —vuelve agachar la mirada como si creyera que yo la juzgaría por lo que fuera a decir. —hey puedes confiar en mí, lo sientes cierto.

—a veces siento que voy a desaparecer...

—¿qué? —la miro confundida.

—no, no hablo de pensamientos suicidas, no, hablo de la sensación de que pronto dejare de existir o que una parte de mi dejara de existir y que no hace nada significativo nunca, a veces tengo miedo de no tener un futuro, de pasar y que no haya hecho nada relevante.

—mira, somos casi ocho mil millones de personas, ¿cuántas van a hacer algo de verdad relevante?, ¿una vacuna?, ¿una cura?, ¿una idea?, un descubrimiento que lo cambiara todo, ¿cuántas?

—pocos.

—muy pocos y para que esa persona haga eso todos somos parte y no lo estoy diciendo de forma metafórica, de verdad todos somos parte, cada vez que hacemos algo por pequeño sea generamos efectos gigantes en otros, lo que hacemos hoy cambia y afecta a millones y lo que haces ahora hace que alguien encuentre la cura de algo en el futuro, por ejemplo, nunca lo vas a saber y esa persona nunca lo va a saber lo cual está bien, anonimato y colaboración, es bonito. en lo bueno y lo malo, aunque no lo queramos somos parte. ahora en esta misma conversación, estas cambiando cosas importantes sin siquiera imaginártelo solo se algo y te lo digo por mi experiencia en un punto esa sensación de vacío va a desaparecer y tú no vas a desaparecer.

permaneció unos minutos en silencio antes de ver la grabadora en mi regazo.

—así que una grabadora, tal vez vaya a usar ese truco en el futuro... gracias por esto.

elisa se pone de pie y me sonríe una última vez antes de comenzar a alejarse de mí.

—elisa...

—¿si? —se gira de nuevo, no sabía lo que hacía, había decidido no hacerlo, pero ahora no sé qué me había impulsado para decirle lo de maría.

—una pregunta... conozco una adolescente muy cercana que tiene serios trastornos de personalidad, creo que está siendo un brote de esquizofrenia y estoy un poco preocupada. yo ya estoy lejos de la practica hospitalaria y su padre está en negación con respecto a eso, él es un colega.

—claro yo te ayudo con ella, dime quien es y yo te digo el protocolo podemos ayudarla, ¿la conoces bien?

—si... —de nuevo sentía esa sensación de estar traicionando la confianza de vicente y se sentirme mal por hacerlo eso a una niña.

—¿cómo se llama la paciente?

—no, no, no en realidad, voy a evaluarla mejor y si necesito ayuda yo sé cómo encontrarte...

había pasado una hora desde que se fue elisa y me quede ahí inmóvil sentada, incapaz de poder levantarme. borré completamente la entrevista que tuve con maría porque, bueno he pensado en el poder de las palabras, una palabra dicha en el momento preciso puede destruir una vida o hacerla brillar. como nadie nunca nos dijo eso, pienso en las palabras que me dijeron y me formaron y pienso que no soy nadie para decir las palabras que va a hundir a maría, pienso que si pensaba apagar la mente brillante de esa joven la conversación con elisa me indico que no debo hacerlo, que debo ser invisible, que no cumplí con mi misión y no sé si me importa....

.después de haberme ido del parque llegue al departamento de gaspar marin, me está esperando me dijo que recibió un nuevo mensaje, un código numérico que la computadora proceso durante meses y que arrojo un texto, una noticia, una noticia mala noticia.

la gente no debe saber nada del futuro, nada, el viajero siempre debe modificar y desaparecer, yo lo sabía, yo viole esa regla, yo modifique todo, maría veitia creía haberla convencido de que nunca tomara un vuelo en el 2022, lo juro por supuesto y le creí, lo tomo todo naturalmente como vicente como si se tratara de un plan natural. pero la sombra de pegaso en su cuerpo formo un miedo, ese miedo conformo un plan y ese plan conformo un movimiento, maría veitia supo del futuro y lo modifico sí, pero de otra manera, gaspar me lo leyó, la mala noticia del futuro.

12 de noviembre del 2019 un grupo de jóvenes turistas llegan al mercado mayorista de mariscos de huanan en wuhan donde trabajan unas mil cien personas que venden verduras, carnes, pescados y todo tipo de animales vivos domésticos y salvajes, los turistas resultan ser activistas, chinos, franceses y latinos que se amarran en uno de los puestos y gritan que los animales deben ser liberados. maría la supuesta líder del grupo animalista muestra un letrero en chino que dice que han contaminado con ántrax uno de los 600 puestos. el equipo antiterrorista chino los detiene y el mercado se cierra por un mes, su idea estaba bien, generar un caos y cerrar el mercado y así evitar el foco principal de covid 2019 y tenía razón, por miedo al ántrax que nunca existió por supuesto se cerró el mercado, se desalojó, se sanitizo. todos los ojos se pusieron ahí, el gran foco de inicio de la primera pandemia se interrumpió, eso que debería ser una buena noticia... no lo fue en el dibujo completo, parece ser que sin la pandemia la humanidad siguió en la euforia predadora y contaminante que llevaba desde hace muchos años, mucho antes que el 2019, sin el freno de reflexión de la pandemia la tierra termino su ciclo de desgaste y el cambio climático mucho antes, incendios, huracanes, sequias, migrantes, estallidos sociales, miedo y la solución de los lideres

la de siempre...guerras.

y parece que alguien apretó el botón rojo, mas sombrío de lo habitual gaspar marín me leyó la última noticia adjunta en el mensaje.

6 de marzo del 2039 no existe un lugar en donde esconderse en una guerra nuclear, la nube radioactiva llevada por los vientos dio la vuelta al mundo en 32 días, las precipitaciones harán el resto, contaminarán el suelo y el agua, extinción masiva del holoceno.

es paradójico que el fin del mundo siempre lo genera la misma persona, una persona con un solo movimiento, en este caso maría veitia nuevamente fue el arma y yo... yo apreté el gatillo.

deje a gaspar abrumado en su departamento, nos despedimos con un abrazo, ambos suponemos que no volveremos a vernos, ambos sabemos que estamos en una línea que no va a ninguna parte una línea moribunda. quizás en otro lugar yo, otra yo lo hacía bien, lo hace bien pero no aquí, no ahora. antes de irme le pedí a gaspar el pasaporte y la identificación de emilia sanz mi identidad falsa, me la dio y deslizo en medio del pasaporte un papel que escribió a mano, me dijo que me marizará ese número que debía ser importante porque era parte de la información que acaba de llegar desde lejos y luego como si leyera mi mente me dijo que no fuera a ver a vicente, no podrás escapar de tu futuro me dijo, aun puedes hacer un último intento, consigue que internen a maría no dejes que tus emociones te confundan, maría es la importante no vicente le respondí que no destruiría una vida, le respondió que no tenía un plan que solo sabía que yo amaba a ese hombre y el que me amaba también no se cuentas veces ha ocurrido esto gaspar pero voy a ser feliz.

luego hubo un pequeño silencio y finalmente termino por decir casi cuando ya no lo podía escuchar.

revisa esos números, deben significar algo ya no tienes tiempo no podrás escapar a tu futuro, me detuve en la escalera, miré hacia arriba y no tuve que pensar que mi respuesta sentía que mi voz tenía la fuerza de muchas voces al mismo tiempo.

claro que puedo hacerlo, ya lo hice una vez. si crees que le tengo miedo al futuro no me conoces.

2.9

vuelo recuperadoel poder para crear un futuro mejor está contenido en el momento presente: creas un buen futuro creando un buen presente.
—eckhart tolle

—para el registro, visita nocturna a la casa de vicente. —finjo hablar a la grabadora mientras sigo a vicente en su casa, después de irme del departamento de gaspar no sabía a donde ir.

—de buen humor, una beatriz que sonríe, me gusta eso... —llegamos hasta una habitación frente a una fotografía que abarcaba casi toda la pared. —bueno aquí hay toallas, ropa de cama y si necesitas algo...

—¿quién tomo esa fotografía?

—¿te gusta? la hizo mi mujer, atardecer en roma, la tomo y luego la amplio del tamaño que casi abarca toda la pared, cuando despierto creo que es la vista desde mi ventana.

—¿enserio no hay problema que me quede aquí? —entro a la habitación.

—no, no, si te preocupa maría, ella se va a quedar en la casa de una amiga esta noche, ayer termino el colegio así que está oficialmente de vacaciones, estamos planeando donde ir.

—¿ya han pensado en algún destino?

—tenemos un par de ideas. —pedro se recarga del marco de la puerta con los brazos cruzados, me le quedo observando un momento antes de desviar mi mirada.

—muy bien, y gracias vicente, no sabía dónde ir.

—considera que esta es tu casa. —le sonrió y vuelvo a mirar la foto detrás de él.

—esa gran foto me recuerda a algo...

—fue su última fotografía, a veces me quedo mirando esa imagen, un trozo de luz y tiempo congelado, discutimos mucho en ese viaje tratamos de vernos todos los lugares tradicionales pero la fuente, las calles todo estaba lleno de gente, venecia igual, turistas miles por todos lados agolpados.

—en 8 años más, a lo menos por algunos meses todos esos lugares van a estar vacíos con delfines en venecia y el agua de nuevo limpia.

—es lo primero que escucho del futuro que me gusta... —vicente me sonríe de vuelta y parece algo nervioso sin saber qué hacer, finalmente habla después de unos segundos. —bueno te dejo, si necesitas algo, cualquier cosa tú, tú me dices...

sale de la habitación cerrando detrás de él, comienzo a sacar algunas de mis cosas para tomar un baño, la habitación es bastante espaciosa así que antes de entrar al baño me siento un momento en la cama para ver atreves de la ventana los edificios de enfrente.

no sabía que estaba haciendo, quería ser feliz, quería que esto terminara y no tener que pensar en viajes en el tiempo o el fin del mundo, suspiro cansada mientras me levanto para dirigirme al baño.

no sabía cuánto tiempo había pasado cuando salí del baño, pero mientras secaba mi cabello comencé a escuchar como si alguien apretara teclas del piano al azar, después de un momento se comenzó a escuchar una melodía, atraída por el sonido salgo tratando de no hacer ruido.

camino por el pasillo hasta que veo a vicente sentado frente al piano de la sala de estar, me quedo un momento parada viéndolo tocar cautivada por la canción que había escuchado antes, la canción que pedro me había hecho memorizar para traer de vuelta mis recuerdos.

me acerco un poco más hasta que vicente se da cuenta de mi presencia, deja de tocar y me mira mientras camino hasta él.

—hola, te gustaría que prepare...

no lo dejo terminar porque tomo su cara con ambas manos y lo beso, pude sentir como su mandíbula se tensó en mis manos, pero poco a poco se relajó. sin soltarlo lo miro a los ojos.

—¿qué ves?

—veo que una mujer extraña y hermosa me besa, veo que... —lo vuelvo a besar esta vez durante más tiempo, vicente se para agarrando mi cuello y cara con una mano, me sobresalto y bajo mis manos a su pecho sin dejar de mirarlo.

—¿qué ves? —vuelvo a preguntar no muy segura de lo que quiero escuchar.

—tristeza. —sus ojos brillaban, con su otra mano recorrió mi costado desde mi cadera hasta la cintura. —confianza, cercanía, intimidad...

—me puedes abrazar... abrazar fuerte. —vicente me jala a su pecho y entierro mi cara en su pecho mientras rodeo su cintura, no sé cuánto tiempo estuvimos así hasta que me separo, vicente vuelve a besarse esta vez más duro y apasionado, como si no quisiera soltarme por miedo a que desaparecía frente a él. vicente sigue acariciándome mientras entierro mis manos en su cabello jalándolo más hacia mí.

—hace tanto tiempo que no hago esto...—susurro.

—¿quieres que me detenga? —vicente me mira dudoso.

niego con la cabeza y esa es toda la señal que necesita, se agacha un poco para jalar mis piernas y enredarlas en su cintura mientras se dirige a la habitación.

escucho ruido en la cocina mientras abro los ojos por la luz del sol que ilumina toda la habitación y me da directo en la cara, unos minutos más tarde vicente entra a la habitación solo con sus pantalones de pijama y una bandeja con dos tazas de café.

me levanto de la cama recargándome en el respaldo evitando que la sabana caiga de mi cuerpo tomando mi libreta y escribiendo algunas cosas en ella.

—aquí tienes un café... —me pasa la taza mientras se sienta a un lado de la cama. —¿qué haces con esa libreta?, que estas escribiendo, ya no te basta con grabar todo.

—esta máquina no graba mis pensamientos, gracias por el café.

—no pude evitar mirar con detalle tu tatuaje esta mañana...es hermoso. —le sonrió avergonzada, miro a un lado y vuelvo a ver la fotográfica de roma en la pared.

—así que ella tomo esa foto... háblame de tu esposa...—vicente sonríe de lado y luego suspira.

—era muy divertida, muy mala contando historias, organizada, no cocinaba nada, yo me encargaba de eso, una mujer valiente, puedes imaginar a alguien que está contigo con quien compartes momentos, tardes de domingo, películas, risas, intimidad, alguien que miras dormir y tanto más, sus hábitos, esas peleas tontas, todo eso de pronto se va, queda una especie de agujero y te preguntas que diablos y a donde se ha ido.

—a ninguna parte, sigue ahí... nos volvemos a encontrar, nos mezclamos, nos entrelazamos y seguimos adelante. —me mira por un momento y luego a mi libreta.

—préstame esa libreta... —cambio de hoja y se la paso no muy segura de para que la quiere. —¿y tú?

—¿mi marido?

—si. —vicente ya no me miraba, solo se enfocaba en garabatear en la libreta.

—bueno... era biólogo, estaba obsesionado por la inmunología, los virus, ahora me doy cuenta por qué. habíamos ido ahí a roma, era el lugar en el mundo al que queríamos volver. cuando estaba muriendo tuvo una leucemia muy agresiva, lo trasladamos a la casa, ya deliraba y estaba en un punto entre la vigilia y el sueño, me acosté a su lado y lo abrace y le dije que volveríamos a roma, que caminaríamos por la ruta que caminábamos siempre, él tenía un gorro favorito que yo odiaba y se le perdió, entonces yo le dije... vamos a roma, a buscar tu gorro perdido y él me dijo... no se me perdió, lo lance al rio, el gorro más feo del mundo que tu odiabas se fue flotando y fue lo último que dijo, he pensado mucho en eso, se deshizo de algo que quería solo por hacer sentir bien a otro, a mí.

—lo siento. —vicente había dejado el cuaderno para mirarme con tristeza.

—qué haces, ¿qué dibujas? —por un segundo me mira confundido por lo que dije y luego mira a la libreta.

—un caballo, un caballo con alas, pegaso. —gira el dibujo y entonces algo por mi cabeza, me siento más recta en la cama tomando la libreta y mirando el dibujo, vicente me miraba atento mientras yo intentaba conectar todos los puntos.

—sé que es pegaso, quiero saber porque me lo muestras. —miro a mi alrededor y luego a la foto de nuevo.

—en realidad no lo sé, sentí que tenía que hacerlo.

—y no sabes porque...

—debía hacerlo... espera este momento no lo sientes, es... es una sensación muy fuerte es como un deja vu.

me siento mejor en la cama mientras me pongo mi blusa, dejo la taza de café en la mesita para girarme de nuevo a él.

—vicente exactamente cuál es el deja vu.

—esto, la luz de la mañana entrando por la ventana, tu durmiendo, yo despertándote con un café.

—repítelo, digo, ¿puedes repetirlo?

—lo que escuchaste.

—la luz de la mañana entrando por la ventana, yo durmiendo, tu despertándome con una café... el día en tu auto te acuerdas, decías que... decías que yo era como una llave para ti, si yo soy tu llave entonces tú también lo eres... nosotros somos la llave.

—¿qué quieres decir? —podía casi ver a su cabeza trabajar intentando lo que quería decirle.

—¿no lo ves? pedro fue elegido para viajar debido a que soñó un cuarto lleno de luz donde yo duermo y el me trae café, el me mira, ve mi tatuaje, alas y luego me muestra un dibujo y yo le cuento un secreto sobre mi marido y todo eso es la clave que indica que lo logramos, que pudimos llegar y por la ventana del hotel se ve esa ciudad. —seño a la foto en la pared. —la de la foto.

—roma...

—exactamente roma, como no lo comprendí antes, como es posible que pedro haya soñado algo que nunca le ocurrió, porque yo nunca llegue a ese hotel. si no llegue de donde saco la imagen de su evento garnier malet.

—no lo sé...

—¡de esta habitación!, pedro en el 2062 tuvo ese sueño y él pensaba que debería crearlo conmigo y cerrar el círculo cuando yo llegará al hotel, el hotel era la meta, pero eso nunca sucedido y nunca sucederá con él, ¿entiendes? el soñó lo que otra entidad en el pasado había vivido, ese evento que el soñó, el evento de roma, no fue con él fue contigo, acaba de suceder contigo, al enviarme acá sin saberlo aseguro la continuidad de la misión, vicente sin sueño no hay viajero...

.—entonces debo recordar este momento.

—debes de recordarlo, todo termina en roma en una habitación o en una habitación con la foto de roma, esta habitación.

—entonces eso es todo.

—en el sueño después salían a caminar, salíamos a caminar y no era precisamente esta ciudad.

miro por la ventana mientras me pongo de pie, vicente se acerca a mi hasta que está a mi lado.

—pero podemos ir a roma. —lo miro sorprendida. —hablo enserio, ¿tienes el lugar o el hotel?

—tengo la dirección del hotel, digo la recuerdo.

—vamos, si el hotel es la meta lleguemos a ese hotel, hagamos realidad este recuerdo en el lugar que debería haber sido.

—¿y que pasara con maría?

—te dije que teníamos un par de ideas para nuestras vacaciones, bueno adivina que ciudad era una de ellas.

—roma

—roma. —sonrió con alegría, por primera sentía que podía

comenzar de nuevo.

un día después estábamos en el aeropuerto esperando nuestro vuelvo a roma.

—vamos a comprar un café, ¿vienes?

—no yo los alcanzo después. —quería caminar un poco antes de que el vuelo saliera.

—¿te compro algo? —maría me pregunta.

—gracias maría, no quiero nada, voy a caminar un poco, nos encontramos aquí mismo.

les sonrió mientras me doy la vuelta para caminar, nuevamente en un aeropuerto, nuevamente gente que cree viajar, pero no sabe lo que es viajar, hormigas que giran sobre el mismo tallo atrapadas en un tiempo fijo y en una línea fija, dependiendo sin saberlo de los demás. personas que no saben de qué van sus vidas viajando distancias físicas sin sospechar que en cualquier momento la persona que va adelante va a efectuar un movimiento que va a cambiar todo su universo.

ya no puedo pensar en individuos, en acciones individuales, en logros o derrotas individuales todo eso me parece ingenio absurdo solo pienso en una gran red, en una telaraña causal donde todos somos la totalidad.

vicente y maría podrían ser mi familia, me han aceptado naturalmente como si me hubieran esperado siempre. maría está llena de vida y parece cualquier chica de 17 años dispuesta a cambiar el mundo, solo que ella si lo hará realmente.

no he tenido hijos, pero siento que ella podría ser algo así como una hija y mientras yo esté cerca de ella intentare ayudarla a romper con su terrible destino. quien dice que no puedo ser feliz con ellos, quien dice que aquí en el 2012 no tengo la oportunidad de encontrar lo que perdí en el futuro, cuantas personas en el mundo tienen la oportunidad de comenzar una vida de nuevo...

—hola beatriz —me giro sobresaltada cuando escucho una voz detrás mí.

—que...

—no, no te muevas. —gaspar me toma del brazo y me arrastra por el pasillo hasta un baño cercano, parece agitado y asustado.

—gaspar que...

—sigue caminando.

—¿qué estás haciendo aquí?

—créeme que preferiría no estar aquí, fui parte involuntaria de una historia asombrosa, un extra afortunado de una trama de la que no puedo hablar o escapar, como tú. ¿recuerdas el papel que te entregue cuando te fuiste de mi departamento?, sé que lo llevas contigo e imagino que no lo has abierto y si lo hiciste no has entendido de que tratan esos números, 16, 34, 21,12, 20, 22 yo tampoco lo sabía, pero si vinieron de donde vinieron debían ser importantes y lo son, son muy importantes...

gaspar me miraba con temor mientras hablaba, apenas y lograba seguirle el ritmo de lo rápido que salían las palabras de su boca, tenía razón no había leído el papel y aunque lo hubiera hecho no habría entendido esos números.

—16, 34, 21, 12, 20, 22 más que un número, una fecha, es hoy... —me mira con cautela por lo que va a decir a continuación. parece que quiere retomar el aliento hablando más despacio. — la hora de nacimiento de elena bíter, la mujer de pedro roiter, ocurrirá a las 16:34, del 21 de diciembre del 2022, esa fecha y hora se completa en 17 minutos, al menos en este año. para que una entidad nazca, la entidad anterior necesita morir. pedro solamente se equivocó en algo, él pensó que si podía mandarte al pasado podría retrasar tu muerte inminente, pero tú eres la entidad previa de elena, donde sea que te escondas para que ella nazca... tu morirás en 16 minutos...

me quedo en silencio un momento mientras niego con la cabeza tan fuerte que me duele el cuello, un sollozo sale de mi boca mientras intento hablar y comienzo a sentir una opresión en el pecho.

—no, no, no, es imposible, porque primera vez siento que estoy donde quiero estar, en el año donde quiero estar, en la línea donde quiero estar. —me doy la vuelta caminando de un lado a otro tomando mi cabello y cara en mis manos.

.—beatriz si estás aquí es porque has sido enviada por un propósito no debes olvidar eso, aun puedes hacer algo relevante antes de desaparecer, maría cree en ti, decepciónala, confúndela eso generara el bien mayor. necesitamos que maría comprenda de manera definitiva que quien la inspiro siempre tuvo un delirio, eliminar de raíz la semilla que insertaste en su mente.

—no, voy a morir hoy... —me deslizo por la pared hasta que caigo en el suelo enterrando mi cabeza entre mis piernas, gaspar se agacha junto a mi mientras poner su mano en mi hombro tratando de consolarme.

—ya lo hiciste, ya moriste hoy, ya leí esta noticia esto ya ocurrió. la gente del futuro lo sabe... ok —mira su reloj como pensando en idear un plan en los últimos minutos de mi vida. —tenemos poco tiempo, anda al baño deberás desnudarte, envuelve tu grabadora en tu mano con tu propia ropa y simula que es un arma, eres psiquiatra sabes exactamente como parecer una paciente psicótica y peligrosa di que el fin del mundo es real, todos vamos a morir, el fin del mundo es real grita frente a la policía que obviamente acudirá, le apuntaras a alguien con tu falsa arma envuelta luego te disparan, dirán que tuviste un nuevo episodio psicótico, el recuerdo será imborrable para maría, quizás haya una oportunidad.

—no. —me negaba a arruinar la vida de maría, aunque sabía

que iba a morir aquí.

—fue un honor conocerte beatriz, ahora haz lo que tienes que hacer, haz lo que ya hiciste, haz el último movimiento antes de morir. siempre supimos, siempre supiste, que esta era una línea de sacrificio...

levanto la mirada para ver como gaspar se da la vuelta y se aleja de mi.

2.10

el gran dibujono está en las estrellas mantener nuestro destino sino en nosotros mismos.

—william shakespeare

veo como gaspar se aleja y rápidamente me pongo de pie y me meto en el baño al que me había traído, busco la cabina del baño donde había estado antes para viajar a este año.

nuevamente estoy aquí en esta cabina, en este mismo baño todo se agolpa, los momentos, personas, lugares. el futuro cambia nada es seguro esa es la única certeza y en cualquier momento los eventos pueden alterarse radicalmente sin previo aviso.

me siento en el cuarto de baño intentando tranquilizarme, pero no dejo de preguntarme, ¿cómo será morir?, ¿será como dormir?, ¿soñare?, recordare las cosas que he vivido, los miles de momentos que me definieron, que pasaron por mí.

¿tendré conciencia en el último segundo del dibujo de mi vida?

¿hay un dibujo final que cierre?

que de un orden a todo lo que hemos vivido.

vendrá algún ultimo recuerdo a visitarme, ¿qué pasará con ellos?

con el recuerdo de ese café al amanecer mientras nevaba.

de esa puesta de sol donde pareció salir un rayo verde y sentí ganas de llorar.

con esa frase que subrayé en un libro y que volví a encontrar muchos años después y volvió a salvarme la vida.

aferrar la mano de mi padre a los 5 años mientras caminamos entre las rocas en una playa que ya no recuerdo.

el primer beso salado como el mar bajo un árbol rojo.

mi examen de grado y la sensación magnifica de hacerlo perfecto, mi madre leyéndome un cuento en una clínica después de una intervención, una pelea con mi hermana y miles de momentos hermosos con ella...

¿dónde se ira todo eso?

y la gente que amo... ¿la recordare en sueños en mi nueva vida?, ¿reconoceré a alguien y sentiré esa cercanía o empezare todo de nuevo? o solo quedaran ecos invisibles de lo que fui grabados por encima de una cinta con nuevos recuerdos.

aquí en esta cabina todo es... todo se siente exactamente como hace no mucho tiempo atrás, un deja vu diría vicente, todo se agolpa y siento el vortex, siento tres líneas que salen de aquí con tres posibilidades.

salgo de la cabina abrumada hacia los lavabos para mojar un poco mi cara con agua fría e intentar calmar los temblores de mi cuerpo.

en la primera, salgo camino hacia vicente y juego por una pequeña, por una fracción de tiempo a ser feliz e ignorar el futuro. saber que nunca podre tomar el avión porque voy a morir mucho antes de poder abordarlo, ¿será un ataque cardiaco?, ¿me voy a desvanecer?, ¿será doloroso?

en la segunda línea un acto de locura descontrolada ante los ojos de maría, decido sacar la semilla que sembré en ella le entrego de la peor forma el mensaje que no debe creer en mí, el dolor será inolvidable para ella y vicente.

y en la tercera posibilidad, la tercera línea es intentar algo imposible, si una persona puede alterar el futuro de otros, ¿por qué no puede alterar su propio destino?, romper las reglas, destruir las reglas, ¿por qué no es posible romper el puto mecanismo? porque no es posible algo así, porque no...

no sé cuánto tiempo había pasado, pero no podía quedarme mucho tiempo, salgo corriendo del baño mirando mi celular para ver la hora, maldita sea.

dos minutos, tengo dos minutos.

llego corriendo a la sala de espera agitada y con el pulso acelerado y por primera vez siento que pronto mi vida acabara, busco alrededor con la gente mirándome extrañada pero no logro verlos por ningún lado.

donde están por la mierda, donde están.

maría donde estas, vicente...

miro entre las personas hasta que veo el cabello corto de maría, corro hasta ella y me sonríe mientras me ve acercarse.

—maría, maría... —la tomo de los brazos y su sonrisa se borra al ver mi expresión.

—te estábamos buscando...

—maría escucha, escúchame linda mírame a los ojos. —lo hace preocupada y me sujeta de los codos cuando ve que estoy alterada. —el futuro no está escrito, ¿me escuchaste? ¡crea tu futuro!, el que tu elijas preciosa, crea tu propio futuro rompe el puto mecanismo...

comienzo a sentir una presión en mi pecho y siento un dolor por el brazo y espalda, maría me sujeta y siento que ya no puedo estar de pie, la miro por última vez y luego detrás de ella a vicente, viene corriendo a nosotros, pero sé que ya no le dará tiempo, de nuevo nos perdíamos... justo cuando creí encontrar el lugar a donde pertenecía.

—¡beatriz!, ¡¿beatriz que pasa?! —maría me mueve, pero yo siento que me falta el aire y puedo sentir como la vida sale de mi cuerpo, todos mis recuerdos se amontonan en mi cabeza y por un momento me aferro a la vida.

maría no puede sostenerme más tiempo y caigo con ella intentando retenerme, escucho gritos alrededor de la gente, maría y vicente, pero cada vez son más lejanos.

.—¡papá!, ¡papá!

—¡beatriz! —vicente llega a mi lado y me sujeta la cabeza, pero mi visión es borrosa y ya no puedo aguantar mucho más, me siento cansada y solo quiero cerrar los ojos.

—papá ella... ¡beatriz!

—¡beatriz!, ¡beatriz!... —la voz de vicente es lo último escucho, el ultimo consuelo en mi vida.

maría

beatriz estaba muerta.

murió en mis brazos y en los de mi papá, había pasado media hora y el golpeteo en mi cabeza me estaba matando, estaba sentada en la sala de espera con los ojos ardiendo por las lágrimas y un café frente a mí que no había tocado desde que lo trajeron.

—¿te sientes un poco mejor? —papá me sienta a mi lado mirándome con preocupación.

—¿qué paso papá?, ¿qué le paso? —no entendía nada.

—no lo sé mi amor. —toma mis manos entre las suyas. —tú tienes que estar tranquila hija.

—que, ¿acaso tu estas tranquilo? —tranquilidad era lo último que sentía en este momento.

—maría mírame... no tengo muchas palabras ahora, pero te quiero y quiero que confíes en mí. de alguna manera u otra todo está bien.

—papá... estoy, estoy tan confundida.

—lo sé.

—aún no sé qué sentir, no lo siento real...—siento como si estuviera soñando y beatriz regresaría en cualquier momento.

—lo se mi amor.

—me dijo cosas antes de... me dijo que creara mi futuro y después se cayó, se desplomo papá y me miro como...

—como si se estuviera despidiendo.

—sí, sí, y yo lo sentí, sentí que nos estábamos despidiendo.

—la vi de lejos si, ella también me miro.

—y...

—y sentí lo mismo y sabes que más sentí, que era una despedida sencilla, es raro lo se era como si...

—como si la fuésemos a volver a ver. —papá asiente con la cabeza y sus ojos se ponen rojos, aún estaba entendiendo que tipo de relación tenían, pero cuando los veía juntos era como si siempre lo hubieran estado, como si se hubieran encontrado después de mucho tiempo

—ven, ven abrázame, vamos a estar bien.

—lo sé. —lo rodeo de la cintura hasta que un hombre nos interrumpe, un policía.

—perdone doctor, pero el detective a cargo necesita hacerle unas preguntas más, luego de eso ustedes podrán irse, lo siento, pero así es el final del procedimiento.

—sí. —papá me suelta y me mira. —espérame acá, regreso de inmediato y después nos vamos a la casa.

—sí, está bien. —vuelvo a sentarme mientras veo como se aleja con el policía, tomo el café y le doy un sorbo, esta frio y mejor lo dejo de lado.

—maría veitia. —un hombre se para justo enfrente de mi haciendo que me sobresalte, miro al hombre confundida y se sienta más cerca de mí, me muevo hacia atrás en la silla.

—¿quién eres? —intento pararme, pero me sujeta de la mano mientras saca una pequeña bolsa de su mochila.

—toma, esto es para ti.

—¿quién eres?, ¿qué? —miro a la bolsa en la mesa y la desliza más cerca. —¿eres un policía?, no pareces un policía, ¿qué es esto? —señalo a la bolsa.

—toma. —saca de la bolsa un pequeño aparato gris, como el que beatriz usaba todo el tiempo.

—¿una grabadora?

—debes escucharla.

—que está pasando, ¿quién eres?

—maría soy solo el mensajero, las respuestas deben estar ahí. —me señala de nuevo la grabadora y se pone de pie dando la vuelta para irse, me giro en la silla y le hablo intentando que me escuche antes de que se aleje más.

—¿qué respuestas?, de que me estás hablando, las respuestas de que. —se da la vuelta y me mira.

—de todo maría, de todo.

el hombre se aleja y se pierde entre la gente, miro hacia donde mi papá se había ido y no creo que haya visto al hombre o se habría acercado a mí.

miro a la grabadora no muy segura de que hacer, con los manos temblando aun por lo que había pasado dudo en si debo escuchar lo que hay aquí, ¿y si es una broma? después de la historia de beatriz y como le había creído, dudaba que otra cosa fuera a impresionarme tanto.

suspiro resignada, a quien quería engañar, quería escuchar lo que había en la grabadora.

tomo mis audífonos y pongo play a la grabadora, espero unos segundos antes de que comience a escucharse una voz familiar, pero algo mayor, como si una señora de la tercera edad me hablara.

.si puedo grabar este mensaje y si eres capaz de escucharlo es porque decidiste romper con lo que se suponía era tu propio destino y lo conseguiste. grabo esto desde otra línea, desde un universo alternativo que hubiera sido imposible sin ti, imagino tu confusión ahora. en este momento hace pocos minutos han pasado demasiadas cosas frente a tus ojos, pero créeme lo que viene es mejor, hay un mejor futuro para ti maría y para todos y tú lo creaste... tengo respuestas maría, tengo todas las respuestas.

¿cómo lo se?, porque soy beatriz aldunate y grabo este mensaje desde el 2062.

PARTE III

3.1

No puedes conectar los puntos mirando hacia adelante; sólo puedes hacerlo mirando hacia atrás. así que tienes que confiar en que los puntos se conectaran de alguna forma en el futuro. tienes que confiar en algo, en tu instinto, el destino, la vida, el karma, lo que sea. porque creer que los puntos se conectaran, luego en el camino te dará la confianza de seguir tu corazón, incluso cuando te conduce fuera del camino trillado, y eso hará toda diferencia.

steve jobs

nunca es solo ficciónentro a la sala donde una firma de libros se lleva a cabo en roma, intento meterme entre la gente hasta que estoy en un buen lugar para ver al escritor que me había hecho venir hasta aquí.

—imagino que varios de los presentes no lo sabrán, pero tres años atrás en junio del 2019 sucedió un evento que cambio mi vida radicalmente, estaba trabajando cuando tuve un paro cardiaco. me desplome frente al computador, me trasladaron a urgencias mientras hacían maniobras de reanimación luego mi corazón dejo de latir por 8 minutos, durante 8 minutos estuve clínicamente muerto. no, no se preocupen no les contare que vi una luz que mis seres queridos vinieron a buscarme no. —algunas risas se escuchan en la sala mientras sigue contando su historia. —lo que me sucedió cuando lograron sacarme y volví, es que volví con una secuela muy común en los paros cardiacos, amnesia biográfica retrograda, olvidar... es una experiencia muy perturbadora, somos nuestros recuerdos, nuestras experiencias nos definen, empiezas a dudar de todo ¿es real esto?, ¿invente aquello?, ¿conozco a esa persona? no saber si el que está en la foto eres tú, cuáles son tus experiencias reales y cuales son estrategias de la mente para rellenar los vacíos es algo angustiante. lentamente fui armando el rompecabezas de mi vida, cuando volví a mi computador era como si fuera un extraño leyendo la información privada de alguien más, en una carpeta llamada historias en un archivo al fondo de mi disco duro leí algunos cuentos inconclusos, todos de ciencia ficción. comprendí que a parte de mi profesión era escritor aficionado, uno de los archivos decía caso 63, era una novela, la leí como si fuera un lector ajeno, pero me pareció extrañamente familiar era la historia de una psiquiatra y sus sesiones de terapia con un hombre que decía venir del futuro. esa es la extraña historia de cómo nació caso 63, mi novela...

toda la sala permaneció en silencio por algunos minutos y escucharlo aquí y viniendo de él era aún más raro de lo que pensaba, una mujer se levantó y miro alrededor.

—¿qualcuno ha domande?

levanto la mano, pero varias personas más lo hacen y la mujer señala a otro hombre, pasa un micrófono entre la gente.

—in microfono per favore.

—este año la guerra y el fantasma de un conflicto nuclear nos ha hecho olvidar un poco el virus, pero ¿vos pensás que esta pandemia va a terminar con esta última variante o es solo el comienzo? y ¿habrá efectivamente generaciones acostumbradas a vivir con oleadas sucesivas de virus?

—a ver creo que este no ha sido ni el primero ni el último encuentro entre seres humanos y los virus, pero intento ser optimista y recordar que esta historia es solo ficción.

—molte grazie antonio, ¿più domande? lì in fondo. —vuelvo a levantar la mano, pero de nuevo me ve.

—hay una oleada de películas y series sobre viajes en el tiempo y en tik tok y otras redes sociales también aparecen personas que dicen ser viajeros en el tiempo, ¿por qué cree que se da este fenómeno?

—creo que en tiempos de crisis nos gusta pensar en la posibilidad de reparar nuestros errores o tomar esa pequeña decisión donde las cosas hubieran sido diferentes, no sé quién no ha soñado alguna vez con la posibilidad de volver atrás y hacer ese pequeño movimiento, irse o quedarse en una fiesta, llamar a alguien, no subir a un vuelo... a propósito de fiestas, stephen hawking hizo una para viajeros en el tiempo, era un gran salón lleno de comida, música y champagne. estuvo esperando un buen rato, pero no llego nadie, solo cuando termino envió las invitaciones según él fue su prueba de que no existían los viajeros en el tiempo... —vuelven a levantar la mano y la mujer estaba por ignorarme de nuevo cuando antonio me ve. —perdón discúlpame, tu, tu hace rato que estas levantando la mano.

me hacen llegar el microfono y miro a antonio antes de hacer mi pregunta.

—muchas gracias... señor carrión, como varias veces hemos estado cerca de la aniquilación, el reloj del fin del mundo está más cerca de la media noche quizás como nunca antes en la historia de la humanidad, hay una fuerte sensación de que un error de cálculo de los supuestos líderes y el fin de la humanidad tomaría apenas algunas horas, no cree usted que este es un momento perfecto para que un viajero en el tiempo intervenga de alguna manera, ¿usted está de acuerdo con eso?

—sí, si completamente, pero su pregunta es... —me miraba confundido.

—¿es usted un viajero en el tiempo señor carrión?

toda la sala se queda en silencio y antonio me mira no muy seguro de que responder, la mujer se da cuenta que antonio no está seguro de responder y pasa a otra pregunta. luego de varias preguntas más dan por terminada la conferencia.

—muy bien creo que no hay más preguntas, en la feria del libro de los medianos y pequeños editores italianos, en su vigésima edición en este año oscuro aquí en roma creemos que los conflictos y las crisis se combaten con cultura, queremos agradecer esta breve conversación con antonio carrión, autor del libro caso 63 que nos acompaña en ese encuentro sobre ciencia ficción y su relación con la ciencia real.

—muchas gracias, gracias a ustedes por la invitación.

la gente aplaude y se comienza a hacer una fila para comenzar con la firma del libro, espero que todos los que se han quedado se hayan formado para quedarme hasta atrás en la fila.

.—que tal antonio, para andré por favor que diga exactamente esto, también estoy atrapado en la tarde, una cita de doctor who, el entenderá.

—toma aquí tienes....

finalmente es mi turno.

—hola

—hola

—creo que soy la última nuevamente... —le paso mi libro.

—eso veo, ¿tu nombre?

—pon, para beatriz...

—para beatriz...—repite mientras escribe en el libro.

—no respondiste a mi pregunta.

—sí, o sea no, no, no soy un viajero en el tiempo, toma aquí esta. —me sonríe amablemente mientras me pasa el libro.

—para beatriz, el futuro no está escrito. —leo en voz alta lo que escribió en mi libro. —gracias... ¿de verdad lo crees? libre albedrio, ¿no crees que hay un dibujo predeterminado?

—no, yo creo que el universo es caótico somos producto de ese caos y tratamos desesperadamente de darle sentido, la ficción intenta hacer eso, darle sentido al caos o al azar.

—mmh, que todo sea azar que nada tenga sentido, deja muchas cosas sin explicación a mi juicio.

antonio me mira con la misma expresión de cuando le hice la pregunta, como si quisiera reconocerme, pero no lo logra.

—algo en ti me resulta familiar, ¿nos conocemos?

—no creo, quizás en otra línea...

—quizás en otra línea... bueno... yo tengo que irme ahora. —se pone de pie y me mira una última vez antes de comenzar a tomar sus cosas, no podía dejar que se vaya, no sin antes hablar con él.

—soy, bueno más bien fui psiquiatra igual que tu protagonista.

—¿si?, psiquiatra, bueno mira espero que lo que leíste no tenga muchos errores en el procedimiento.

—algunas dosis de fármacos están equivocadas, pero bueno así es la ficción y se entiende perfectamente bien el sentido y si, muchas veces nos involucramos con un paciente y perdemos la perspectiva de que es verdad y que es un delirio bien organizado.

—bueno eso me alivia. —toma su abrigo y se pone de pie.

—tengo una pregunta, ¿por qué roma?

—¿perdón?

—porque tus personajes tenían que terminar aquí, en roma.

—los viajeros en el tiempo necesitan entrar y salir de lugares que no cambien con el paso de los años, ciudades antiguas donde las cosas van a permanecer, no puedes llegar y encontrarte con un edificio en el punto de ingreso o de extracción, necesitan puntos de referencia inamovibles, ciudades que no cambian.

—ciudades eternas.

—así es.

—¿conoce bien esta ciudad?

—no, he estado un par de veces, pero siempre de paso y esta vez tampoco voy a estar mucho tiempo, debo tomar un vuelo en la madrugada, pensaba caminar y ver lo de siempre.

—no te recomiendo visitar los lugares típicos, ni fuentes ni ninguna de las plazas grandes están atestadas de turistas, hay otros lugares que son más interesantes. conozco un sitio en particular, sería un punto de extracción perfecto para rescatar a un viajero en el tiempo...

antonio me miraba interesado y a la vez vacilante por lo que estaba diciéndole.

—un punto de extracción, ¿enserio? y cual.

—en una esquina de los jardines de la piazza vittorio hay una puerta de piedra que no va a ningún lado, los romanos la llaman puerta mágica o puerta alquímica, la puerta pasa desapercibida para la mayoría de la gente.

—nunca había escuchado hablar de esa puerta iré a verla si me da el tiempo. —parece que se está despidiendo de nuevo, pero no puedo dejar que se vaya, no sabía cómo hablar con él sin que me tachara de loca, aunque lo más seguro lo hará después de que le diga lo que estoy tratando de entender.

—en 1600 un hombre alquimista, un científico de ese tiempo si se puede decir así descubrió algo y luego desapareció a través de esa puerta de piedra, simplemente la atravesó...

—estoy siendo paranoico o me quieres decir algo.

—no vine a escuchar tu conferencia antonio, no vine a que me firmaras este libro tampoco.

—¿no?

—vine buscando a alguien.

—¿y lo encontraste o la encontraste?

—esperaba que tú me ayudaras.

—¿yo?

—¿podemos tomarnos un café? hay uno muy bueno en la esquina, no te voy a quitar más de unos minutos. —señalo a la puerta, pero en ese momento la mujer de antes entra.

—antonio el taxi a tu hotel ya llego, ¿vienes?

—sí, si voy, lo siento me están esperando...

—así son los vortex ¿no? decisiones.

—beatriz me dices que te llamas.

—si

—beatriz quizás si te doy mi correo, puedes escribirme o...

.—antes de dejar la psiquiatría, digo, la última paciente que tuve fue una joven de 24 años ella era muy cercana a mi hermana, según esa joven ella había conocido a una mujer que decía venir del futuro, una mujer que era la pareja de su padre. en varias sesiones conversamos sobre eso, esa mujer dejo una huella muy profunda en mi paciente y al igual que en tu novela también hay un episodio en un aeropuerto, la mujer que decía venir del futuro murió frente a mi paciente en un aeropuerto antes de tomar un vuelo a roma.

—disculpa, pero me estas acusando... ¿me estas acusando de plagio? —sus hombros se tensaron y me acerca un poco más a él negando con la cabeza.

—no, no, para nada solo te estoy contando un evento que

desafía toda lógica y créeme que durante mucho tiempo escuche en mis pacientes todo tipo de historias locas que desafiaban toda lógica, pero bueno aquí viene lo realmente sorprendente, esa mujer que influencio tan profundamente a mi paciente, le dijo antes de morir que más adelante iba a tener que evitar a toda costa tomar un vuelo el 24 de noviembre del 2022, la misma fecha de tu novela, es decir hoy...

—eso no es posible... —la confusión se veía en su rostro mientras miraba por toda la sala como para ver si alguien más estaba escuchando a la loca que tenía enfrente.

—decía que ella sería la culpable de liberar un virus que destruirá la humanidad en el año 2062.

—bueno eso tiene una explicación, tu paciente después de leer mi novela dramatizo el contenido, como si fuera propio...

—esto fue en septiembre del 2019, un año antes de la publicación de tu novela, a no ser que la flecha del tiempo vaya hacia atrás y se desafié la tercera ley de la termodinámica estamos frente a un evento inexplicable, al menos para nuestra noción de como imaginamos la realidad y el tiempo.

—espera, ¿esto es algún tiempo de broma?

—no, no, no todo lo contrario, es más el virus que menciono mi paciente, el que iba a acabar por la humanidad por desgaste se llamaba...

—pegaso....

—creo que lo que escribiste no fue ni creación ni inspiración, creo que fue un eco de una línea, un gran evento garnier malet por así decirlo; algo que ocurrió en una línea diferente de la realidad que de alguna manera está impactando en esta. las implicaciones son extraordinarias es evidente que no me crees, pero tengo pruebas antonio.

—¿pruebas? como puedes tener pruebas de algo tan

improbable o sea perdón, imposible.

—imposible no, improbable completamente pero quizás hoy será una tarde especial, una tarde en la que tendremos que aceptar esa improbabilidad y quizás varias más, dependerá de ti antonio, romper el mecanismo, ¿te dice algo esa frase?

—¿quién eres?

—alguien que espera convencerte con pruebas, es evidente que necesitas pruebas, en esta grabadora está registrada una sesión, mi paciente y yo año 2019 antes de la pandemia antes de tu novela. antonio... ¿quieres escuchar la verdadera voz en el mundo real de tu personaje llamado maría veitia?

3.2

—para el registro, 22 de septiembre año 2019
santiago de chile paciente maría correa.

—maría veitia, uso el nombre de mi madre.

—este bien.

—¿siempre grabas?

—es una costumbre que tengo hace años, me ayuda a ordenar mis ideas.

—¿y qué va a hacer con esa grabación?

—es solo para mí no te preocupes, volvamos a la supuesta viajera del futuro emilia sanz, se juntaron en tu casa, tenias 17 años, dijo que ibas a hacer la causante de una tragedia.

—si el fin del mundo puede ser considerado una tragedia, sí.

—¿y tú que le dijiste?

—que siempre de alguna manera había esperado ese momento, que alguien apareciera en mi vida y me dijera lo que siempre había esperado oír, que cambiaría el mundo solo que pensé que sería haciendo algo bueno. al principio le seguí la corriente, le dije que sería fácil y no tomaría ningún puto vuelo a españa nunca y menos en esa fecha. le pregunte si podíamos cambiar el futuro o si estábamos predestinados y me dijo que no lo sabía, me dijo que cosas pequeñas que hacemos generan eventos insospechados en el futuro. es tan frágil el futuro maría, tan frágil, todo puede cambiar en cualquier momento, cualquier cosa que hagas ahora no algo épico sino algo simple e inofensivo, si solo la gente supiera la textura del futuro si solo supiera lo frágil que es que se formen líneas y nuevas vidas todo sería tan diferente , eso me dijo.

—tú eras consiente de que ella era una paciente de tu padre y estaba compartiendo un delirio organizado coherente, pero delirio ¿no?, podías en ese momento comprender que hablaba desde su psicosis.

—no se que comprendía, solo te repito lo que ella me dijo, eso y muchas otras cosas.

—¿cómo cuales?

—me dijo... me dijo que solo una persona puede destruir el mundo y que solo una persona puede salvarlo, ¿podrás hacerlo maría?, recuerdo cada una de sus palabras, cuando murió frente a mi en el aeropuerto antes de desplomarse me dijo: rompe el mecanismo.

—¿y que te paso a ti con eso?

—al principio lo bloquee, tenia que ser una loca, lo anule... bueno junto con otras cosas inexplicables y con mi padre nunca volvimos a hablar del tema, se convirtió en un gran elefante en nuestra sala que luego se hizo invisible y desapareció. mi padre murió hace unos meses pero creo que nunca se recupero realmente de esa perdida. yo en cambio desde ese encuentro me obsesione con los virus, ¿ha escuchado hablar del efecto streisand?

—atraes aquello de lo que huyes.

—eso me paso, para evitar hacer algo, para evitar ser la persona que dañaría a todos, me informe. vi lo que puede pasar cuando los animales son desplazados de sus ecosistemas, leí artículos que hablaban de la posibilidad de una pandemia mediante un virus que salto de un vector animal, como la gripe aviar, camellos, cerdos, murciélagos. participe en charlas, participe en conferencias, participe en marchas animalistas y me di cuenta que éramos muchos los que intuíamos el peligro. en una conferencia sobre el peligro de animales y virus fue cuando conocía sofia, una bióloga que estaba haciendo un doctorado en virología... me voy el próximo mes a roma donde trabaja a vivir con ella, no le cuentes a tu hermana, todavía no se lo digo a daniela, quiero decírselo en persona.

—tranquila, estas sesiones son entre las dos, ¿todavía tienes miedo de acabar con la humanidad?

—ahora no lo veo tan malo, a veces pienso que somos como un cáncer, destruimos todo, ¿no estas de acuerdo con eso?

—me dijiste que soñaste con una ciudad en china.

—la mujer me dijo que la primera pandemia comenzara en wuhan entre noviembre y diciembre de este año en un mercado de animales, luego de eso comencé a soñar con ese lugar. llegaba a ese mercado junto con grupo de jóvenes, amigos chinos y europeos, queríamos cerrar el mercado y así evitar el salto del virus del murciélago, en mi sueño yo mostraba un letrero, decíamos que los alimentos estaban contaminados con ántrax pero fallaba y finalmente éramos encarcelados.

—¿has tenido pensamientos destructivos fuera de tus sueños?, ¿has pensado en hacer daños a infraestructuras o personas fuera del mundo de tus sueños?

—solo son sueños, si alguien en el futuro hace algo radical, no voy a ser yo.

—¿no?

—no... serás tu, tu vas a tener que tomar esa decisión.

—no entiendo, ¿me estas diciendo que tu crees que yo soy una especie de elegida?

—estamos dentro de una especie de juego que se repite, somos cuatro personas random, cuatro personas cualquiera, podrían haber sido cuatro personas en berlín, en la india, en australia, pero fuimos nosotros y si somos elegidos, el juego es entre nosotros.

—cuando dices nosotros ¿te refieres a mi?, no te estoy entendiendo, ¿elegidos para que?, o ¿cuales son esas cuatro personas?

.—tú, el mensajero, yo...

—¿el mensajero?

—si, el mensajero es importante, sigue instrucciones.

—¿en sueños?, ¿el mensaje se comunica en sueños?

—no, se comunica en la realidad, en el aeropuerto a los 17 años lo conocí, me dejo una grabadora con un mensaje. era el registro de una anciana que me dio las respuestas que yo necesitaba y me dijo cual era mi rol.

—¿y cual era tu rol?

—romper el mecanismo.

—entonces tu dices que el mensajero es real, ¿estamos segura que no es parte de tu imaginación?

—gaspar marín es real.

—este sujeto, ¿tu lo vez? a este gaspar marín.

—cada cierto tiempo aparece, los eventos están trazados podemos no seguirlos pueden venir a verte pero también puede no hacerlo, pero en esta línea estoy aquí y si algo pasa es porque pasa en esta línea, la improbabilidad de este momento es lo que confirma que estamos en una línea correcta. mira para atrás, recuerda cosas y veras que estas llena de momento donde decidiste lo necesario, desbloqueaste todos los niveles.

—me estas hablando como si la vida fuera un videojuego.

—bueno quizás lo sea, estamos llegando a la ultima etapa, no ahora sino en tres años mas en el 2022.

—¿cuando exactamente?

—24 de noviembre del 2022.

—tu me estas diciendo que hay cuatro personas involucradas, bueno me mencionaste a tres, el mensajero, tu, yo y ¿quien seria esa cuarta persona?

—el escritor.

—¿el escritor?

—el escritor es esencial, bueno no el realmente, según el mensajero es importante lo que va a escribir.

—¿que será una especie de libro religioso?

—no, el escribirá un manual como esos folletos de instrucciones para construir algo.

—¿para construir que?

—para construir un virus....

antonio se quita los audífonos y me mira impasible, su rostro se veía blanco como el papel y parecía querer hablar pero no encontraba las palabras correctas.

antonio miró hacia la ventana de la cafetería y yo sujeté con más fuerza mi taza de café.

—¿y? ¿que piensas?, ¿quieres escuchar más?

—no, no necesito escuchar nada... ¿es un juego esto? ¿es un broma de alguien? —un poco de color había regresado a su cara, parecía molesto e irritado pero pude ver la duda en sus ojos.

—se que es difícil asumirlo, lo fue para mi también créeme, es normal que te sientas así estamos experimentando.

—¿es algún tipo de experimento social? es una broma de los organizadores del evento... —lo interrumpo.

—no, no, para nada esto no es una broma ojalá lo fuera. e viajado doce horas en tren para estar acá y mostrarte esto, vivo en madrid con mi hermana no tomo aviones, me dan miedo los aeropuertos.

—ella, tu paciente leyó la novela, es obvio tuve que verla antes o... —antonio se aferraba a lo que era lógico y sabía que luchaba porque así fuera, al principio lo fue para mi también pero esa duda que había visto antes seguía ahí, tal vez si le contara todo lo que se podría ayudarme.

—2019 antonio, año 2019, en ese año grabe la sesión y su encuentro con esa mujer ocurrió en el año 2012. mira puedes irte en este momento, puedes intentar decir que esto es una coincidencia y que yo estoy loca pero eso no va a cambiar el hecho de que estas experimentando una anomalía en tu sistema de creencias, lo vivi, lo experimenté ¿porque crees que deje la psiquiatría? vive exactamente lo que estas viviendo tu ahora, tuve mas tiempo para procesar sin duda, no una hora pero bueno es el mismo proceso... un derrumbe, todo lo que has creído sobre la estructura de la realidad, sobre la percepción subjetiva del tiempo, sobre lo que aprendiste entorno a causas y consecuencias todo los acuerdos y compromisos sobre lo que es real y no es real o lo que es improbable ya no son validos. estas experimento un derrumbe...

—no, yo creo que esto es un error, quedarme aquí, venir aquí ... —se inclina en la mesa para susurrarme y que las personas pasan a nuestro alrededor nos escuchen.

—irte no te va sacar del problema, estas estamos en una crisis de paradigma, es una revolución y las revoluciones personales y sociales no piden permiso antonio, no esperan a que uno este preparado solo llegan.

antonio parece desesperado y se pone de pie como si se quisiera marchar pero se debate entre quedarse.

—puedes sentarte, por favor...

—debo ponerlo en duda, escuche una grabación nada más, estamos en el mundo de la pos verdad, eres una extraña.

—tú mundo tal como lo concebías acaba de morir, la verdad es que no tenemos tiempo, maría, mi paciente, esta a punto de tomar un vuelo a madrid. la investigue, le seguí la pista no estoy en roma por ti, bueno digo no solo por ti estoy en roma por ella, se que si hablo con ella puedo evitar lo que sea que pretende hacer.

.—¿ella esta acá? —lentamente vuelve a sentarse aunque sigue dudando. —¿esta simulando representar el personaje de mi novela?¿ eso quieres decirme? esa mujer piensa tomar un avión, esperar a que alguien la infecte y que el virus mute ¿pero que hará cuando eso pase?

—es más complejo que eso, bueno se suponía que nos íbamos a encontrar en tu conferencia, le dije que teníamos que hablar los tres.

—¿los tres? no yo no tengo nada que ver con lo que dices.

su voz se elevaba cada vez con claramente molestia.

—me aseguro que me iba a llamar cuando fuera el momento, ella quería hablar con los dos pero no se qué pasó.

—¿llamaste a la policía?

—¿para decirle que?. —me reclinó más hacia él en la mesa y encontré veo un tatuaje familiar sobresaliendo de la manga de su camisa arremangada, como el personaje de su novela, creo que era el momento de contarle todo. —ese tatuaje del joker en tu brazo, ¿te lo hiciste antes o después de escribir la novela?

—después, es solo un tatuaje... fue algo espontáneo supongo.

—después de mi encuentro con maría por supuesto que dude de todo, créeme que e escuchado delirios muy elaborados todos los años que trabaje en el hospital, además no había ninguna evidencia, nada de lo que ella me decía, todavía ni siquiera venia la pandemia; de pronto recordé algo, un recuerdo bloqueado que durante mucho tiempo pensé que había sido mi imaginación, ese recuerdo llego con fuerza... era mi primer día de trabajo en un viejo hospital, había un lugar en un parque, en la parte de atrás un jardín secreto que yo había descubierto, tenia un vitral de una iglesia muy grande y antigua, ese vitral brillaba a cierta hora sobre una fuente y sobre mi asiento, un jardín con un vitral que se llenaba de colores....

—no juegues con mi mente. —antonio pasó su mano por su cabello jalándolo mientras miraba a otro lado, ignoró lo que dice y busco su mirada para que me mire.

—recordé que yo estaba ahí en el peor día de mi vida, el jefe, un tipo terrible me había humillado frente a un comité por un mal diagnóstico, había discutido con mi hermana y estaba sentada, yo nunca lloro me cuesta mucho llorar pero ese día no podía contenerme y llore mucho, en ese momento llego una mujer y se sentó a mi lado... había algo en ella, su voz, su mirada, algo me tranquilizo. me tomo la mano y hablo conmigo me dijo, todos somos parte, cada vez que hacemos algo por pequeño que sea generamos un efecto gigante en otros, lo que hacemos hoy cambia y afecta a millones y lo que haces ahora hace que alguien encuentre la cura de algo en el futuro, anonimato y colaboración, nadie va a saber nunca los efectos de lo que haces en otros, en lo bueno y en lo malo aunque no lo queramos somos parte, eso me dijo y se fue, solo quince minutos en la vida que había olvidado y que ahora hacían todo el sentido.

—es una coincidencia... todos los vitrales viejos tienen

jardines. —niego con la cabeza tomando otro sorbo a mi café antes de continuar.

—todavía no termino... comienza la pandemia las noticias hablan de wuhan, fui a mi grabadora y lo que decía maría era verdad, y si lo que decía maría era verdad por que lo estaba viendo en las noticias, ese recuerdo, ese recuerdo de esa mujer que me consoló, esa mujer... era yo dándome un consejo, la viajera en el tiempo era yo. el derrumbe fue literal, de pronto sentí que mi mente ya no podía parar, hacia relaciones, conexiones, así estuve todo el día y luego quede en blanco, es como si alguien estuviera escribiendo, como si mi mente se hubiera convertido en una especie de cinta magnética o en una película fotográfica atrapando la luz, una impresión de otra vida, espontáneamente me levante de mi cama y lo siguiente que recuerdo es que estaba tendida en un aeropuerto.... al levantarme me mire en el espejo y no me reconocí, estaba completamente rapada, sentí un gran ardor, me levante la blusa y tenia una tatuaje reciente hecho que cruzaba toda mi espalda, tarde un par de días en armar las piezas del rompecabezas, de esas cinco horas de tiempo perdido. parece ser que me levante de mi cama, me fui al baño, me corte el pelo completamente y luego salí, me fui a una galería y me hice un tatuaje grandes, alas, en mi espalda luego fui a una farmacia y compre flunitrazepam y también una jeringa de insulina, tome un taxi y me fui al aeropuerto, camine entre los viajeros, me metí al baño y me encontraron desmayada en el piso...

—¿puedo ver tu espalda? — antonio me miraba con cautela, asiento y me doy la vuelta subiendo un poco mi blusa, ya había menos gente en la cafetería y no me preocupaba que me vieran, con alzar un poco ya se veía gran parte del tatuaje.

—mmh. —fue todo lo que dijo, sonó más a un gruñido que a duda.

—y para que no creas que me tatué esto hace poco, mira esta

fotografía. —tomó mi celular y buscando en galería encuentro la fotografía que quiero que vea. —es del 2020, una semana después del evento una amiga me llevo a la playa, estaba saliendo de la clínica, estaba muy mal y mira, todavía estoy casi calva y aquí en traje de baño mira la espalda el tatuaje.

—el derrumbe, así lo llamas. —susurro, ya no parecía molesto, pero con cada minuto que pasaba parecía más nervioso y alterado, sus nudillos estaban blancos de aferrarse a la taza de café, podía escuchar el sonido de su pierna debajo de la mano y mojaba sus labios constantemente.

—el derrumbe, yo se que como te sientes, estamos, estamos dejando la realidad porque la realidad no explica nada y lo primero que tengo que decir que te calmes.

.—¡calmarme una mierda!, si yo no creo nada, ¿de que se trata esto? ¿de dinero? ¿es un tipo de desafío jugar con mi mente?

—no, no, no te prometo que no.

antonio se pone de pie dispuesto a irse, deja unos billetes en la mesa antes de darse la vuelta.

—yo tengo que irme de verdad, es increíble lo que armaste, no se como lo hiciste pero te felicito a ti o a la persona que armo todo esto.

antonio se da la vuelta para irse y me pongo de pie para ir tras de él.

—se donde encontrar a maría veitia antes de que haga una locura, se donde puede estar pero no puedo hacerlo sola, antonio, aunque no lo queramos somos parte.

el aire fresco de la tarde en roma pone mi piel de gallina, antonio se detienen un segundo haciendo que casi me estrelle con su espalda.

—no, no, lo siento. —me dice sin mirarme, lo tomo del brazo

para que se de vuelta.

—solo escúchala, quiero que la escuches, será solo un momento y si quieres después te puedes ir... —no podía hacer esto sola, no cuando él era parte fundamental en todo este juego que apenas y comprendía.

—¿te das cuenta de lo que me estas pidiendo?, que vaya al encuentro con alguien que imita un personaje de mi novela y que si yo acepto eso estoy asumiendo que puede ser posible, es una locura. —antonio mira mi mano en su brazo pero no hace nada para apartarlo.

—si me doy cuenta

—y eres consciente que lo mas lógico seria irme lo mas lejos posible de ti. —de nuevo la duda en sus ojos, antonio seguía debatiéndose entre lo que era real y no y en si debía confiar en una completamente extraña que seguro parecía más loca de lo que quería aparentar.

antonio cierra los ojos por unos segundos y cuando los abre parece que me examina con la mirada, esperaba que viera en mis ojos que decía la verdad, que viera cuánto necesitaba su ayuda y que no podía ni quería continuar sola.

—deja por un momento la lógica, has un acto de fe hoy conmigo, tu has buscado este momento, lo sabes, hay algo en ti que quiere respuestas antonio, el momento de las respuestas es hoy, es ahora, 24 de noviembre del 2022. en muchas líneas yo supongo que tu te vas y sigo sola, espero que esta no sea una de esas líneas, espero que hagas ese salto de fe y me acompañes, que me acompañes a intentar romper el mecanismo.

3.3

—¿falta mucho?

había logrado convencer a antonio de que me acompañara a ver a maría así que ahora estábamos caminando rumbo al trabajo de maría.

—no, estamos cerca. —seguimos avanzando por las frías calles de roma, intento caminar más rápido para llegar lo antes posible antes de que antonio se arrepienta y se dé la vuelta para irse.

—bueno... entonces tuviste ese evento, terminaste en el baño del aeropuerto y ¿supuestamente que paso después?

—bueno como comprenderás pensé que estaba siendo un brote psicótico, pero seguí con mi vida. un colega me atendió y luego llegue a bloquear todo hasta que en una red social alguien menciono tu novela, caso 63. la leí y quede helada, estamos acostumbrados a que las causas antecedan al efecto y ahí estaba yo, otra yo, la psiquiatra efectuando el mismo proceso, digo cortarse el pelo, tatuarse alas, correr al aeropuerto, recuerdo que tuve nauseas, pero bueno ya había tenido mi derrumbe creo que por eso me afecto mucho menos. me pregunté quien había escrito eso, por supuesto quise saber de ti, averigüé que no tenías familia, que no tienes hijos, ¿de verdad no recuerda nada de tu pasado?

—no. —me dice serio como si quisiera cortar la conversación cuando fue el que la había comenzado.

—¿no te gusta hablar de eso?

—no es que no lo recuerde. —dice finalmente luego de unos minutos. —es como si mi pasado lo viera en tercera persona, sin certeza. he ido armándolo de a poco, los recuerdos los tengo, pero... no sé cómo explicarlo, son solo información sin la riqueza de la experiencia, sin la textura de la vida real, miraba mi pasaporte y no me reconocida, veía las fotografías en mi teléfono y nada. ni siquiera pude continuar con mi trabajo, era ingeniera civil mecánico, pero leía las cosas, mis proyectos y ahora ni siquiera soy capaz de hacer un cálculo por simple que sea.

—¿sientes que ves todo desde afuera? como si no pertenecieras...

—¿a dónde quieres llegar? —encojo los hombros, era algo en lo que había estado pensando desde que investigue su historia.

—solo me pregunto, alguien que nunca ha escrito nada en su vida ¿escribe una novela de ciencia ficción llena de detalles enigmáticos?, no me quiero meter en tu proceso creativo, pero ¿no te parece extraño? —me mira de soslayo con recelo sin quitar la mirada de la calle.

—me estas tratando como un paciente, ¿qué es lo que quieres decir?

—¿recuerda realmente estar escribiendo esa novela?, ¿te puedes visualizar frente a un teclado, buscando cosas en internet?, ¿dibujando tramas? algún cuaderno de apuntes, ¿recuerdas algún momento de ese proceso?

antonio se detiene y yo avanzo unos pasos más, pero me detengo cuando veo que no sigue caminando.

—porque no me dices lo que quieres decir y nos dejamos de jugar al interrogatorio.

—susurros y siembras, eso creo. —regreso hasta quedar frente a él, levanto un poco la cabeza porque apenas y le llego al pecho. estamos llenos de susurros y siembras del futuro que nos advierten que va a pasar, solo que todos están tan atrapados subiendo fotos, posteando, retwiteando mirando historias que nadie las ve las señales.

—¿qué señales? —avanzo un poco más al darme cuenta que ya casi estábamos en el lugar, cuando llego al frente me detengo y espero a que antonio llegue a mi lado.

—las señales que importan. este es el lugar, llegamos. —señalo a mi derecha el edificio. —maría trabaja en ese gran edificio.

—¿qué lugar es este?, ¿es un hospital? —mira atento al viejo edificio.

—parece inofensivo no, un viejo edificio... este lugar es todo menos inofensivo.

—¿vamos a entrar? —asiento.

—nos están esperando...

avanzamos subiendo las escaleras para pasar por dos enormes puertas de cristal, un hombre alto que parece que seguridad nos mira, nos indica lo que debemos de hacer y nos da unas identificaciones de visitantes antes de que una mujer se nos acerque a nosotros.

nos sonríe amable mientras la observo, es alta y su cabello está recogido en un moño desordenado, veo su bata y me doy cuenta por su gafete de quien es.

—grazie vincent, antonio, beatriz, por favor pongan su identificación de visitante a la vista, síganme. —comienza a caminar por el pasillo mientras la seguimos, miro a mi alrededor y veo varias habitaciones con ventanas de cristal que dejan ver a más hombres y mujeres trabajando en lo que parece laboratorios. —roma es muy frio en estas fechas, ¿primera vez por acá?

—no, no... ¿tú eres?

—a perdón, sofía palavecinoo, investigadora asociada del hospital lázaro parlachianni, maría me dijo que vendrían, los estaba esperando. —subimos unas escaleras hasta otra parte del edificio que se ve un poco más despejada, al fondo del lugar se puede ver lo que parece una sala de juntas.

—sí, necesitamos hablar con ella, tengo entendido que trabaja aquí contigo. —le digo, pero hace caso omiso de lo que acabo de decir.

—vamos por aquí, acompáñenme. —nos dirige hasta la sala de juntas y se detiene frente a las puertas justo al lado de lo que parece un lector.

—¿qué lugar es este?, ¿qué hacen exactamente? —antonio la mira, pero igual que a mí, no le responde.

.—pasen sus identificaciones por el lector. —hacemos lo que dicen y la puerta hace un clic antes de abrirse, nos ordena con la mano a que entremos y eso hacemos, todo esto me parecía demasiado extraño. miro a antonio y por cómo me mira, sé que está pensando lo mismo.

—esa gente tras el cristal con trajes de aislación... perdón exactamente ¿dónde estamos y que hacen ahí? —sofía se pone detrás de la mesa sentándose mientras que antonio y yo permanecemos frente a ella de pie.

—trabajamos con material biológico, por eso todo lo que ves. los uniformes, guantes, puertas dobles, protocolos, el hospital parlachianni es un laboratorio de bioseguridad nivel 4, uno de los más importantes, solo hay 3 en europa. trabajamos con agentes patológicos de alto riesgo.

—¿virus?

—sí, virus. —nos sonríe de nuevo, había algo en ella me causa escalofríos con la tranquilidad de voz y esa sonrisa amable que solo pareciera crecer.

—¿y qué hacen exactamente?, ¿vacunas? —pregunto.

—lo contrario a las vacunas, ¿han escuchado hablar sobre el concepto ganancia de función?

—¿ganancia de función? si creo que es tomar un virus y manipularlo para aumentar su nivel de daño, ¿es eso?

—es más complejo, pero básicamente sí, es tomar un virus malo o potencialmente malo y convertirlo en algo peor.

—¿para que harían algo tan estúpido? —antonio parecía molesto, pero aun así miraba a sofía con curiosidad.

—al aumentar los posibles riesgos podemos ayudar a prevenir futuras pandemias y acelerar el desarrollo de vacunas. los críticos dicen que crear patógenos que no existen en la naturaleza suponen un riesgo porque podrían escapar, pero si no conoces al enemigo nunca podrás derrotarlo. por eso esto, tu libro fue muy importante para nosotros. —mete su brazo bajo la mesa y saca un libro del caso 63, el libro de antonio.

—¿mi libro?

—sí, maría no los mostros y todo mi equipo lo leyó.

—¿qué tiene que ver mi novela con un laboratorio como este?

—pegaso, nació de la sangre derramada de medusa cuando perseo le corto la cabeza lo cual es una buena metáfora de una mutación del coronavirus. al coronavirus lo llamamos muchas veces medusa por las proteínas spike en forma de serpiente, en tu libro la variante pegaso acabara con la humanidad, desgaste progresivo de la especie, evasión a vacunas, mutaciones drásticas, suena aterrador. cuando lo leí nos preguntamos todo el equipo que como debía de ser un virus para generar ese efecto, miren siéntense un segundo por favor, aquí nadie nos molestara.

dudo por un segundo y miro a antonio, que parece querer escuchar por qué su libro generaba tanta intriga en un lugar como este.

—no tenemos tiempo, ¿maría sabe que llegamos? le puedes avisar por favor. —me siento a lado de antonio y me acerco a la mesa.

—voy a ser un poco técnica, pero ya verán que será necesario que lo sea. a ver la evasión inmunitaria es decir que el virus escape a una vacuna es nuestro enemigo, trabajamos sobre una variante nueva, la última mutación de interés con un par de mejoras. pensamos mucho sobre pegaso, sobre tu descripción sobre pegaso y encontramos una respuesta, aquí en tu libro. —abre el libro y busca entre las paginas hasta llegar a la que buscaba. —en la página ochenta y nueve algo muy desconcertante para nosotros, pero también muy iluminador. ¿me puedes explicar que significa una frase que escribiste? transmisión área, bajo el microscopio es blanco y parece tener alas, es rápido y porta una mutación clave l452rit478k, ¿me puedes decir que significan esos códigos?

antonio parecía cada vez más confundido y ahora pensaba en si fue una buena idea venir aquí.

—no, no realmente.

—¿cómo?, ¿los pusiste ahí porque sí?

—sí, o quizá lo saque de alguna parte de google, no lo recuerdo. —sofía parecía tranquila, pero en sus ojos se veía la creciente irritación de que antonino no supiera que significara esa clave.

—imposible...imposible, no puedes encontrarlo simplemente en internet, este código es la descripción precisa de una mutación relevante en la espiral de un virus y no cualquiera. —señala el libro con el dedo en donde había leído antes. —lisina por arginina en la ubicación 452 de 1273 aminoácidos, una llave precisa que convierte la variante en algo aterrador. con el equipo nos preguntamos quien eres, como escribiste exactamente la mutación más ventajosa para que una variante que aún no ocurre pueda adherirse mejor a las células, afectar el árbol bronquial bajo....

—llama a maría por favor. —le digo molesta, pero parece que no estoy ahí en ese momento, ella centra toda su atención en antonio.

sofía pasa de página y sigue leyendo.

—producir una tormenta de citoquina y evadir las vacunas, ¿cómo pudiste escribir esto sin tener idea de los que hablas?, ¿eres un espía? —sofía se inclina en la mesa hablando más bajo y amenazante. —hablamos de un arma biológica antonio sin precedentes podrías estar en la cárcel por esto, pero maría fue cautelosa, ella tenía otra explicación, ella comprendió.

—no entiendo, ¿comprendió que?

—tenemos que hablar con ella ahora. —me pongo de pie y antonio hace lo mismo como si pensara que iba a hacer algo

.—con esos datos tomamos el virus e hicimos una ganancia de función, el resultado es un virus nuevo que puede leer la información de una vacuna y escapar, evasión completa. —regresa a su lugar recargándose en su silla como si lo que nos acabara de decir fuera de lo más normal.

—vamos antonio salgamos de acá, puedes abrir la puerta. —antonio no se mueve de su lugar y sofía me mira por fin.

—¿han escuchado sobre el efecto streisand? es cuando algo quiere evitar algo y el efecto de eso es totalmente lo contrario.

—¡¿dónde.mierda.esta.maría?! —lanzo algunos de los papeles que tenía frente a mi hacia sofía peor no parece inmutarse.

—¿saben cómo se llama?, el nuevo virus, miren aquí. —nos pasa una hoja que solo antonio toma, yo estaba a punto de volverme paranoica. —blanco, parece que tiene alas, lean su nombre, ¡cada virus tiene un nombre científico, una taxonomía, lean!... —con cada palabra más que decía su voz aumentaba hasta que estaba gritando.

—pi genoma a 50... —antonio lee.

—p i g a 50, pero el 5 podría ser una s y el cero una o, denle algunos unos años a este enemigo y la gente comenzara a llamarlo de otra manera más simple.

—pegaso. —antonio mueve la hoja hacia mi dirección así que la tomo para leer lo que antonio había dicho antes en voz alta.

—gracias a ti antonio, ahora existe.

—no... —antonio parecía preocupado y afectado, mucho más que cuando le dije lo que sabía. era demasiado para el en tan solo unas horas, el derrumbe solo lo afectaría aún más, debía de sacarlo de este lugar ahora.

—nuestro equipo construyó a pegaso, gracias a tu manual de instrucciones. —sofía susurra.

—no... —antonio seguía viendo las hojas sin creer lo que le estaban diciendo.

—sí, en este edificio, en el centro de roma el caballo alado que va a destruir todo, ya existe. ¿querías evitarlo? has inspirado su creación, efecto streisand.

—puedes por favor abrir esta puerta y llamar a maría. —me acerco a ella cuando se pone de pie.

—maría está en un taxi rumbo al aeropuerto.

—¿qué?

—ella fue a encontrarse con daniela en madrid.

—¿daniela?

—se había ofrecido como donante para una terapia inmunología y hoy llegaron los resultados, compatibilidad completa.

—¿quién es daniela? —pregunta antonio mirando de una a otra.

—es mi hermana, tiene leucemia. no sabía que maría era donante, tenemos que salir acá antonio. —lo tomo del brazo y lo arrastro hasta la puerta. —abre esa puerta sofía, ahora.

—cuando supo que era compatible y el tiempo estaba en contra me miro y me dijo, llego el momento debo ir, el plan se adelanta será hoy, no hubo mucho más que hablar...

—¿qué significa el plan se adelanta?, ¿qué plan? —antonio me miraba, pero tampoco tenía idea de que estaba hablando.

—el plan de maría, ustedes saben cuál es, por algo están aquí ¿no?

—estas diciendo que... maría tomo el virus y ¿se contagió?

—no, los recipientes no permiten el contagio hasta que se abren.

—¡te volviste completamente loca!, ¿qué hiciste? —antonio pasa su mano por el cabello como lo había hecho antes en la cafetería.

—¿han estado enamorados?, digo realmente enamorados. yo sí, yo sí y estoy dispuesta a llegar hasta las últimas consecuencias por ayudarla, ¿ustedes han escuchado a maría?, ¿han a lo menos escuchado sus razones?

—abre esa puta puerta ahora. —estaba demasiado cerca de sofía, nuestros rostros casi se tocaban, pero ella ni parpadeaba.

—somos un cáncer... destruimos todo, el haber estado a punto de la extinción dos veces, una pandemia y una amenaza nuclear generará un rebote, una euforia, nuestra ganancia de función como especie humana nos sentiremos invencibles y eso nos destruirá. ¡necesitamos hacer algo que nos reinicie y no podemos en confiar en que un líder cambie todo, necesitamos a pegaso, nunca llegaremos al 2062!

—ese es el plan de maría, ¿acabar con todo? —antonio parecía incrédulo con todo lo que escuchaba.

—no, es detenerlo. a último minuto, al final, en el 2062.

—¿y cómo pretende hacerlo?

sofía se aleja de nosotros y va hasta lo que parece ser un refrigerados al otro lado de lasa, toma lo que a simple viste parece un termo y lo golpea contra la mesa.

—con esto. esto que parece un termo de café es un contenedor criogénico para conservar muestras, por favor llévense esto, maría me pidió que se los diera es muy importante.

la miro sin creer lo que estaba diciendo.

—¿cómo se te ocurre?, nosotros no vamos a participar en esto y ahora por favor déjanos salir. —me acerco a la puerta e intento abrirla, pero es imposible, pongo la identificación en la puerta, pero solo sale un color rojo en la pantalla, comienzo a golpear la puerta y a gritar para intentar que alguien más nos vea. —¡seguridad!, ¡seguridad! —antonio llega hasta donde estoy y me sujeta de los hombros para apartarme de la puerta.

.—beatriz, beatriz cálmate... —sin soltarme regresa a mirar a sofía que ahora guardaba el termo y algunas otras cosas en una pequeña maleta. —sofía no entiendo, explícame por favor ¿qué es los que hay ahí?

—en su interior hay dos dosis de antígenos para la primera variante de pegaso, protegerá para la primera oleada, están a 6 grados beatriz tu eres medico por favor podrás inyectarla, este recipiente las mantendrá viables por al menos doce horas, sugiero que se la pongan cuanto antes. el frigobar del hotel les podrá servir. —sofía termina de guardar las cosas y cierra la bolsa mientras intento llamar a maría con mi celular. —no te responderá, apago su celular. —tenia razón, el buzón de voz salto de inmediato. —antonio tómalo por favor, liberar y contener, maría libera y tú lo contienes, allá en el futuro.

antonio toma la maleta.

—¿yo en el futuro? pero de que estas hablando. —sofía se acerca a la puerta y la abre, salgo, pero antonio se queda adentro unos segundos más.

—¿como? ¿cómo de que estoy hablando, no te lo dijo el mensajero?

—tenemos que salir de acá antonio. —tomo su mano para irnos, pero se detiene.

—espera un segundo, ¿el mensajero?

—gaspar marín.

—¿qué pasa con él?

—¿aun no te contacta?, aun no te dice quién eres realmente.

3.4

—¡taxi!

—¿qué haces? —veo a beatriz levantando la mano para detener un taxi.

—vamos al aeropuerto. —el taxi se para a un lado de la calle y beatriz se apresura a abrir la puerta.

—¿al aeropuerto? no, no lo siento. —me doy la vuelta dispuesto a alejarme de esta mujer y toda su locura, la cabeza me punzaba de tanto pensar. no era posible lo que estaba pasando y esta gente solo quería jugar con mi cabeza.

—¿qué estás haciendo? ¿a dónde vas? —beatriz se regresa a mi dejando la puerta del taxi abierta.

—a mi hotel. —comienzo a caminar, beatriz me sigue apresurada por tratar de mantener mi ritmo.

—¿vas a hacer que esto no paso?

—no, no, no lo sé.

—no, tienes derecho a confundirte, ¿no escuchaste lo que dijo esa mujer? tenemos que detenerla, tenemos una responsabilidad, tu y yo, desconocidos que harán algo que impactaran a otros desconocidos.

me detengo y me giro para verla.

—yo te dije que solo iba a escuchar y escuche, y escuche suficiente. es mentira beatriz, todo es mentira, esa joven inestable nos a contaminado con su delirio. una persona inestable después de una separación, ella suena convincente, pero nadie puede crear un virus inspirado en un libro por favor y nadie puede sacar un virus de un laboratorio como ese. así comienza las conspiraciones, toda. alguien miente, alguien cree, súmale ego y no admitir que estas equivocado y el miedo, esa es la fórmula que nos contamina a todos en este momento y hemos visto en donde termina.

—tu estuviste ahí. escuchaste todo, la grabación de maría, lo que yo viví, incluso mi tatuaje es real, ¿eso no significa nada para ti?

—¿has escuchado hablar de los recuerdos falsos? el síndrome de la memoria falsa. lo estudie cuando tuve mi problema con mi memoria, puedes hacer que una persona recuerde incluso vívidamente algo que nunca le sucedió, esta estudiado. —sigo caminando beatriz se queda parada, pero escucho lo que dice detrás de mí.

—veo que lo que tienes es terror a la verdad. —me detengo y la encaro de nuevo.

—¡le tengo terror a la locura! y le tengo terror a la ignorancia. creo que la mayoría de las cosas inexplicables tienen explicación. creo que, si llegamos a la luna, la tierra es redonda y hay explicaciones matemáticas y probabilidades no hay nada mágico. es que somos muchas personas, siete punto ocho billones de personas. ¿sabes cuantas se están cortando el cabello? y ¿haciendo tatuajes de alas en este momento?, miles...no, ok una sola persona, tú y el personaje de beatriz hicieron algo que es lógico frente a una crisis, cortarse el cabello lo hace todo el mundo...todos. cortarse el cabello y tatuarse, aunque no lo creas es muy común en una crisis. tatuajes de alas, bueno lo primero que se me viene a la mente es lo más sensato, eso o que una escena de una historia de un libro de ficción viajo hacia el pasado se metió a su mente y te hizo cortarte el cabello, hacerte un tatuaje y desmayarte en un baño. y sobre esa mujer, ella misma lo confeso. leyó el libro. por amor se puede hacer o decir cualquier cosa y ese frasco, ¿de verdad vas a poner en tu sangre algo que te dio una desconocida que acaba de dar un discurso que, sin ofender, era para internarla? beatriz lo siento... apenas se quién soy yo, no me pidas que salve el mundo cuando ni siquiera sé cómo salvarme a mí mismo, ni siquiera creo que eso sea posible. elijo no creer, somos muy improbables, pero no necesitamos un universo alterno para explicar nuestra vida, perdona si te he decepcionado no soy pedro roiter.

me doy la vuelta sin esperar respuesta de beatriz, no necesito esto en mi vida. todo paso muy rápido y sentía que estaba perdiendo la cabeza, si continuaba con esta locura acabaría internado en un hospital.

regreso al hotel lo más rápido que puedo para poder descansar. me quito el abrigo y lo dejo junto con las llaves en la mesa. tomo un vaso con agua recostándome en la cama pensar en que debo hacer.

¿debería irme en este momento? ¿por qué a pesar de elegir no creer siento que algo está mal? una parte de mi cree que fue mala idea dejar a beatriz sola, pero otra, la parte lógica me dice que estoy haciendo lo correcto al alejarme de esa gente.

cierro los ojos para relajarme un poco cuando el teléfono de la habitación suena, por un momento pienso en no responder, pero finalmente de mala gana tomo la llamada.

—diga.

—señor carreón, el señor gaspar marín lo espera abajo.

—¿qué? —me levanto de golpe en la cama. no era posible.

—el señor gaspar marín lo está esperando en el lobby.

esto tendría que ser una puta broma. tenía que detener esto y dejarles claro que me dejen en paz de una buena vez.

bajo apresurado al lobby cuando veo a un hombre bajo y que lucía claramente nervioso. el hombre me ve y se acerca a mí.

—antonio carreón supongo.

—¿beatriz te envió? mira dile a esa mujer que...

—no, nadie me envió, yo vine por mi propia voluntad. cruce el atlántico solo para tener esta conversación. he hecho un esfuerzo, soy un poco temeroso y entenderá que este no es un buen momento para venir europa.

.—no pierda su tiempo, me acabo de salir del culto que han formado la psiquiatra y supongo su grupito de pacientes vulnerables, si no se va voy a llamar a seguridad. —avanzos unos pasos hasta el hombre de seguridad, pero gaspar se pone frente a mí de nuevo.

—antonio yo soy el que te envió a mediados del dos mil veinte la transcripción de la conversación entre la psiquiatra y pedro roiter.

—¿perdón?

—no te asustes, no te estoy acusando de plagio y es todo menos un mensaje de amenaza o extorsión. todos estamos relacionados, somos parte de una red y tus movimientos son mis movimientos, podemos sentarnos allá, será solo un momento por favor.

suspiro cansado, que más me podría decir este hombre que no hubiera escuchado ya.

—lo escucho, pero no sé por cuanto tiempo hoy he escuchado demasiado. —lo sigo hasta unos asientos alejados de las personas.

—iré al punto, así como los humanos podemos soñar cosas que sucedieron en otra línea, ecos de eventos futuros en nuestra memoria. los registros digitales también dejan ecos y huellas que pueden imprimirse en un cierto tipo de soporte en el interior de campos aleatorios, son los eventos garnier malet de las maquinas, sonidos y grabaciones digitales recuperadas de otras líneas pueden impresionar esta línea y son una efectiva forma de comunicación. la gente del proyecto lo sabe.

—¿la gente del proyecto? —ignora mi pregunta.

—y pueden mandar información al pasado de ese modo. usan páginas de números random, como hojas en blanco para escribir los mensajes, ¿quieres recibir información del futuro? compra una buena máquina de números aleatorios o rng basados en túneles cuánticos o ingresa a páginas que codifican campos de números aleatorios debido a rayos en la estratosfera y veras que antes de eventos sensibles, antes de catástrofes gigantes todo se altera ¿no me crees? googlea proyecto gcp ¿quieres anotarla?

—no.

—deberías, es un esfuerzo internacional para explorar si la atención social que comparten millones de personas cuando ocurren determinados acontecimientos relevantes puede ser medida y validada científicamente. yo pertenezco a ese grupo, pertenezco a muchos grupos, pero este es el importante ahora, la red gcp lleva operando desde hace treinta y cinco años. frente a un acontecimiento extraordinario computadores analizan números al azar y extraen información sensible, cualquier vortex. por ejemplo, rusia y ucrania pero también años antes, los incendios en la amazonia, antes, la sequía de somalia en el 2017, katrina en el 2005, el tsunami del sudeste asiático, la erupción en la palma, omicrón, todo genera una alteración de la randomización días antes, como si los eventos dejaran una huella previa en la realidad y dispararan muchas líneas de realidades posibles y en un foro aparece un acertijo...

—señor marín, sinceramente no tengo idea de lo que está hablando, y con mayor sinceridad puedo decirle que no me interesa. —me recuesto levemente en el sillón.

—permite continuar, el acertijo se llamaba cicada 3301 y yo lo seguí hasta el final, todas las etapas. dos años y casi perder mi carrera me llevo a resolverlo, emerson, william blake, numerología maya, cálculos matemáticos, todo para llegar a un código qr y ese código fue la llave, un cifrado.

—gaspar, señor marín...—la cabeza me palpitaba.

—perdón, lo hare simple. ellos, los del proyecto me dieron la llave criptográfica que le dio un orden al caos y, ¿qué paso al aplicarla? información. no estoy autorizado a contarte todo aun pero hace diez años tuve que representar papeles, imprimir documentos, rescatar a una mujer y mostrarle una grabación, pero no tenia el gran dibujo. cuando todo termino lo que había vivido era tan extraordinario que luego nada tuvo sentido y caí en una profunda depresión, un agujero del que no podía salir, pero una noche en el dos mil trece, un par de meses de meses después de la muerte de la mujer en el aeropuerto cuando pensé que mi rol había terminado llego una nueva oleada de información.... te estoy confundiendo pienso que sabes todo y no es así, deja explicarte bien.

—por favor...

—el veintidós de enero del dos mil trece me llego una nueva oleada de información en forma de sonido puro, arrojo un sonido humano, una conversación que tardo siete años y diez meses en descargarse y completarse. recuerdo perfectamente como comenzaba, unos sonidos que luego al aplicar filtros para sacar el ruido comprendí que eran pasos y luego un pitido que era el bip de una grabadora y la voz de una mujer que decía: hora 10:30, 22 de octubre del 2022 primera sesión caso 63 para el registro cuando suene el bip comenzamos. tarde meses en aislar palabras o comprender el sentido de palabras perdidas o distorsionadas fue un trabajo riguroso y extenuante, 9 sesiones, una de ellas fue imposible de recomponer en ese momento pero el resto lo ordene y le di un sentido a ese extraño encuentro entre la psiquiatra elisa aldunate y un paciente psiquiátrico. mientras hacia el trabajo de recuperación no dejaba de preguntarme quien en esa línea alterna había recuperado esa grabadora cuando la doctora desapareció en el aeropuerto y quien subió los archivos para que los del proyecto me los reenviaran y yo los recogiera en esta línea, y ahí viene lo loco.... aquí viene lo loco, yo mismo. gaspar marín parece que a estado haciendo esto en muchas líneas, en todas ellas. recuperar grabaciones, enviar grabaciones, recibir grabaciones, entregar grabaciones, soy un mensajero. en fin, en este caso, en esta línea que es la única línea que conozco e recuperado esas grabaciones que la gente del proyecto me hizo descargar para ti, al principió fue un shock yo era el escritor aficionado de ciencia ficción, si esa historia y todo lo que me paso iba a hacerse publico a mi me correspondía. pero las instrucciones eran claras, soy un mensajero y la ultima instrucción, la instrucción final era que debía hacer un sembrado y traspasar esta historia íntegramente a alguien desconocido, un hombre llamado antonio carreón y así el veinte de junio del dos mil veinte en un gesto de humildad, que me enorgullece, comprendí que aunque era yo el que debería haberlo expuesto ser yo el que podría haber publicado el libro de las grabaciones de la terapia, las transcribí, hackeé remotamente tu computadora y la puse en una carpeta de tus documentos para el bien del proyecto.

.—haber detente, detente un segundo por favor, voy a ignorar todo todo lo que me has dicho y solo hare una preguntan tan cuerda que sonara igual de trastornada... ¿mi clave? para creerte dime mi clave, si hackeaste mi...

—1363 y tu correo, jocker1363 la primera con mayúscula, ¿puedo seguir?—una sensación de frialdad subió por mi cuerpo y un nudo en mi estomago me ponía nervioso. me había negado a creer, todo era imposible. pero estando aquí escuchando a tanta gente ya dudaba hasta de mi mismo.

—¿tengo opción?

—en el dibujo completo a ti te correspondía ser el autor de la historia. luego tu hiciste lo que cualquier persona haría, sacar a la luz el relato llamado caso 63 y aunque nunca pudiste explicar como fue que recibiste esas doscientas veintidós paginas ayudo el que no dudaras en usar el material porque ya habías soñado que escribías una novela sobre un futuro distópico y viajes en el tiempo y creíste que estabas obsesionado con el tema... porque la mente para no enloquecerse se adapta para corregir anomalías lógicas, el ego rescribe una y otra vez la realidad, para ti caso 63 dos años después de su publicación es tu creación y quizás tengas razón pero en un sentido mas profundo de lo que crees... ¿estas bien?

el nudo en el estomago me había provocado nauseas y estaba a punto de vomitar.

—no, no estoy bien en absoluto...me disculpas un segundo.

me apresuro al baño más cercano para vomitar todo lo que había estado afectándome, era demasiado que procesar y ya no sabia que era real y que no. todo sonaba más convincente entre más los escuchaba.

dios esto era una locura y yo estaba cayendo en ella.

salgo del baño y me hecho un poco de agua en la cara en el lavabo, nada funcionaba para el malestar que estaba sintiendo pero al menos las ganas de vomitar habían disminuido.

regreso a paso lento hasta donde esta gaspar, por un momento deseo que no estuviera ahí, que todo fuera producto de mi imaginación y con dormir un poco todo volvería a la normalidad.

—estas pálido, deberías hidratarte pero usa agua filtrada, sabias que el flúor calcifica las glándulas...

—puedes seguir por favor... necesito que esto termine de una vez. —lo detengo antes de que comience a divagar.

—esta bien, la novela de la transcripción del paciente 63, este gran sembrado como lo han llamado tiene una sola finalidad. una activación única de una persona especial, una persona que hará el ultimo movimiento que cerrara el gran dibujo. antonio mi participación termina aquí, ya contacte a las otras dos personas importantes, yo ya he hecho mi función y como todo buen sembrador debo desaparecer. hacer algo para otros donde nunca será reconocido, quizá yo soy el héroe de esta historia sea cual sea el rol y el éxito que tenga el tiempo es critico, espero que comprendas eso y espero que esta noche tomes la decisión correcta. antes de irme te voy a hacer un regalo, es un procedimiento antiguo tiene cinco mil años de antigüedad, por aquí los tengo...

comienza a rebuscar en su maletín hasta que pone frente a mi una pequeña moneda, una grabadora y un reloj.

—¿qué es eso?

—tres objetos. una moneda, una grabadora y un reloj. —lo miro mal.

—se lo que veo, ¿para que?

—lo que voy a hacer ahora requiere que habrás completamente tu mente a todas las posibilidades. necesito que tomes todo esto como una historia, no creas nada aun solo quiero que escuches. estamos a punto de cruzar una línea irreversible, y como la película no tengo una píldora roja o una azul, solo tengo la obligación de preguntarte si quieres cruzar esa línea.

lo pienso un momento, realmente esa línea la había cruzado cuando decidí hablar con beatriz, justo ahora dudara que algo cambiara si decía que no.

—ok, te escucho, sigue por favor.

—mira esta fotografía, ¿conoces a este hombre?—tomo la

fotografía y veo a un hombre de cabello oscuro que no parecer tener más de cuarenta años.

—no

—su nombre es... fue el doctor vicente correa, murió de un ataque cardiaco el seis de junio del dos mil diecinueve.

—que tiene que...

—para que una entidad nazca otra tiene que morir, eso le da continuidad a las líneas. en todos los universos en progresión se sigue la misma regla, morir, nacer, pero en esta línea paso algo excepcional, un salto, una migración de entidad sin pasar por un nacimiento.

—no entiendo un carajo de lo que estas hablando. —dejo la fotografía alado de los objetos.

—la entidad vicente correa murió y siguió digamos un camino alternativo u otro camino, evadir el nacimiento y ocupar un cuerpo adulto que acababa de ser abandonado. la entidad vicente correa abandono su cuerpo muerto por un infarto, una muerte súbita y por alguna razón desconocida ocupo un cuerpo disponible adulto. el cuerpo de un ingeniero civil viudo y sin hijos que acaba de tener un paro cardiaco y que para todos estuvo ocho minutos muerto... —un estremecimiento me recorre y todo mi cuerpo se pone tenso. —pero eso es la apariencia, lo real es que ese hombre llamado antonio carreón si murió y ese cuerpo por un momento súbitamente vacío recibió un nuevo ocupante, recibió a vicente. el viaje genero un olvido, el viaje altera la memoria por eso no recuerdas quien eras realmente vicente.

.—no, no puede ser. —me pongo de pie caminando de un lado a otro frente a gaspar.

—¿por qué sucedió esto?, me lo he preguntado mucho, mucho. ¿por qué interrumpir el mecanismo de muerte y saltarse el nacimiento?. tengo una teoría, para que el bucle se complete debe tener un comienzo. una entrada. una ocupación conveniente para el proyecto, un ajuste, tu eres el ajuste, tu vicente estas aquí para que todo encaje en el futuro...eres el comienzo del bucle.

—no.—sujeto mi cabello con fuerza sin saber muy bien que diablos significa eso.

—se que no es fácil de entender, aquí esta su certificado de defunción. —pone una hoja sobre la mesa frente a mi, me detengo un momento para verla sin agarrarla. —mira la hora, es la misma hora que tu estuviste clínicamente muerto.

—enserio estas sugiriendo... —definitivamente todo esto era una locura, ¿realmente iba a creer este sin fin de estupideces?

—es simple, lo es. en el fondo lo es, para que el dibujo se complete una entidad no puede existir si otra no murió en la misma línea, el doctor correa murió y ocupo otro cuerpo, este que estoy mirando tu eres vicente correa y serás en el futuro pedro roiter... tomate unos minutos supongo ¿cómo te sientes?, ¿necesitas agua?

—no, no. —regreso al sillón cuando siento que mis manos hormiguean. recargo los hombros en mis rodillas y paso las manos en mi cara, como si pudiera borrar todo esto.

—toma esta foto pero no la mires. —la desliza por la mesa. —mantenla así, ahora veamos estos tres objetos, una libra italiana, una grabadora y un reloj ¿cuál eliges?

miro de un lado a otro los tres objetos, no entendía nada pero algo en la moneda llama mi atención.

—la moneda.

—ahora mira la foto...—giro la foto para ver a un chico en la fontana di trevi.—no te reconocerás, eres diferente, tu cuerpo es diferente. pero observa ese joven medico de veintitrés años en la fontana di trevi, cuando viniste después de graduarte a europa

¿puedes ver que tienes en tu mano? —entrecierro un poco los ojos para ver que en la mano que tenia estirada tiene una moneda.

—la moneda...

—tu moneda de la suerte, la encontraste en roma y creías que te daba suerte. decidiste no lanzarla y guardártela.

—estoy mareado otra vez. —me recuesto en el sillón respirando pesadamente sintiendo como todo a mi alrededor daba vueltas, ahora si estaba seguro que me desmayaría o vomitaría.

—respira antonio... eso vamos hazlo de nuevo eso te calmara. — inhalo y exhalo lentamente intentando manteniendo mi respiración para evitar desmayarme. creo que funciona pero aun así no me levanto del sillón. gaspar comienza a recoger lo que puso sobre la mesa.

—el reloj es mío, puedes quedarte con la grabadora ¿recuerdas que había una sesión entre pedro roiter y la doctora que no pude codificar?, finalmente y después de mucho esfuerzo lo logre. saque el ruido de fondo y ocupe un algoritmo de inteligencia artificial para recuperar el tono, grabe el archivo ahí, deberías escucharla con beatriz, cambia todo, cambia realmente todo. nuevamente e consultado los campos de numero aleatorios están enloquecidos... nunca vi tal nivel de conmoción ni siquiera a comienzos de año. el gran vortex se acerca, sea cual sea la línea elegida esto se resuelve hoy. —gaspar se pone de pie mirándome. —buena suerte compañero, buen viaje...—se da la vuelta pero solo avanza unos pasos cuando se da la vuelta. —casi lo olvido. —toma un pequeño papel de su abrigo. —aquí esta el número de la doctora beatriz se queda en un hotel cercano, albergo del sole. no fue al aeropuerto, no puede detener a maría sin ti. solo tu puedes convencer a maría. lleva la moneda de la suerte, la necesitaras, según tu hija, que me la paso, siempre la llevaba en la billetera.

—¿mi hija?

—tu hija, maría veitia.

3.5

me estaba volviendo loca, eso era seguro.

me sentía demasiado confusa con lo que había pasado que no logre ir al aeropuerto, vine directo al hotel a pensar pero eso solo empeoro las cosas.

un golpe me saca de mis pensamientos, luego otro y otro más hasta que me doy cuenta que alguien toca la puerta con desesperación. no muy segura me acerco a la puerta para abrirla para ver a un antonio agitado y eufórico frente a mi.

—¿puedo pasar? —me hago a un lado para que entre, cierro la puerta y me giro hacia el. —escucha tienes razón, es real, todo. conciencias que migran, universos múltiples, líneas, susurros, vortex...

lo miro no muy segura de que decir antes de que siga hablando.

—estuve con el, el mensajero ¿lo sabias? gaspar marín es increíble, es metódico, un rol secundario vital. mira esta moneda. —pone frente a mi una pequeña moneda dorada. —es mía, la encontré alguna vez en esta ciudad, una moneda vieja, yo la elegí. esto explica tantas cosas, porque uno siente que conoce a alguien, porque hay sincronías, porque nos quedamos atentos frente a un atardecer o frente a un objeto. ya hemos estado ahí, era tan simple, es porque estamos en todas las líneas y todos los tiempos, anamnesis, conocer es recordar, ¿no es una belleza?... escucha esto, mientras venia para acá veía la gente en la calle, estaban como dormidos, robóticos ciegos pero hay algo en su interior que sabe que deben confiar en su intuición, en la suerte, en las historias no en su mente... tenias razón, la mente es la enemiga.

—antonio...

—otra cosa, pantallas, ¿por qué la gente no puede dejar las pantallas? toda la ficción, cualquier libro, cualquier serie, cualquier película es un eco, es de algún modo real por eso estamos en una cultura de historia somos adictos a las historias porque ahí esta el futuro de nuestra sobrevivencia, susurros y siembras tu lo dijiste...

—tranquilo... —antonio caminaba de un lado a otro moviendo las manos y sin dejar de hablar, parecía más agitado que antes y en sus ojos se veía la desesperación como si no pudiera procesar todo a la vez.

—tu lo dijiste... recuerdas tu lo dijiste, el mensajero lo articula todo, supongo que también consiguió que me invitaran acá al congreso no se los detalles, tal vez en otra línea no vine pero lo que importa es donde estamos aquí y ahora ¿no? eso es lo que nos toco ¿no? somos lo que somos.

—tenemos que ser cuidadosos antonio, yo también e estado pensando.

—síndrome del impostor, siempre lo sentí cada minuto desde el accidente, cuanta gente va por la vida con un nombre, con una profesión y nunca podrán experimentar la sensación de sentirse realmente eso, su verdadera identidad. quien soy yo en presente eso es lo único importante, lo mas importante en este universo es comprender quien eres, ahora soy yo, debo averiguar sobre vicente correa. —se detiene frente a mi señalando la esquina de la habitación. —¿puedo ocupar tu frigobar?

—¿quieres algo? ¿un vaso de agua?

—¿algo mas fuerte puede ser? porque los nombres y cuerpos importan una mierda... —susurra mientras me acerco a la mesa donde tomo un vaso.

—las maquinas de números aleatorios predicen que viene un vortex, ahora te creo, asumí el derrumbe beatriz ya no solo quiero escuchar, quiero ser parte de un movimiento mayor.

me acerco a el pasándole el vaso medio lleno de whisky, toma todo de un solo trago y sigue moviéndose en toda la habitación.

—antonio, entiendo que estés eufórico pero por favor trata de escucharme, yo se que voy a deshacer cosas que te he dicho hace muy poco pero e estado pensando. luego de que te fueras me subí a un taxi camino al aeropuerto y de pronto en una esquina vi un supermercado del barrio y el nombre del súper era pegaso y el número era sesenta y tres. luego en la pantalla de una esquina una publicidad sobre estudiar ingles o algo así pero decía en muy grande el futuro esta en tus manos y entonces entendí, me baje del taxi y me viene acá. nadie por muy sofisticado que sea el proyecto puede poner en mi trayecto esas claves, comprendí algo de golpe, o estamos llenos de coincidencias matemáticamente abismantes o puede que estemos completa y jodidamente locos y que nunca ese fue el nombre del supermercado ni el numero en la dirección, ni el texto en la pantalla y que mi mente puso todo ahí para confirmar mi delirio.

—no, es real. yo se suena a una locura. —antonio había dejado de caminar y me miraba atento.

—no, no, hablo enserio, es una posibilidad que no exista ni esta habitación ni roma ni nada y que en este momento estemos en otro lugar, en algún hospital en latinoamérica y que uno de nosotros sea el delirio del otro, folie a deux...

—¿folie a deux?

—trastorno psicótico compartido, es muy raro, son síntomas psicóticos ideas delirantes pero de a dos, se auto refuerzan y modifican la realidad, el vinculo de una pareja es tal que para no romperla crean un universo excluyente y de pronto todo el mundo comienza a encajar.

tomo mi cabello con ambas manos quitándolo de mi cara, hace apenas unas horas estaba convenciendo a antonio de que me ayudara y ahora sentía que mi cabeza era un torbellino siendo más difícil distinguir la realidad. antonio se me acerca con las manos levantadas pero no me toca.

—escucha... estamos bajo una gran presión, pero no tenemos que dudar ahora, las ampollas...—mira alrededor hasta que ve la maleta en la mesita a lado de la cama. —ok tenemos que inyectarnos, si todo sale mal estaremos protegidos y podre volver a inocular con mi sangre a maría. ahora entiendo porque pedro roiter o sea yo u otro yo tenia esa anomalía en la sangre porque tu me la inyectabas justo ahora, vez que todo tiene sentido...

.—no escuchaste una puta palabra de lo que acabo de decir.

—vamos, en este brazo, en el de mi tatuaje. —antonio pone la maleta en la cama mientras se levanta la manga de su camisa, yo estaba al borde del colapso y no podía pensar con claridad. antonio da un paso hacia mi pero yo me alejo.

—no estas entendiendo... ¡estamos en una habitación que ni siquiera sabemos si es real a punto de inyectar algo que nos dio una desconocida que no sabemos que mierda es!.

—plasmas, anticuerpos... —antonio saca el recipiente con las ampolletas.

—necesitamos calmarnos quizás planeamos esto, una especie de suicidio ritual y nos vamos a morir aquí y nos van a encontrar aquí e hicimos todo para que encajara la narrativa, es que lo e visto antes antonio, mírame a los ojos...

antonio se acerca a mi y se queda muy cerca mirándome fijamente a los ojos, podía sentir como las manos me temblaban y mis ojos se sentían húmedos.

—que pasa beatriz.

—te acabo de hablar del folie à deux, es una expresión psiquiátrica, es una condición patológica es una locura compartida por una pareja, me toco verla... un caso que llego al hospital, eran una pareja de suicidas ambos creían ser la rencarnación de unos personajes de la divina comedia, paolo y francesca ¿conoces la historia? los amantes de la divina comedia de dante están en un loop castigados a ser arrastraderos sin rumbo por la eternidad en el segundo circulo del infierno, nunca pueden estar juntos.

—¿y?

—y ella lo convenció de que la tierra era realmente el infierno, que estaban atrapados en una especia de prisión y que había una sola forma de salir, despojarse de la cascara. tomaron veneno, ella lo preparo, el murió y ella se arrepintió. habían compartido un delirio, estaban encapsulados en ellos mismos modificaron la realidad y el pasado y los hechos a su gusto para que todo encajara y... ¿y si esto es lo mismo antonio? y si te estoy inyectando un veneno y todo esto es una burbuja de alteración cognitiva ¿qué pasa si somos como ellos? y nos van a encontrar en esta habitación mañana o en un psiquiátrico en chile.

puedo sentir como las lagrimas corren por mis mejillas, antonio pasa su pulgar quitándolas y una escalofrió me recorre el cuerpo.

—no lo es, no es el caso, si es cierto obviamente estamos pasando por un momento derrumbe de la realidad pero es porque nosotros ya sabemos el mecanismo.

—no, ¿no crees que los otros no pensaban lo mismo?, estamos siguiendo exactamente el patrón toxico de los suicidas o de las sectas destructivas solo que nosotros somos la secta, nosotros cinco.

—¿de que estas hablando?

—es que cada vez lo veo mas claro, las parejas que comparten un delirio generan recuerdos falsos que alteran la noción del tiempo, así funcionan los cultos, también los grupos radicales, los extremismos políticos los grupos de odio, es un contagio... —mi voz comenzaba a elevarse y sentía hormigueo en las manos, siento que la habitación da vueltas o quizás solo es mi imaginación pero no puedo soportarlo por mucho tiempo.

—beatriz tuviste un evento inexplicable...

—tenemos que descartar eso, síntomas psicóticos, narrativas apocalípticas, recuerdos falsos...

—acabo de hablar con gaspar marín, me mostro objetos, un certificado de defunción, un certificado de defunción que no confirma una muerta, explica un nacimiento, el mío.

—antonio por favor... —intento sujetarlo pero mis brazos caen débilmente.

—mira la grabadora, pruebas como las que me enseñaste, me dice que hay una sesión que no estaba en el libro, la codifico en un ultimo momento, quizás si la escuchamos... —saca de su pantalones una pequeña grabadora, sujeta mi mano y la pone en la palma. —tócala, es real.

—no se si es real. —susurro mirando la cámara en mi manos como si fuera a desaparecer pero sigue ahí. —escucha, maría... bueno ella es pegaso, como no me di cuenta, ella empezó todo ella es la que disemina el virus pero el virus no existe es mental es solo para nosotros, pegaso es un símbolo.

me separo de antonio para tomar mi celular del otro lado de la habitación, busco lo que había estado leyendo antes y se lo muestro.

—mira aquí esta, pegaso símbolo de la imaginación y el

delirio...

—morí y volví a nacer, el tipo ese gaspar me mostro pruebas, tu tuviste un evento.

—¡nos alimentamos de las paranoias, recuerdos falsos la auto necesidad de explicarse el mundo que nos amenaza! pero quizás estamos en un estado crepuscular y solo uno de nosotros presenta un verdadera trastorno psicótico, maría, nos contagio a todos, ella a mi, luego a su novia yo a ti ¿qué pasa cuando dos o mas personas perciban la realidad de un modo totalmente ilusorio? uno comienza un ciclo de psicosis otro lo sigue, se activa un circuito de retroalimentación que nos refuerza con delirio cada vez mas elaborados, no queremos estar equivocados, nadie quiere admitir que esta equivocado ¿tu crees que las personas que hacen cosas horribles son consientes de su error? ¡todas las personas que hacen mal en el mundo adecuan y perciben su realidad precisamente para no ver que hacen mal!. —camino de un lado a otro pensando en todas las posibilidades en que esto estaba mal, es que estábamos locos, en que nada era real pero en vez de sentir que mejoro, me siento peor, siento que con cada segundo que pasa un pedazo más de mi realidad se derrumba.

.—este libro es real, tócalo. —antonio me mira con la misma desesperación con la que llego mientras sostiene un libre frente a mi pero lo ignoro.

—¡no tenemos ninguna prueba de nada!

—¡tócalo, esto es real! —me pone el libro sobre las manos pero se me resbala al no sujetarlo bien.

—el libro es lo único real si, quizás todos acomodamos nuestras mentes para que encajara con el arquetipo de los elegidos. —siento que me desmorono y no puedo evitarlo, me siento cansada y solo quiero dejar de pensar en todo.

—¡eso no es lógico! —antonio intentaba mantener la calma

pero se veía que estaba perdiendo todo el control que le quedaba.

—¡¿qué no es lógico?! ¡tu crees que es mas lógico un universo con viajeros en el tiempo, que una joven haya sacado un virus de un laboratorio de alta seguridad!, ¡¿crees que eso es mas lógico?!, ¡¡dime!! —empujo a antonio con ambas manos en su pecho pero apenas y logro moverlo, antonio sujeta una de mis manos para evitar que me aleje. —¡deje todo!, entregue mi departamento , abandone una ciudad. deje mis clases en la universidad antonio para venir acá ¿tu crees que eso es lógico? —intento soltarme pero antonio me sujeta con fuerza, mi respiración se vuelve entrecortada mientras sollozo. me dejo caer hincándome en el suelo, antonio me suelta lo que me deja terminar de sentarme en el suelo, me reclino en la pared jalando mis rodillas al pecho.

—ok, lo acepto, vamos a calmarnos... —la voz de antonio sonaba más relajada mientras se hinca para mirarme de nuevo.

—ya no se que es real...—susurro entre los sollozos, mi llanto es cada vez más intenso que se me dificulta respirar, mi vista se nubla y siento una presión en el pecho.

—tranquila escucha, es verdad vamos a calmarnos ya, vamos a calmarnos, estamos bajo mucha presión, toma, toma un poco de agua, vamos a calmarnos, vamos a pensar.

antonio se sienta a un lado sujetando mi hombro sujetando una pequeña botella de agua pero no la tomo.

—siento que me voy a morir. —todo mi cuerpo temblaba y podría escuchar los latidos de mi corazón en el oído de lo acelerado que estaba.

—no, no, respira, beatriz respira... —antonio me sujetaba ahora de ambos hombros.

—quizás, quizás gaspar marín no existe, quizás maría veitia no existe, quizás imaginamos que fuimos a un laboratorio de alta seguridad en el centro de roma... quien seria tan irresponsable por favor, quizás esto es un veneno ya lo dijiste no tenemos a nadie, pasaríamos por este mundo sin dejar una mierda de huella...

—beatriz eres psiquiatra, yo también pero lo e olvidado, ¿cómo podrías descartar que no estamos en esa psicosis compartida? —dejo caer mis piernas mientras respiro para intentar calmarme.

—el tratamiento estándar consiste en separar a la pareja, tendríamos que separarnos, ese es el protocolo, no sabemos quien contagio a quien. tenemos que tratarnos, ir a un centro de salud mental a auto internarnos.

—no. —antonio se levanta y toma la maleta que dejo en la cama. —no, hay solo una forma de saberlo, inyéctame... tu no lo hagas, solo yo. sea cual sea el resultado necesitamos respuestas, uno de nosotros, solo dime como y donde.

—no, no puedo. —niego con la cabeza evitando comenzar a llorar de nuevo.

—escúchame por favor, confió en tu mente, lo único que tengo es eso, en esta nueva vida eres la persona mas cercana que tengo, cree en el futuro...

—yo creo en el futuro, en lo que no creo es en mis percepciones, ni siquiera se si eres real. —tapo mi cara con ambas manos intentando aclarar mi mente. —¿qué haces? —antonio tenia las ampollas afuera y preparaba una jeringa.

—estamos juntos en esto...

—no...—me pongo de pie.

—yo preparo mi dosis.

—¡espera!

—tranquila, estamos juntos...

—dame eso. —me precipito hacia adelante intentando

quitarle las ampollas pero levanta las manos lo que me hace imposible sujetarlas.

—no, beatriz. —forcejeo con el intentando quitárselas pero en un mal movimiento choca contra la cama soltando en embace, escucho el cristal quebrándose.

—las ampollas están quebradas.

—es mejor así, deja eso.

—no, no mira, una se salvo. voy a inyectarla estés de acuerdo o no. —se da la vuelta para preparar la inyección.

—escúchame eso puede ser un veneno. —lo sujeto del brazo pero ya no intento quitársela no puedo evitar que lo haga.

—o puede ser una cura, puede ser nuestra única oportunidad, maría va a diseminar pegaso y es nuestra única salida o puede que tengamos un delirio compartido y nada sea real pero al menos tengo algo que hoy en la mañana no tenia, un propósito de vida, un sentido de vida, no me quites eso por favor... —me mira suplicando. —dime como me inyecto esto o yo lo voy a hacer.

lo miro por unos segundos hasta que finalmente cierro los ojos, mi mente aun se sentía confundida pero al menos ya estaba más tranquila, estábamos jodidos, locos o no esto ya se había ido a la mierda hace mucho. no podía evitar que antonio lo hiciera y tampoco podía evitar que mi mente se derrumbara, solo me quedaba una cosa y era la esperanza de salir viva de esto.

.—no no, yo lo voy a hacer, pásame tu brazo es intramuscular. —antonio termina de levantar su camisa y poner su brazo frente a mi mientras termino de prepararla. —esta hecho... ahora tenemos que esperar, si lo que te inyecte es algo malo lo sabremos en unos minutos, debemos estar atentos a cualquier síntoma. —me alejo de antonio para dejar las cosas en la mesa. —hay que estoy diciendo nada de esto es real, nada es real... —

susurro más para mi que para que antonio escuche, miro a la mesa y veo la grabadora. —¿qué dijiste que hay en la grabadora?

—una sesión perdida entre pedro roiter y la doctora aldunate, ¿la quieres escuchar? —suspiro cansada acercándome a el a la cama.

—ya dejamos la realidad, no veo porque no llegar hasta el final.

3.6

—para el registro, doctora elisa aldunate sesión número ocho caso sesenta y tres. veintiocho de octubre del dos mil veintidós, veinte y treinta horas. —coloco la grabadora en el alféizar de la ventana frente a nosotros y me siento a un lado de pedro.

—estamos fuera del horario de visita doctora. —parecía arrastrar la voz sonando cansado y confundido, tenía que estar bajo el efecto de medicamentos. —yo pensé esta mañana que no querías seguir atendiéndome, no tiene que levantar sospechas, la gente del hospital está empezando a murmurar, dicen que usted y yo podemos tener algo...—ríe entrecortadamente. —perdón es una broma, perdóneme es que la enfermera me acaba de dar algo y me cuesta pensar y cuando me cuesta pensar me hago el payaso, perdón.

—solo volví a buscar su ficha clínica, mañana temprano se hará el traspaso de su caso señor roiter, prometo dejarlo en buenas manos y aprovecho a despedirme.

—el derrumbe es necesario, no debe sentirse mal por eso.

—¿qué derrumbe?

—el derrumbe de la realidad que tan cuidadosamente usted ha ido construyendo, me cuesta pensar doctora, mi mente va y viene, ¿es usted real? —pedro me mira fijamente como si pensara que en cualquier momento desaparecía.

—soy real señor roiter, tome mi mano. —sostengo su mano entre las mías, pedro se queda observando nuestras manos por unos segundos. —soy real, lo están medicamente demasiado es natural que se sienta así, desde mañana voy a pedir que le bajen la dosis y cambien el esquema ¿está bien?

—su mano... si vino a despedirse es porque tiene una última pregunta, ¿la tiene no?

—¿cómo se acaba el mundo? me dijo que se lo preguntara la primera vez que nos vimos.

—entenderá que si yo vengo del 2062 es que aún no acaba, pero hay evidencia de que hay una barrera, algo sucede en el 2063...

—¿han intentado viajar al futuro? —suelto sus manos, pedro se queda mirando las suyas unos minutos antes de volver su mirada a la ventana.

—hay una pared después del 6 de junio del 2063, una perturbación gigante, incluso nos advierten los eventos garnier malet lo que indica que en otras líneas pasa lo mismo.

—¿y esa barrera que es? ¿extinción?

—digamos que es el fin del juego.

—¿usted cree que todo esto es un juego?

—lo es.

—tengo algunas dudas señor roiter, ¿por qué no detiene usted mismo a maría veitia? ¿por qué tendría que hacerlo yo? no le parece extraño confiar todo el destino de la humanidad a una persona como yo, sin entrenamiento. supongo que el proceso es entre otras cosas costoso y a involucrado a muchísimas personas todo para que en el último eslabón ¿sea alguien al azar?

—no, doctora no, usted es todo menos alguien al azar, no puedo ser yo, son las instrucciones.

—no es lógico, ¿no le parece?

—estos fármacos que me dan me tienen confundido, pero debemos juntarnos en roma, pasear por roma, llegar a una plaza no puedo recordar el nombre...

—¿por qué?

—un punto de extracción. —suspiro cansada.

—dijo que su viaje era solo de ida, se da cuenta que hay incoherencias, ahora resulta que hay un punto de extracción.

—en otra línea, en esa línea nunca se ha viajado al pasado, el punto de extracción. ¿recuerda lo que le dije? la palabra clave para viajar al pasado es gravedad, láseres, para regresar para el futuro es distinto ahí hay que ir a un lugar, un lugar específico, un portal, una arruga en el tiempo espacio.

—suena muy confuso señor roiter, yo intento aplicar la lógica a su narrativa, de hecho, he estado mirando viajeros en el tiempo en youtube. —suelto una risa por lo raro que suena eso. —un ejercicio de aproximación simplemente, pero todo falla en su lógica... bueno usted no ha fallado pero su plan es débil, es extraño, pareciera más importante que viajemos a roma que detener a maría. al enviarme a mi suena como si necesitara que pegaso no se detuviera, en las películas pasa eso, cuando no quieren que un plan tenga éxito envían a alguien no preparado ¿por qué roma?

—en la narrativa del entrenamiento roma es muy importante.

—ok, otra pregunta, si el equipo, la nasa, bueno no sé cómo le dicen a la gente que planea esto.

—el proyecto. —la voz de pedro sonaba cada vez más adormilada.

—el proyecto, está en la línea a porque le interesa modificar el futuro de la línea b o c ¿que ganan? no me creo tanta solidaridad desinteresada entre las líneas.

—doctora no me lo dicen todo, pero sé que es importante. recopilaran mediante sueños la información de la nueva línea modificada y tomaran decisiones.

—¿para qué? a ellos ya no le va a servir.

—sí, si servirá, debemos irnos y no estamos preparados, falta información para el gran viaje.

.—¿irnos? ¿a dónde? ¿marte?

—no, fuera, salir. —pedro se pone de pie poniendo su mano sobre el cristal de la ventana.

—¿el virus les permitirá salir? ¿como? ¿muriendo?

—no, no muriendo, no, marte nos dio las respuestas, encontramos algo ahí.

—sí, sí, lo tengo aquí. —remuevo entre mis hojas para encontrar las primeras sesiones que tuve con él. —la estructura, encontraron una estructura y dentro de ella información de cómo viajar en el tiempo, pero ¿hay algo mas no?

—al leer los registros de esa cultura encontraron explicaciones.

—¿sobre qué? ¿sobre dios? ¿sobre el vacío?

—una teoría unificada de todo, de nuevo discúlpeme, pero no se los detalles, no te informan de todo. ¿le conté quien me enseño cine antiguo? una anciana, era médico, trabajaba en el proyecto era mi tutora, era experta en usted. me conto sobre esta época, sobre el cine, vi muchas películas, me dijo que ahí estaba la clave de todo, en las películas, en las representaciones, simulaciones de la realidad como el cine. somos una especio obsesionada por aparentar, por simular la realidad ¿no lo ha pensado? desde niños jugamos, representamos autos en miniaturas, mundos pequeños, casas de muñecas, no sé, desde que estábamos en una cueva.

—estábamos hablando de marte. —pedro se gira para mirarme ignorando lo que dije.

—ella fue la que me eligió, la que comprendió que había tenido un evento garnier malet contigo, perdón con usted, ella hablo con el proyecto para enviarme no a otro, sino a mí, así como usted me pregunta cosas yo le preguntaba a ella. le pregunte porque hacíamos esto el objetivo del plan, nuestra línea estaba perdida, me decía, debemos pensar más allá, debemos romper el mecanismo. hay un dibujo de causas y efectos que se expande no en una línea sino hacia todos los puntos como una gota de tinta en un vaso de agua, pero siempre dentó de un vaso ¿y que tal si salimos del vaso?, el caso 63 es eso, si vencemos esa barrera, si rompemos el mecanismo que nos ata una y otra vez al fin, si alcanzamos a romper la barrera. —poco a poco pedro se acercaba a mi hasta que sus rodillas tocaron las mías y me obligue a levantar la cabeza para mirarlo.

—¿que? ¿qué va a pasar?

—hay que salir del vaso. —me susurra.

—¿hacia dónde?, ¿colonizar otros planetas?

—¡afuera, arriba, salir del vaso, de la caja, del escenario hay que romper el teatro!

pedro se aleja de mí y comienza a caminar frente a las sillas, parecía estar pensando en algo como si nada tuviera sentido, pero a la vez sí, me pongo de pie para intentar calmarlo, pero parecía en vano, pedro parecía no estar aquí.

—puedes repetirme eso por favor ¿dice que el viaje en el tiempo altera la cronobiología? —intento cambiar de tema para que se tranquilice, pero no parece funcionar.

—al cambiarse de línea se pierden los recuerdos, tiene algo que ver con el núcleo supraquias.

—núcleo supraquiasmático, el centro principal de nuestro reloj biológico.

—sí, sí, sí, si se altera entra en conflicto, se borra el holograma neural, los recuerdos no están en el cerebro si no en una nube le decimos holograma neural, se borra no recuerdas nada después del viaje. necesitamos una llave para recuperar los recuerdos originales totalmente, una combinación de notas musicales los pacientes con alzheimer...

—sí, se encienden con la música.

—¡si!

—¿cómo recordó su clave musical después del viaje pedro? o usted nunca olvido nada.

pedro deja de caminar y regresa a donde estoy parada, sin dejar de mirarme a los ojos comienza a tararear una melodía, me toma unos cuantos tararos identificar cual es, pero después me doy cuenta que está cantando send in the clowns. —mi tutora me hizo escuchar mil veces la canción de esta película por eso me la tatuaron, ese joker es mi password, lo único que sobrevivió del viaje fue lo primero que hice al llegar, mirar mi tatuaje me hizo recordar la melodía. —continúa tarareando mientras cierra los ojos como si por primera vez sintiera realmente la canción. —¿no es curioso? ahora la escucho en mi mente y nunca había comprendido la letra.

—¿qué comprendió?

—no somos una pareja, yo aquí al final en el suelo tú en el aire, mandad a los payasos.

—¿quién eres pedro?

—acabo de recordar algo, algo más...

—¿qué cosa?

—ahora mientras volví a tararear la melodía se abrió un recuerdo.

—¿me lo puedes contar? —no me responde. —¿pedro?

—encontraron algo más en marte... en esa estructura, en esos libros, no sé si pueden llamarse libros, las placas impresas como mándalas grabadas, información, una computadora cuántica los analizo ¿aún no la tienen? pronto van a predecir todo con los datos masivos y una computadora cuántica que podrá predecir todo, el nuevo poder, predicción. escenarios donde ocurrirá tal cosa o tal otra, por eso un bot de inteligencia artificial decidió que era buena idea borrar todo, el gran borrado, solo quedaron películas en esos platos magnéticos, dvd y... —pedro hablaba muy rápido y como si no quisiera olvidar todo lo que acaba de descubrir, pasaba frenéticamente la mano por su cabello castaño lo que hacía que las pocas canas que tenia se notaran más.

.—no te desvíes pedro.

—mi tatuaje. —pedro comienza a cantar la canción más fuerte y rápido mientras avanza por toda la habitación, voy detrás de él tratando de evitar que tenga un cuadro psicótico.

—no, pedro no desvaríes. —lo tomo del brazo para que me mire, su mirada parece vacía y desenfocada. —pedro aquí, vuelve por favor necesito saber, no te vayas. —pongo mi mano en su mejilla, pero parece no mirarme.

—aquí, aquí no es aquí, es una representación, una ficción, una parte del mecanismo, manden a los payasos, todos somos payasos de la gran representación ya lo recuerdo.

—no, no por favor no desvaríes, quedamos en que descubrieron algo en marte.

—ellos habían destruido su planeta, aprendieron como viajar en el tiempo, migraron, se fueron. al principio pensaron en ir al pasado, pero descubrieron que no existe el viaje en el tiempo, está mal dicho, existe saltar de un universo en progresión a otro estado anterior en otra versión del programa. ellos se fueron, dejaron una pista a donde.

—¿aquí en la tierra?

—si aquí, aquí a nuestro pasado, diez mil años atrás somos nosotros, muchas películas lo dicen todo se representa una y otra vez, nadie lo ve, pero todo está ahí hay que mirar. la tutora me dijo el secreto, yo de alguna forma la amaba y no le creí, pero luego le creí, ¿crees que estoy loco? ¿puedes sanarme beatriz? —su voz sonaba desesperada como si quisiera terminar con todo, no saber nada y solo estar bien.

—tú no estás loco. —tomo ambos lados de su cara intentando que regrese.

—creo que tengo pensamiento divergente, debes curarme.

—¡tú no estás loco pedro!

—esa frase no es mía...es de una película, 12 monos, estoy muy confundido ¿yo la dije o la película me la copio? o fue al revés, que mierda... —se separa de mi mientras se sujeta la cabeza. voy detrás de el de nuevo tomándolo del brazo para sentarlo en la pequeña cama de su habitación.

—¡escúchame pedro! ven acá, mírame por favor. —sentado en la cama me abraza por la cintura enterrando su cara en mi abdomen. —mírame. —me hace caso y levanta la cabeza sin dejar de abrazarme. —te creo, marte, el secreto, yo te creo... —recalco cada una de las palabras porque era verdad, le creía. —tu tutora, que te dijo. —pedro me mira por unos segundos más hasta que me sueltan y se recuesta en la cama, me siento de lado en ella.

—no tiene que ver con esto, es solo, es solo algo inevitable ¿te has preguntado quien invento las reglas? porque una entidad debe morir para que nazca otra, porque son los mismos personajes en diferentes roles una y otra vez ¿no te parece conocido? es como el cine, vez ese personaje y luego está en esa otra película y nadie le extraña, ¿cómo nadie lo ha comprendido?

el dibujo completo, quien lo diseño.

—¿quién lo diseño? —pedro parecía más calmado y centrado.

—pregúntame como se acaba el mundo.

—ya lo hice, ¿cómo?

—salimos de la simulación, rompemos el mecanismo, escapamos no hacia atrás ni hacia adelante, los que diseñaron este universo, este programa de computación, este videojuego, ya se fueron. estamos en un videojuego solos, abandonados en un mecanismo de simulación cuántico que una civilización futura realizo, igual que nosotros realizamos un universo virtual. ya comenzó, meta verso, multiverso, ¿cómo se llama en esta línea? gente bajando a vivir en simulaciones cada vez más perfectas, por este tiempo comienza, todos bajan, es el camino inverso no hay que bajar es un error hay que subir, nada es real ni aquí ni allá abajo.

—si nada es real, si vivimos una simulación ¿por qué vamos a perder el tiempo? ¿por qué tenemos que evitar pegaso entonces?

—el viaje en el tiempo es el salto a otras versiones que corren en el mismo gran mecanismo de la misma gran simulación, en marte lo descubrieron ¿sabes cómo? ¿sabías que si llegas a una estructura mínima de la materia a escalas subatómicas el universo es granular?, como los pixeles. todo lo que nos rodea no es continuo sino granuloso, la realidad está formada por unidades mínimas de materia igual que una fotografía digital está compuesta por pixeles individuales, esa fue la primera prueba. la segunda, el universo redondea los resultados como lo hacen los computadores. la tercera, todo parece calzar perfectamente en todas partes ¿no es sospechoso eso? pero que el sistema calce no significa que cada cierto tiempo no descubramos errores, miras el reloj y son las 11:11 piensas en alguien y esa persona te llama por celular, creemos que la realidad es inmutable y está llena de brechas, aviones que se quedan quietos, pelotas que desaparecen en un partido frente a miles de personas, dejaste tu llavero en un lugar y ya no está y luego esta.

—de manera que todo está diseñado.

—el sistema se replica cada vez que uno toma una decisión, múltiples narrativas, pero los programadores no pudieron evitar una información permanente en forma de un eco entre líneas y entidades, un evento garnier malet.

—¿y qué tiene que ver pegaso? qué importa que la humanidad destruya su planea o que maría libere un virus si nada es real.

.—que nada sea real no significa que no seamos afectados por las leyes de la simulación, pegaso es importante, pegaso es la clave, si pegaso gana eliminando a toda la población y el juego se queda vacío, si se eliminan los jugadores el sistema termina automáticamente y no sabemos si volverá a reiniciarse, eso es lo que ocurrirá en el 2063, esa es la barrera no sabemos si se reinicia, termina o si subimos o bajamos de nivel.

—¿quiénes hicieron ese universo simulado?

—corrección, quienes hicieron este universo simulado.

—ok pedro, ¿quiénes hicieron este universo simulado? ¿dioses?

—no, no hay dioses solo gente como nosotros, una civilización como nosotros que ya paso y se fue hace miles de años, tienen que haber sido como nosotros, uno no hace una simulación muy ajena a como somos ¿no? a su imagen y semejanza, quizá lo único cierto de ese libro, así como nosotros diseñaremos un meta verso que cada vez será más sofisticado y que poblaremos con entidades e inteligencia artificial y finalmente nos iremos sin molestarnos en apagarlo.

—no puedo entender. —poco a poco la voz de pedro se iba apagando cada vez más, podría quedarse dormido en cualquier momento y no podría comprender que me estaba hablando.

—quizás no nos corresponde a nosotros entender, quizás solo representemos nuestro rol, quizás somos parte de un plan que nos excede, quizás solo tenemos que pensar que somos parte de algo más, algo más grande que nosotros...no se lo único importante es que, si logramos salir nuestro entrelazamiento, nuestro entrelazamiento va a continuar, si, a veces yo confió en ti y a veces tu confías en mí. —los ojos de pedro se habían cerrado mientras hablaba y voz sonaba cada más apagada. —ahora debo dormir...soñar.

—pedro. —tomo su mano, pero ya no me responde, se está quedando dormido. —¿soñar con quién?

—nosotros, si nosotros mirando la tarde roja, esos pájaros haciendo figuras en el cielo, soñar, soñar con la primera vez que nos conozcamos, aunque sepamos que todo esto no es más que una gran parte de la escena, debemos soñar....

hace unas horas que la grabación se había terminado, miro detrás de mí para ver a antonio en la cama dormido. se había quedado dormido poco tiempo después de que terminamos de escuchar la grabación, nadie dijo nada solo nos limitamos a mirarnos, no había palabras que pudiéramos decir en este momento. estábamos cansados y antonio había cedido antes.

miro de nuevo a la ventana y me cruzo de brazos mientras veo el paisaje que tengo frente a mí.

duerme antonio, duerme.

solo me limito a mirar, allá donde los pájaros hacen figuras en el cielo rojo... una puesta en escena, una hermosa y magnifica mentira.

3.7

—allá si, usted si la de chaqueta de cuero de la esquina ha estado levantando la mano hace rato. —señalo a la chica que llevaba rato levantando la mano para hacerme una pregunta.

—gracias señor carrión, este año quizás como nunca antes en la historia humana estamos a punto de la aniquilación, un error de cálculo de nuestros supuestos líderes y el fin de la humanidad tomaría horas. ¿no es este un momento para que un viajero en el tiempo intervenga?, ¿no es esta la prueba de que el viaje en el tiempo nunca va a ser posible? —la miro confundido.

—mira no lo sé, pero si enviaran viajeros o sembradores o como queramos llamarlos a cambiar la historia nunca nos daríamos cuenta porque tengo la sensación de que deberían ser muy cautelosos.

—o no, quizás su manera de ser cautelosos es precisamente la exposición, usar un medio masivo, una película, un libro, un disco algo, algo que funcione como un vehículo, como una señal.

—¿a qué se refiere con una señal? —pregunto.

—una especie de password para que alguien comprenda algo y haga un movimiento, un movimiento relevante.

—es una observación interesante, si... —toda la sala se queda en silencio mientras la miro no muy seguro de que decir, la presentadora del evento se da cuenta que no estoy tan seguro de continuar y pasa a otra pregunta. luego de varias preguntas más dan por terminada la conferencia.

—muy bien, creo que no hay más preguntas. en la feria del

libro de los mediano y pequeños editores italianos, più libri, più liberi, más libros, más libres en su diciottesima edición en este año oscuro aquí en roma creemos que los conflictos y las crisis se combaten con cultura. queremos agradecer esta breve conversación con antonio carreón, autor del libro caso 63.

cientos de aplausos invaden la habitación antes de que la gente comience a hacer fila para que pueda firmales sus libros, y veo a la misma chica de la pregunta esperando a que todos se formen para quedar al final de la fila.

—muchas gracias antonio, el libro está muy padre, felicidades.

—muchas gracias, toma aquí tienes. —finalmente después de varios minutos es el turno de la chica.

—usted, las señales, hola. —le sonrío amable y me regresa el gesto, pone su libro sobre la mesa y me lo pasa.

—hola, ¿me firmas mi libro?

—claro, si, ¿tu nombre?

—ponle por favor, para beatriz.

—para beatriz. —escribo una dedicatoria y le regreso el libro, mirándola de cerca hay algo en ella que me hace sentir que ya nos habíamos visto antes. —tu cara me resulta familiar.

—estoy casi segura que es la primera vez que nos vemos, tal vez en otra línea.

—sí, claro tal vez en otra línea.

—anamnesis, ¿conoces esa palabra?

—¿anamnesis?

—significa reminiscencia, conocer es recordar creo que lo dijo platón ¿no te hace sentido?

—nunca la había escuchado.

—me he preguntado porque tus personajes debían terminar aquí en roma, aunque nunca lo consiguen, pero, ¿por qué roma?

—los viajeros en el tiempo necesitan entrar y salir de lugares que no cambien con el paso de los años, ciudades antiguas donde las cosas permanezcan no puedes llegar y encontrarte con un edificio en el punto de ingreso o de extracción necesitan puntos de referencia inamovibles, ciudades que no cambian. ¿estoy siendo paranoico o me quieres decir algo?

—la verdad es que no vine a escuchar tu conferencia antonio, ni vine a que me firmaras este libro.

—¿no? —la miro interesado y a la vez vacilante por lo que estaba diciéndome, ¿quién era esta chica?

—¿podemos tomarnos un café? aquí en roma todos son buenos, hay uno en la esquina que de hecho es muy bueno y podemos conversar.

—antonio, el taxi a tu hotel ya llego ¿vienes? —me señala la puerta, pero en ese momento llega la organizadora del evento.

—sí, si voy enseguida. eh lo siento me están esperando.

—así son los vortex, decisiones.

----

veo pasar a una mujer mayor y a una chica detrás de ella frente a mí, se detienen a unos pasos de donde estoy sentado lo que me permite escuchar lo que dicen.

—señora su pasaporte se le quedo en el asiento, tome aquí esta. —le dice la mujer más joven.

—oh gracias, gracias preciosa, eres un ángel, gracias a gente como tu aún creo que este es un mundo que merece la paz, ¿cómo puedo agradecerte?

—no se preocupe señora, guárdelo bien está bien.

.—gracias, que dios te bendiga.

la señora mayor sigue avanzando mientras que la joven se queda unos segundos ahí parada, saca su celular y comienza a llamar a alguien.

—¿estas con él? —no puedo escuchar lo que dicen del otro lado, pero parece que no es la respuesta que ella quería. —no, pero nada acordamos que sin él no hay llamada.

la joven termina la llama mientras se acerca a los asientos donde estoy, se sienta mientras acomoda sus cosas a un costado en el otro haciendo.

—también eres chilena. —le digo al reconocer su acento.

—sí, hola.

—le salvaste la vida a esa mujer.

—ah sí, yo soy igual pierdo todo, la gente está muy dispersa últimamente en esta época del año todo se acelera.

—ya pusieron un árbol de navidad, todo es comprar, el mundo está en peligro, un planeta destruido...

—pero todo es comprar, se supone que después de la pandemia iba a detenerse todo, pero parece que no, ni con la amenaza nuclear. a veces me pregunto si la humanidad podrá cambiar o si merece cambiar, nadie parece advertir que estamos a punto de desaparecer.

—¿que será necesario para producir un cambio?

—¿me lo preguntas?

—si.

—porque no te va a gustar mi respuesta.

—la pregunta ya existe. —duda un momento antes de responder.

—sé que es cruel, pero si queremos sobrevivir como especie creo que necesitamos una segunda pandemia.

—¿otra? ¿en este momento?

—la gente puede imaginarse mejor una enfermedad que una guerra nuclear, si es estúpido, pero quizás una cosa pueda detener a la otra, una pandemia más grande que haga al egoísta más extremo o al apático que vea al mundo destruirse desde su celular decir si no cambio morirá la gente que amo, que haga a los gobiernos sin importar su ideología detenerse.

—siempre hay una posibilidad alternativa ¿no?, yo prefiero pensar que habrá una chica como tú que hará un cambio y comenzará un movimiento que lo cambie todo, esa también será una alternativa.

—una sola persona puede destruir el mundo y una sola puede salvarlo.

—quien dijo eso, me parece conocido.

—una amiga, tú me recuerdas a mi padre, murió hace algunos años.

—los siento. —la mujer a mi lado agacha la cabeza y parece que comenzara a llorar en cualquier momento. —¿estás bien?

—sí, sí, si gracias estoy bien, es que termine una relación y ahora voy en ayuda de la persona que nunca debí haber dejado, pero al mismo tiempo creo que también podría dañar a mucha gente…es que es muy complicado.

—no sabes si tomaste la decisión correcta. —la chica apretaba sus manos con nerviosismo mientras movía su pierna de arriba a abajo.

—¿qué haces cuando debes de tomar una decisión transcendental? algo que comprometerá tu destino y el de otras personas y no sabes si debes hacerlo, ¿cómo sabes que estas tomando la decisión correcta si todo parece tener en las mismas dimensiones ventajas y malas consecuencias?

—lanzas una moneda. —me mira confundida le sonrió débilmente como si eso fuera a calmarla. —enserio, el azar es el lenguaje del universo si esperas que el universo hable escucha al azar. es un poco raro que yo diga esto porque yo soy ingeniero, pero de verdad creo que la gran pizarra del universo se escribe mediante el azar.

—¿y si el azar se equivoca?

—siempre tendrás otra oportunidad, quizás damos vueltas y vueltas hasta hacer lo correcto para uno y para el resto, pero bueno es solo el mal consejo de un desconocido en medio de un aeropuerto.

—eso también es azar.

—exacto.

—¿sabes?, una vez hice eso se me había olvidado, cuando murió mi madre estaba furiosa con mi padre porque él no lloraba, porque estaba ahí pero solo de un modo contenedor y frio como si eso me hiciera bien y tenía tanta rabia que tomé algunas de mis cosas las metí en un bolso y me fui de la casa. tenía doce años, llegue hasta la estación de buses quería irme muy lejos y estaba a punto de subirme, pero no sabía si hacerlo o no y encontré una moneda y la lance y luego me volví a mi casa… mi padre me estaba esperando con la cena, no pude comer, solo lo abrace y llore. —se queda en silencio mirando hacia enfrente tanto tiempo que pensé que ya no volvería a hablar. —creo que voy a ir al baño y voy a lanzar una moneda, aunque no tengo ninguna la verdad mi padre siempre andaba con una de la suerte, pero precisamente ayer se la entregue a una persona.

—mira déjame ayudarte, aquí tengo una. —le paso una pequeña moneda que sacó del bolsillo de mis pantalones.

—gracias, fue un gusto. —me sonríe de nuevo antes de ponerse de pie y alejarse de mí, cuando veo que se ha dejado la bolsa en la de un lado.

.—espera, tu bolso se te queda.

—gracias, gracias otra vez., ahora tú me salvaste la vida ¿cuál es tu nombre?

—antonio, ¿tu?

—maría, maría veitia.

antonio se levanta de golpe sobresaltado y jadeando como si tuviera el corazón acelerado, comienza a mirar a todos lados hasta que ve.

—antonio, te quedaste dormido después de escuchar la grabación te quedaste dormido, por un momento me dio mucho miedo, pero por suerte solo dormías.

—ah sí, soñé fue, fue un sueño extraño.

—necesito que nos aseguremos que el anticuerpo no era algo toxico ¿te sientes bien? ¿te duele algo? ¿el brazo o alguna sensación?

—no, no nada. —me acerco a él y lo tomo del brazo.

—a ver, tu pulso está bien eso es bueno, tienes que tomar agua, mucha agua.

—espera, ¿esto es real? mi sueño, la cinta, ¿realmente la escuchamos? —antonio seguía mirando a nuestro alrededor como si quiera asegurarse que todo seguía ahí.

—sí, tengo noticias, buenas noticias. después de escuchar la cinta mi cabeza casi explota, miré la tarde, pájaros, los tejados rojos, pensé ¿es una mentira todo esto?, ¿cómo saberlo? necesito saber que es real y que está en mi mente y me acorde de una antigua clase de cuando estaba en la universidad, es un test para saber si estamos en un cuadro psicótico, en un sueño vivido o en un estado mental alterado por drogas o fármacos. se llaman pruebas de realidad, son simples pero muy efectivas, mira las instrucciones de esta caja de fármacos la letra más pequeña, ¿puedes leerla?

le paso la caja a antonio intentando leer lo que dice, pero ni con acercase la caja a la cara lo logra.

—no, es muy pequeña, necesitaría una lupa o...

—o anteojos, exacto. yo no puedo leer esto sin anteojos bueno en un delirio o en un sueño puedes ver perfectamente aun sin necesidad de anteojos, por ejemplo. acabamos de pasar esta prueba, otra, ven, ven al baño. —tomo de la mano a antonio y hago que me siga hasta el baño para pararnos frente al espejo. —mírate al espejo.

—si...

—¿te reconoces?

—si.

—exacto, yo también me reconozco. mi tatuaje, mi pelo, bueno en los sueños o en los delirios a veces no te reconoces o hay cortes de pelo antiguos, ok quiero que hagas otra cosa, hazlo conmigo, respira con la nariz tapada.

—pero, ¿cómo?

—es la prueba de realidad más eficaz, tapate la nariz cierra la boca e intenta respirar.

hace lo que digo, pero al intentar respirar solo le provoca tos.

—no, no puedo.

—en los delirios se puede respirar en cualquier circunstancia, el reloj mira el reloj que hora es

—18:09

—ok anótalo, anótalo aquí.

—esta anotado

—ya, vamos a esperar un momento mientras tanto quiero mostrarte algo en linkedin aquí está, lee. —le paso el celular con la información que me había encontrado antes de que despertara.

—sofía palachino doctorado en virología, jefa del departamento de genética molecular y microbiología e investigadora asociada del hospital lázaro espaciani.

—ella es real, ahora mira la hora en mi reloj nuevamente.

—18:10

—¿y en el papel?

—18:09

—hay tiempo en progresión. —le sonrió, me sentía más aliviada ahora que estaba segura que todo era real, que no estaba enloqueciendo y que mi mente estaba tranquila. salgo del baño de vuelta a la habitación,

—entonces ¿no estamos en nuestra mente?

—no, no, todo es real, gaspar marin, tu eres vicente correa, la cinta, pegaso y la dosis no era veneno, estas vivo, no estamos en una construcción de nuestra mente, esto está pasando.

—¿aunque sea una simulación?

—aunque sea una simulación es nuestra simulación, he

pensado, hiciste un salto de fe conmigo, creíste en mí y eso yo no lo voy a olvidar.

—me das confianza, si alguna otra vez debo de elegir a alguien para compartir una crisis psicótica te elegiría a ti. —antonio se ríe mientras se acerca más a mí.

—y yo te voy a elegir a ti... ¿sabes? toda mi vida he estado sola, nunca he necesitado de alguien, no he sentido la sensación de esta unidad a alguien nunca, y sin embargo estamos aquí en esta habitación en esta tarde. el botones del hotel me pregunto si yo y mi marido necesitábamos algo y de pronto sentí que, para todos, nosotros somos una pareja.

—¿no hay una prueba de realidad para eso? —no me había dado cuenta lo cerca que estaba antonio hasta que tengo que mirar hacer arriba para poder verlo a la cara.

—eh no, no la hay.

—quizás lo seamos, una pareja... quizás no en esta línea, quizás aún no nos amamos, pero siempre somos los mismos, a veces somos extraños y nos vemos en la calle y nos quedamos mirando más de un segundo, a veces logramos estar, pero solo un instante, otras veces estamos a destiempo.

.—a veces llegan ambos y se besan y tienen sexo y siente que son una sola entidad.

—y se confiesan secretos, gorros lanzados al rio, dibujos de un caballo, dedos recorriendo las alas tatuadas...—antonio estaba tan cerca que siento que va a besarme, pero solo se limita a mirarme de los labios a los ojos.

—y a veces como ahora somos dos desconocidos que el gran dibujo junto y que a pesar de que es el primer día que están unidos son cómplices y cuando salgan de esta habitación nunca serán los mismos. esta habitación está llena de nosotros, infinitos pedros y beatrices quizás en otros géneros y cuerpos, pero los mismos roles están aquí, invisibles, con nosotros, pero...

—pero ¿qué?

—pero siempre hay algo en común, seamos la pareja que seamos al final de este día 24 de noviembre del 2022, siempre una y otra vez sucede lo mismo...yo desaparezco y tú te quedas solo.

antonio me mira con demasiada intensidad que siento que ve a través de mí, no sabía que pasaría, no sabía si realmente el bucle se repetiría, pero por primera vez me gustaba la sensación de sentirme unida a alguien. antonio toma mi rostro entre sus manos y yo cierro los ojos siento la calidez de su cuerpo. a lo lejos escucho el ruido del celular indicando que alguien está llamando, pero en este momento no me importa.

¿cuántas veces hemos estado en esta habitación?

¿conseguiremos tener éxito en un bucle que siempre fracasa?

¿este es el comienzo o el fin de una historia que se abre paso línea tras línea?

3.8

vuelvo a escuchar el celular sonando y esta vez sí me acerco a responder, reconozco el número en cuanto lo veo en la pantalla.

—maría por fin.

—los antígenos deben inyectárselos son importantes, ¿está ahí? ¿estas con él? —miro a antonio.

—sí, sí, voy a poner video llamada.

—no, no, no, solo voz, ni siquiera he querido ver la foto del escritor, si se sentara a mi lado no lo reconocería así que es mucho mejor.

—ok, pongo altavoz.

—maría... —antonio habla.

—¿hablaste con el mensajero?

—ya hablé, sí.

—entonces supongo tienes la moneda.

—la tengo.

—entonces, si eres tú. —la voz de maría tambalea como si fuera a comenzar a llorar.

—creo que si

—¿y cómo te sientes con eso?

—siento que mañana despertare en mi hotel y todo esto será un sueño.

—en alguna línea si despertaras mañana y esto será un sueño. bueno tu no me recuerdas, pero yo sí y quisiera acompañarte en esta transición, pero como ya sabes hay planes mayores.

—podemos tomar el metro y estar en el aeropuerto en una hora, podemos estar ahí y hablar con tranquilidad.

—hablas como cuando intentabas entender mi ira adolescente.

—dinos donde te encontramos.

—no, no, no vengan. —maría comenzaba a sonar más desesperada.

—maría...

—te dije que no, no vengan, beatriz que no venga. —miro a antonio mientras maría levanta cada vez más la voz.

—maría por favor...

—¡que no vengas! este es mi momento en mi destino.

—ok, está bien ¿pero tenemos que preocuparnos? — maría estaba a punto de cometer una locura así que si, deberíamos estar preocupados.

—¿estas preguntando si lo tengo?

—si.

—sí, lo tengo conmigo. las cosas son mucho más fáciles de lo que una piensas, se puede entrar a un aeropuerto con un recipiente de contención biológica y nadie dice nada. me quitaron una botella de agua, pero no un recipiente sospechoso solo porque tenía menos de cien ml y estaba en una botella de plástico trasparente, así están las cosas. —ríe con sarcasmo.

—maría por favor considera las consecuencias creo que estamos todos muy confundidos y... —le digo, pero me interrumpe antes de que pueda terminar.

—¿confundidos?

—si. —maría vuelve a reír sin ganas y parece que ha comenzado a llorar.

—¿confundidos? confusión no es la palabra, ¿no hay muchas palabras para expresar lo que estamos viviendo no? ¿estático? ¿se aproxima más? y sí, he considerado las consecuencias, he pensado durante diez años todas las posibilidades y consecuencias, tres personas, cuatro con gaspar marín, cinco con sofía, cinco personas dejamos la realidad ¿no sienten rabia de saber?, ¿no sienten rabia de estar en roma y no salir a caminar? tomarse un helado o un café disfrutar de la inconciencia de no comprender, de no ver el dibujo, la maya compleja en la cual estamos atrapados y no sospechar nada...¿no es una locura todo esto? aquí en el aeropuerto todos apurados, veo publicidad, black friday, un nuevo perfume, ya pusieron un árbol de navidad gigante, hay villancicos sonando, gente riendo a mi lado, gente enojada por las redes. creen que el resto no tiene nada que ver con ellos como hormigas en las ramas y yo, yo que no soy nadie la chica de mochila verde va a definir su vida y la de sus nietos y no lo saben...no saben que esta extraña es la que precisamente va a destruir su mundo, si solo tuviéramos ese pensamiento que él está a lado nuestro es responsable de nuestro futuro y a la vez yo soy responsable del futuro de quien se sienta a junto a mí, eso, eso hubiese cambiado todo, pero no, no fue así ahora que se jodan todos. —entre más hablaba maría más se escuchaba el enojo en su voz, comenzaba a pensar que no importaba que hiciéramos, no vamos a poder persuadirla.

—no maría por favor, te conocí, eras una joven compasiva y empática y ahora tienes el mismo discurso equivocadamente bien intencionado pero radical de alguien que daña inocentes, de la locura de los supuestos líderes que han llevado al mundo al borde de su destrucción. no me importa lo que hayas elaborado en los últimos diez años estoy segura que todavía te puedes arrepentir, linda no te conviertas en un monstruo...

—siempre fui un monstruo, una organización en el futuro gasto impensables recursos para enviar a alguien a detenerme, una variante tuya intento o intentara da lo mismo en que época va anularme para evitar mi destino ¿no se trata de eso todo?, evitar que maría veitia tomé el vuelo 6433 a madrid. crecí sabiendo ese destino, tú me lo dirás cuando vuelvas y nos encontremos en el 2012, siempre fui un monstruo, un destructor de mundos en todas las variantes y líneas, bien pues en este si lo seré.

—no maría, piensa un momento. —antonio me miraba sin saber que hacer o decir mientras sostenía el celular frente a los dos.

—no, ya empecé. ya lo pensé y por un tiempo pensé lo contrario, pensé que esto era creación de mi mente, que no existen los viajeros, no estoy predestinada nada de esto es real además que ¿cuál es la posibilidad de que alguien llamado maría veitia pueda genera una variante de preocupación?, pero de pronto, de pronto paso lo impensable deje a daniela y su activismo y al poco tiempo conocí a la viróloga, una viróloga que estaba por partir a roma para trabajar en algo llamado ganancia de función, virus mejorados... y creímos enamorarnos, creí enamorarme de alguien que trabajaría en lo más aterrador que puede efectuar un ser un humano en generar monstruos microscópicos y en ese mismo tiempo leímos el libro y descubrimos la clave. eso ya no era azar eso fue una revelación, pensábamos que la variante de pegaso era un acto de azar pero no, nunca fue una mutación natural, hay un diseño muy específico proporcionado por el mismo proyecto, alguien debía diseñarlo y alguien debía esparcirlo y de pronto lo comprendí, comprendí que yo era una víctima yo era la agresora yo era la responsable de la creación de pegaso yo diseminaría pegaso, pero claro también algo en mí se negaba aceptarlo, hasta que vino la primera señal, 24 de febrero y el estallido de una guerra con horizontes nucleares el mundo comenzaba a oscurecerse aún más y luego una segunda señal que sucede hoy mismo, un 24 de noviembre, los resultados de daniela, la certeza en mi compatibilidad, mi sangre salvándola, ¿no es también paradójico? viajo a salvar una vida, viajo a eliminar millones y eso lo hago para precisamente evitar nuestra destrucción.

.—maría por favor escúchame. —antonio se sienta en la cama mientras me pasa el celular para que lo sujete

—¿se han preguntado por el proyecto?, se han preguntado que quieren de nosotros el proyecto.

—evitar el fin.

—sí

—evitando pegaso.

—¡no!, quizás no, ese es nuestro rol pegaso es necesario, a lo menos es necesario para que lleguemos al 2062 sin él nos extinguimos antes. hasta el 2019 vivimos en una fiesta extrema no nos importaba la resaca alguien lo resolvería más tarde y entonces no hubo ninguna acción decisiva, aunque todos miraran las noticias, la banquisa del ártico a niveles mínimos, incendios, sequias, migraciones descontroladas, ineptitud política, apatía a gran escala y ¿qué paso? ¡nada!, nada relevante y luego la pandemia, todos dijeron ¿esto nos detendrá? ¿esto nos hará reaccionar? ¿esto nos unirá? y funciono, por un tiempo funciono, solo por algunos meses, no mucho después la humanidad volvió con furia lo que mejor sabe hacer, depredar, a intentar destruirse ¿alguien transformo su vida? muy pocos, entonces debe ocurrir un evento de tal magnitud que nos despierte, que nos despierte de golpe, que reinicie la vida tal como la conocemos y ese evento es pegaso, detendrá el fin.

—estas combatiendo muerte por muerte y eso no justo marí... —antonio me interrumpe.

—maría por favor escucha lo que estás diciendo, dices que pegaso evitara el fin, pero al mismo tiempo pegaso terminara por destruirnos, te contradices.

—nos hará reaccionar, cambiará el juego. no nos va a aniquilar, nos desgastara es cierto al final no podremos con él, pero estaremos rompiendo el mecanismo, escuche la grabación de la anciana, me decía rompe el mecanismo ya probamos mil veces todas las posibilidades y yo digo probemos lo opuesto.

—tu lógica es imbatible, pero creo que las palabras ya no bastan maría no puedes tomar esa decisión sola ¿y si hay otra solución que tú no estás viendo? dices que pegaso puede hacer reflexionar al planeta, a la humanidad, bueno yo digo que a lo mejor hay otro camino, tal vez la misma humanidad se reinicie y no por un virus si no por una líder o un líder inspirador. —antonio me mira frunciendo el ceño como si intentara comprender lo que quiero decir.

—no hay tiempo para esa alternativa.

—quizás ese líder ya existe y puede que, que no sea solo una persona, puede tratarse de una generación nueva que cambiara todo y necesita tiempo.

—¡no hay tiempo para actos de fe!, beatriz tu eres médico, tú también ahora que lo pienso. bueno piensen como médicos, un grupo de células enloquecidas desorganizadas comienzan a reproducirse sin control, comienzan a dañar los órganos de su entorno el organismo muere, el cáncer es eso, lo saben. el tratamiento es simple o haces algo o mueres, nosotros somos las células cancerígenas hemos invadido todos los sistemas, somos simulares a un cáncer pulmonar, se destruyen los árboles los alvéolos pulmonares, el organismo muere... la solución es esperar un milagro que dentro del cuerpo suceda un cambio que nunca ha sucedido, no, el cáncer sigue avanzando, mientras estábamos preocupados por los diferentes sistemas políticos y económicos que darían la solución la destrucción llego a ser irreversible, la pandemia nos enseñó algo, algo horrible, hay gente que piensa en los demás y gente que piensa solo en su propia egoísmo, la guerra y la expansión de la pandemia son lo mismo el egoísmo individual y el egoísmo de gobiernos generaron que el virus tuviera más huéspedes, con cada huésped más capacidad de mutación, la pregunta es ¿cómo resuelves el cáncer? pegaso, pegaso es la quimioterapia de la humanidad. si no reiniciamos las mentes ahora, estamos condenados, el mundo se va a acabar mucho antes que el 2062.

—maría tiene que existir otra opción, dame algo de tiempo para ayudarte.

—ya lo he dicho, no hay tiempo y no necesito ayuda, solo me separan unos minutos de esta decisión, esta decisión que se ha moldeado durante diez años en mi cabeza. esta es la línea, esta es la línea.

—hija mía, por favor...

—¡basta!, hoy vamos a diseminar pegaso, la generación entre pandemias comienza ahora.

lo último que escuchamos es el sonido que nos dice que la llamada termino, antonio le regresa la llamada, pero es inútil, maría no respondería.

solo unos minutos la separan de abordar el avión a madrid, solo unos minutos la separan de la liberación de pegaso. maría tiene buenas razones para hacer lo que pretende hacer, pero también nosotros tenemos buenas razones para detenerla.

a veces el remedio no solo cura la enfermedad, sino que reinicia el universo...

3.9
FINAL

—mi nombre es maría veitia y es 24 de noviembre del 2022, grabo esto en el baño del aeropuerto roma fiumicino a minutos de tomar el vuelo 6433 a madrid. te grabo esto daniela para que me entiendas, para que sepas porque te he fallado, por qué nunca podré donar mi sangre para salvar tu vida. mi sangre al bajar del vuelvo estará contaminada con un virus que dará inicio a la gran pandemia, he tenido que venir aquí a mojarme la cara a tratar de calmarme a respirar, antonio y beatriz no dejan de llamarme, pero no puedo responderles, esta decisión es mía solo mía, han sido años de pasos perfectos para llegar a este baño a este espejo. al mirarme hoy después de salir del laboratorio llorando después de terminar mi relación con sofía llegue a mi departamento a buscar mi bolso y vi tu foto daniela después de la quimioterapia y pensé que no podría presentarme ante ti con mi cabello así que me lo corte, me lo corte completamente, fue una reacción automática y no me reconozco ahora. luego al salir pensé en ir a la conferencia del escritor, pero no pude, pensé que yo era un ángel destructor de mundos, me metí con un tatuador y me hice unas alas grandes en mi espalda como beatriz, todos somos todos, todos destruimos el mundo y lo salvamos una y otra vez así que aquí estoy mirándome calva frente a este espejo, registrando este video por si no te tengo el valor de volver a verte. miro al recipiente y me doy cuenta que nadie piensa que en su interior se encuentra el destino de la humanidad, sacar el sello y abrirlo simplemente cambaría el curso de la historia, el juego completo, quizás, quizás sea el mismo movimiento aparentemente trivial e inofensivo, oprimir un botón rojo, movimientos finales, movimientos radicales.

soy lo que no quería ser, si has leído el libro veras que esto ya ha pasado, siempre he viajado a salvarte, siempre me he contaminado, siempre la humanidad ha caído, no sé cuántos miles de veces he hecho esto, no sé cuántos miles de veces la psiquiatra y el viajero han intentado detenerme. un juego que no parece tener fin un gran vortex del que siempre salen dos escenarios, dos posibilidades, ambas en mis manos. en la primera no hago nada, bajo en madrid te salvo la vida intento ser feliz contigo el mundo sigue tal cual, pero los acontecimientos se precipitan, el odio responde al odio alguien toma una mala decisión y somos parte de los ochenta y cinco millones que los primeros minutos las bombas evaporan somos paradójicamente afortunadas, el invierno nuclear aniquila al resto en meses. la posibilidad de que alguien, un líder, alguien inspirador revierta eso es muy baja como para considerarla. la segunda línea destapo el recipiente en este viaje y pegaso se expande durante el vuelo yo soy la paciente cero del fin del mundo, al bajar muchos pasajeros ya tienen pegaso en sus cuerpos, comienza el final progresivo. cuarenta años después nos vencerá por desgaste tu morirás en la primera oleada, yo también pero al menos detendrá la amenaza nuclear, la humanidad se organizara nos dará tiempo de cambiar y cuando todo parezca irreversible en el 2062 el proyecto recibirá un viajero que ha olvidado de donde viene y en su sangre se encontrara la llave exacta para detener la replicación final del virus, una línea llena de dificultades que según gaspar marín, el mensajero, la fuente de esta información se ha intentado miles de veces en todas las variaciones posibles y que hasta ahora no ha tenido éxito. no he visto al escritor, mi padre, hoy comienza la generación entre pandemias porque, aunque tengo miedo ya tome mi decisión y mi decisión es pegaso.

tomo mi celular y después de pensarlo un instante reproduzco el mensaje que beatriz y antonio me dejaron antes cuando no les respondí.

—maría… sé que no quieres respondernos, pero al menos espero que escuches este mensaje. estoy aquí con beatriz a mi lado, estamos de acuerdo contigo, el mundo debe de reiniciarse, puede que estés en lo correcto con pegaso o puede que te equivoques y que dejar las cosas como están sea la solución. solo digo que no tienes que cargar tu sola con ese dilema, no tu sola, estamos juntos en esto, todos somos responsables del futuro de todos, compartamos eso. lanza una moneda, lo hacías cuando eras niña ¿te acuerdas?, cuando murió tu madre estabas furiosa conmigo y decidiste irte de la casa, tenías doce años. llegaste hasta la estación de buses y estabas a punto de subirte, pero no sabías si hacerlo o no y encontraste una moneda y la lanzaste y volviste a casa. matemáticas maría, el lenguaje del universo el azar, así lo hacíamos desde que eras pequeña teníamos esta moneda de la suerte, ¿la recuerdas? esa moneda, la moneda de tu padre, mi moneda, la tengo acá en mi mano, ¿alguna vez te fijaste en qué tipo de moneda era?, te lo diré, es una lira de 1949 por un lado el laurel símbolo de la paz de la humanidad y por el otro un caballo alado… la estoy mirando ahora mientras escuchas mi voz, no tomes tú la decisión, deja que el juego si es que estamos en uno la tome.

—el vuelo 6433 procedente de santiago de chile con destino a madrid y escala en roma comenzara pronto su embarque en la puerta 15b. —escucho a lo lejos la llamada para abordar el vuelo, intento no llorar mientras escucho las últimas palabras del escritor.

—lanza una moneda... —quizás la respuesta al fin del mundo está más cerca de lo que el escritor y beatriz piensan.

----

hemos dado vueltas en la habitación pensando que hacer, maría no había respondido al mensaje de antonio y nunca llegaríamos al aeropuerto a tiempo, miro a antonio recargarse en la cama y veo como algo rojo cae por su nariz hasta sus labios.

—antonio ¿estás bien? tu nariz está sangrando, toma esto ¿estás bien? —le paso unos pañuelos para que pueda limpiarse, pero su cara se le nota más cansada y parece que apenas y puede estar de pie.

.—sí, estoy bien. —toma el pañuelo y se lo pone bajo la nariz.

—te veo pálido, déjame por favor examinarte. —me acerco a él, pero me detiene con la mano.

—estoy bien, estoy bien. —antonio comienza a toser y se toca el pecho, voy a acercar a él cuándo el celular a su lado comienza a sonar, antonio intenta agarrarlo, pero parece adolorido y tarda más de lo esperado, le arrebato el teléfono y respondo.

—es maría está llamando ¿hola? ¿estás bien? tenemos que hablar, ¿maría estas ahí?

—beatriz... podrías ponernos en altavoz —se escucha débil y cansada y como si hubiera llorado. —antonio, vicente, ¿estás ahí?

—aquí estoy, sí. —antonio vuelve a toser con más fuerza y lo sujeto del brazo para ayudarlo a sostenerse.

—podrías, lanzar tu moneda por mí, ¿podrías? por mi papá,

te necesito... —la voz de maría se quiebra y puedo escuchar sus sollozos a través del celular mientras que a antonio le cuenta cada vez más respirar y su tos se intensifica.

—si por su puesto, sí.

—¿la tienes? —antonio comienza a buscar en el bolsillo de su pantalón hasta que saca la pequeña moneda de diez liras.

—aquí esta, lánzala tú. —me pasa la moneda.

—¿yo? —lo miro confundida.

—sí, lánzala tú, tú me buscaste hoy, tu haz hecho todo esto, debes terminarlo.

—está bien. —antonio continúa tosiendo con fuerzas mientras lanzo la moneda al aire, siento que el tiempo se detiene mientras veo como desciende y la veo girar más lento de lo normal, tomo la moneda entre mis manos y respiro profundamente antes de abrir mis manos y ver el resultado. poco a poco voy moviendo una de mis manos temblorosa para ver el resultado. —laurel...

—este definido entonces, ¿lo está maría? —antonio vuelve a ahogarse y tengo que sostenerlo para evitar sé que caiga, su respiración está cada vez más pesada y parece dejar de respirar. se puede escuchar el llanto de maría al otro lado, pero no dice nada. —¿confías realmente en el lenguaje del azar?

—no tomes ese vuelo, puedes tomar uno mañana a primera hora ahora, tienes que llevar ese recipiente de vuelta al laboratorio ellos van a saber cómo eliminarlo, tiene protocolos. ¿maría? tienes que devolver ese recipiente.

—no.

—¿qué?

—a la mierda el azar, no confió en el juego, lo siento...

—maría no, ¿qué haces? —el cuerpo de antonio se desliza sobre la orilla de la cama hasta el suelo y me es imposible sostenerlo, caigo junto a el mientras sostengo el celular con la otra mano.

—lo siento, sé que propuse un camino distinto, pero necesitaba... siempre lo supe, papá, siempre lo supe desde el inicio, evadirlo no dio resultados debo romper el mecanismo.

—no, no maría, ¡no! —maría me cuelga, antonio comienza a ahogarse, pero aun así me quita el celular para llamarla de nuevo.

—¿no responde?

—no, apago el teléfono. hay que ir a ese aeropuerto, no puede subir a ese avión.

—no hay tiempo antonio, está por embarcar.

—voy a llamar al aeropuerto voy a decir que una pasajera pretende hacer un atentado con un arma biológica...

—que pasa antonio. —la voz de antonio se va apagando mientras que su tos se intensifica de nuevo, apenas y puede hablar y respirar al mismo tiempo y casi no puede ponerse de pie.

—dame un segundo.

—no, déjame examinarte por favor, trata de respirar lo más tranquilo que puedas. —toco su rostro y puedo sentir lo caliente que esta. —tienes fiebre, tu ritmo cardiaco esta acelerado, déjame mirar tu garganta por favor. —hace lo que digo y abre la boca. —esta inflamada tienes un angioedema, tus brazos están con manchas rojas... antonio estás haciendo una reacción adversa al anticuerpo.

vuelve a sonar el celular y respondo sin ver quien está llamando.

—¿ya están en el punto de extracción? —me dice la persona

antes de que pueda hablar, pero puedo reconocer su voz.

—no, gaspar algo le pasa a antonio está reaccionando al antígeno tengo que llevarlo a un hospital urgente.

—no, no.

—es importante, es ahora.

—no, no hay tiempo el portal deben estar ahí ahora, 24 de noviembre el vortex se cierra esta línea esta jugada, se abre y cruza el viajero no hay tiempo.

—pero su cuerpo, su cuerpo está haciendo una reacción alérgica grave gaspar, este cuerpo no era el indicado, el verdadero antonio carreón tuvo un infarto ¿cierto?, bueno quizás tomaba algún medicamento algún anticoagulante, se produjo una reacción cruzada necesito inyectarle ahora efedrina.

—¡no, no!, el punto de extracción, beatriz dos cuadras esa es la distancia, necesitan su sangre evitaran el asalto final de pegaso en el 2062, abra un futuro.

—¡pero se va a morir! — le grito al teléfono mientras intento mantener sentado a antonio.

—¡entonces lanza el puto cadáver al portal porque si no cruza moriremos todos!, si muere esta línea está perdida, la humanidad no podrá contener a pegaso… voy para allá.

gaspar corta la llamada y no me había percatado que estaba llorando hasta que siento la mano de antonio limpiar mi mejilla. intentar ir al hospital es igual que intentar ir al aeropuerto, no llegaríamos a tiempo. la única opción es ir al punto de extracción.

—vamos, tenemos que ir ¿puedes ponerte de pie?

—sí, sí puedo. —lentamente se pone de pie sujetándose a la cama y a mi brazo, su tos se había calmado, pero se le dificultaba respirar.

—tenemos que irnos. —paso su brazo sobre mis hombros y me agarro a su cintura para ayudarle a caminar mientras salimos del hotel.

—¿dónde? —susurra.

—vas a cruzar, te van a recibir al otro lado y te van a curar al otro lado, vamos, vamos son solo un par de calles.

—no sé si pueda...

—vamos a hacerlo juntos está bien. —lo miro preocupada no muy segura si podrá lograr llegar, avanzamos a paso lento, pero pongo todas mis fuerzas para sostenerlo.

.—si...

—pedro roiter tu puedes hacerlo...

caminar con antonio es una de las cosas más difíciles que he tenido que hacer, se estaba muriendo, muriendo en mis brazos y no podía hacer nada más que llevarle al punto de extracción. sabía que estábamos cerca, pero con cada paso el cuerpo de antonio se aflojaba más y su tos lo hacía ahogarse.

—muy bien ya esta es la plaza, la puerta está ahí al costado no queda nada. —ya no puedo sostener más el cuerpo de antonio y ambos caemos de rodillas en la plaza. —no, no vamos ya casi no hay tiempo, es ahí, ahí.

antonio cae completamente al suelo mientras que su respiración se hace más débil, sujeto su cabeza sobre mis piernas.

—no, vamos no me dejes sola en esto, estamos aquí a unos metros mira, no, no te vayas, voy a arrastrarte. —metro los brazos por su espalda para jalarlo por la calle. —eso, así por favor no te vayas. —antonio comienza a cerrar los ojos y mis fuerzas ya no dan para más, caigo junto a el de nuevo intentando despertarlo. —no te vayas sin recordar quien eres. —tomo su rostro entre mis manos y no sé si hay gente alrededor mirándonos o estamos solos, solo puedo escuchar su débil respiración y mis sollozos. —sin recordar quien soy, el joker, el joker la canción. —le tarareo la canción que en algún momento pedro le dio a beatriz, a mí en otra línea. —recuerda quien eres, recuerda quien eres pedro.

antonio me mira una última vez antes de cerrar sus ojos por completo, intento despertarlo pero que se ya es tarde. no me había percato de la puerta frente a mi hasta que siento una luz en mi cara. un fuerte ruido comienza a escucharse como si las piedras se abrieron y puedo ver una luz salir por la puerta.

el inicio del final, todos los acontecimientos alguna vez descritos se precipitan. el tiempo está por alcanzar el punto de no retorno y un gran vortex comienza abrirse. un ruido sordo y la puerta termina de abrirse mientras una luz cegadora me hace cubrirme la cara. quizás el fin del mundo está más cerca de lo que pensamos, pero a veces no hay pensar, solo debemos creer.

MÁS TÍTULOS

DANIEL BENIGNO COTA MURILLO

MeraMente

Mind Merely: danni moore

positivaMENTE: Re-programa tu mente y sé feliz hoy

Me Sentí Mental: Identifica

EMOTIONAL BALANCE: Detox of emotions that prevent you from moving forward in...

www.ingramcontent.com/pod-product-compliance
Ingram Content Group UK Ltd.
Pitfield, Milton Keynes, MK11 3LW, UK
UKHW011325220825
7529UKWH00030B/412